Charlotte Rogan

De reddingsboot

Vertaald door Kees Mollema

SIGNATUUR

2012

Oorspronkelijke titel: The Lifeboat
Oorspronkelijk verschenen bij Little, Brown and Company
Vertaald uit het Engels door: Kees Mollema

Omslagontwerp: Wil Immink Design
Omslagbeeld: (zee en wolken) Mark Owen/ Arcangel Images/ HH, (boot) Fotolia
Foto auteur: Marion Ettlinger
Typografie: Pre Press Media Groep, Zeist
Druk- en bindwerk: Koninklijke Wöhrmann, Zutphen

ISBN 978 90 5672 437 5
NUR 302

Dit boek is gedrukt op papier dat het keurmerk van de Forest Stewardship Council (FSC) mag dragen. Bij dit papier is het zeker dat de productie niet tot bosvernietiging heeft geleid. Een flink deel van de grondstof is afkomstig uit bossen en plantages die worden beheerd volgens de regels van FSC. Van het andere deel van de grondstof is vastgesteld dat hiervoor geen houtkap in de laatste resten waardevol bos heeft plaatsgevonden. Daarom mag dit papier het FSC Mixed Sources label dragen. Voor dit boek is het FSC-gecertificeerde Munkenprint gebruikt. Dit papier is 100% chloor- en zwavelvrij gebleekt en wordt geleverd door Arctic Paper Munkedals AB, Zweden.

En ik zal zingen over de zondvloed, voor alle mensen.
Luister!

– *De mythe van Atrahasis, laatste regels*

Proloog

Vandaag choqueerde ik de advocaten en het verbaasde me dat ik zo'n effect op hen kon hebben. Terwijl we van het gerechtsgebouw op weg waren om te gaan lunchen, brak er een onweersbui los. Snel schoten ze onder de luifel van een winkel om te voorkomen dat hun pak nat werd, terwijl ik midden op straat bleef staan en mijn mond opendeed en even terugging in de tijd, en ik zag die andere regen die als een grijs gordijn op ons af was gekomen. Die stortbui had ik overleefd, maar op dit moment op straat besefte ik dat ik hem kon herbeleven, opnieuw erdoor overspoeld kon worden, dat het weer de tiende dag in de reddingsboot had kunnen zijn, toen het begon te regenen.

De regen was koud geweest, maar wij hadden hem verwelkomd. Eerst was het niet meer dan een plagerige nevel geweest, maar naarmate de dag vorderde begon het serieus te regenen. We hieven onze gezichten op naar de regen, met open monden drenkten we onze gezwollen tongen. Mary Ann kon of wilde haar lippen niet van elkaar doen, niet om te drinken noch om te praten. Ze was een vrouw van mijn leeftijd. Hannah, die maar een paar jaar ouder was, gaf haar een harde mep en zei: 'Doe je mond open of ik máák 'm open!' Toen greep ze Mary Ann vast en kneep ze haar neus dicht, totdat ze wel naar adem moest happen. Getweeën zaten ze langdurig in een gewelddadige omhelzing, terwijl Hannah Mary Anns kaken openhield, zodat de grijze, reddende regen druppel na druppel in haar kon binnendringen.

'Kom hier, kom hier!' riep meneer Reichmann, de aanvoerder van het groepje advocaten dat mijn schoonmoeder had ingehuurd, niet omdat ze een zier geeft om wat er met mij gebeurt, maar omdat ze denkt dat het schade toebrengt aan haar familie als ik word veroordeeld. Meneer Reichmann en zijn confrères riepen naar me vanaf het trottoir, maar ik deed net alsof ik hen niet hoorde. Ze werden erg kwaad dat ze niet werden gehoord, of beter, dat er geen acht op hen werd geslagen, en dat is denk ik iets heel anders en veel kwetsender voor diegenen die gewend zijn te spreken vanaf een verhoging, voor hen die zich regelmatig kunnen verheugen in de aandacht van rechters en jury's en van mensen die gezworen hebben de waarheid te vertellen of te zwijgen en wier vrijheid afhangt van de waarheden die ze verkiezen te vertellen. Toen ik me uiteindelijk los wist te maken en me bij hen voegde, rillend en helemaal doorweekt, maar in mezelf glimlachend omdat ik blij was dat ik de kleine vrijheid van mijn fantasie opnieuw had ontdekt, vroegen ze: 'Wat was dat voor een stunt? Waar was dat nou voor nodig, Grace? Ben je gek geworden?'

Meneer Glover, de aardigste van de drie, sloeg zijn jas om mijn druipende schouders, en al snel was de mooie, zijden voering doorweekt en waarschijnlijk voor altijd verpest, en hoewel ik geroerd was dat meneer Glover zijn jas had aangeboden, had ik liever gezien dat de jas van de knappe, zwaargebouwde William Reichmann door de regen was verpest.

'Ik had dorst,' zei ik. En ik had nog steeds dorst.

'Maar het restaurant is daar, nog geen straat verder. Over een paar minuten kun je elk drankje bestellen dat je wilt,' zei meneer Glover, terwijl de anderen in de richting van het restaurant wezen en aanmoedigende geluiden maakten. Maar ik had zin in regen en zout water, een hele grenzeloze oceaan vol.

'Dat is grappig,' zei ik en ik moest lachen bij de gedachte dat het me vrijstond om een drankje te kiezen, terwijl ik eigenlijk geen enkel drankje wilde. Ik had de afgelopen twee weken in de gevangenis doorgebracht en was alleen vrijgelaten voor de duur van het proces dat nu werd gevoerd. Omdat ik niet in staat was mijn gelach te onderdrukken, dat binnen in me klotste en als enorme golven naar buiten stroomde, mocht ik niet mee met de advocaten naar de eetzaal, maar kreeg ik mijn eten geserveerd in een zijzaaltje, in de gaten gehouden door een waakzame klerk, die op een kruk in een hoek zat, terwijl ik aan mijn broodje knabbelde. We zaten daar als twee vogels, en ik bleef in mezelf giechelen tot het zeer deed vanbinnen en ik dacht dat ik zou moeten overgeven.

'Nou,' zei meneer Reichmann, toen de advocaten zich na de lunch weer bij me voegden, 'we hebben het erover gehad en een beroep doen op ontoerekeningsvatbaarheid lijkt helemaal niet zo vergezocht.' De gedachte dat ik geestelijk gestoord was vervulde hen met een blij optimisme. Hoewel ze voor de lunch nog nerveus en pessimistisch waren geweest, staken ze nu sigaretten op en feliciteerden ze elkaar met andere rechtszaken, waarover ik niets wist. Ze hadden kennelijk de koppen bij elkaar gestoken, mijn geestelijke toestand overwogen, besloten dat die op enig punt tekortschoot en nu de eerste schok over mijn gedrag was weggeëbd en ze hadden bedacht dat het misschien wetenschappelijk verklaard kon worden en zelfs van pas zou kunnen komen bij onze zaak, klopten ze me beurtelings op mijn arm en zeiden: 'Maak je maar geen zorgen, meisje. Je hebt immers al genoeg te verduren gehad. Laat het maar aan ons over, we hebben dit al duizenden keren eerder gedaan.' Ze spraken over een dr. Cole en zeiden: 'Je vindt hem vast heel sympathiek,' waarna ze een lijst met kwalificaties opdreunden die me helemaal niets zeiden.

Ik weet niet wie op het idee was gekomen, of het Glover was of Reichmann of misschien zelfs de timide Ligget, dat ik de gebeurtenissen van die eenentwintig dagen zou moeten reconstrueren in een 'dagboek', dat als ontlastend bewijsmateriaal kon worden ingediend.

'In dat geval kunnen we haar maar beter als toerekeningsvatbaar neerzetten, anders wordt het helemaal niet serieus genomen,' zei Ligget aarzelend, alsof hij voor zijn beurt praatte.

'Daar zit wel iets in, denk ik,' beaamde meneer Reichmann en hij wreef over zijn lange kin. 'Laten we eerst maar eens zien waar ze mee komt, voordat we iets besluiten.' Ze lachten en zwaaiden hun sigaretten in het rond en praatten over me alsof ik er niet bij was, terwijl we terugliepen naar het gerechtsgebouw waar ik terechtstond, samen met twee vrouwen die Hannah West en Ursula Grant heetten. Tegen ons was levenslang geëist. Ik was tweeëntwintig. Ik was tien weken geleden getrouwd en al meer dan zes weken weduwe.

DEEL 1

Eerste dag

De eerste dag in de reddingsboot waren we overwegend stil, onder de indruk van het drama dat zich in het ziedende water om ons heen had afgespeeld, of onwillig het tot ons door te laten dringen. John Hardie, een volmatroos en het enige bemanningslid aan boord van reddingsboot 14, nam onmiddellijk het heft in handen. Hij wees zitplaatsen toe zodat het gewicht goed werd verdeeld, en omdat de reddingsboot diep in het water lag, verbood hij iedereen om op te staan of te gaan verzitten zonder zijn toestemming. Hij trok een roer onder de zitbanken vandaan en monteerde dat aan de achterkant van de boot en beval iedereen die kon roeien om een van de vier lange roeispanen te pakken, die al snel werden bemand door drie van de mannen en een robuuste vrouw, mevrouw Grant genaamd. Hardie droeg hun op zo ver mogelijk bij het zinkende schip vandaan te gaan en zei: 'Roeien tot je erbij neervalt, of willen jullie soms meegezogen worden, je ondergang tegemoet!'

Meneer Hardie stond overeind, wijdbeens en alert, en loodste ons behendig langs alles wat onze route blokkeerde, terwijl de vier in stilte roeiden, hun spieren gespannen en met witte knokkels. Anderen grepen de uiteinden van de lange roeispanen om mee te helpen, maar waren er niet bedreven in en meer dan eens scheerden de spanen over het water of doorsneden het, in plaats van het met de brede kant weg te duwen, waarvoor roeispanen zijn ontworpen. Vol medeleven duwde ik mijn voeten tegen de vloer van de boot en met elke haal spande ik mijn schouderspieren, alsof dat op een of andere wonderlijke manier zou helpen. Af en toe verbrak meneer Hardie de angstige stilte door iets te zeggen als: 'Nog tweehonderd meter verder, dan zijn we veilig,' of: 'Over tien minuten zinkt ze, twaalf minuten hooguit,' of: 'Negentig procent van de vrouwen en kinderen is gered.' Ik vond zijn woorden troostend, hoewel ik zojuist had gezien dat een moeder haar dochtertje in het water gooide, er zelf achteraan sprong en verdween. Ik wist niet of meneer Hardie hiervan getuige was geweest, maar ik denk van wel, want de donkere ogen die onder zijn zware wenkbrauwen heen en weer schoten leken elk detail van onze situatie op te merken. Hoe dan ook, ik wees hem niet terecht en overwoog evenmin de mogelijkheid dat hij zich schuldig maakte aan een leugen. Ik zag hem juist als een leider die probeert het vertrouwen van zijn troepen te winnen.

Omdat onze reddingsboot een van de laatste was die te water werden gelaten, was het druk op het water rondom ons. Ik zag twee boten op elkaar botsen toen ze probeerden om een hoop drijvend wrakhout heen te varen, en in een rustig plekje in mijn brein begreep ik dat meneer Hardie koers wilde zetten naar een leeg stuk zee, weg van de rest. Hij was zijn pet verloren, en met zijn wilde haar en vurige ogen leek hij zich evenzeer thuis te voelen bij een ramp als wij er doodsbenauwd voor waren. 'Zet 'm op, jongens!' riep hij. 'Laat zien wat je in huis hebt!' en de mensen aan de roeispanen probeerden dubbel zo hard te roeien. Net op dat moment klonk achter ons een reeks explosies en het gegil en gekrijs van de mensen die nog aan boord van de *Empress Alexandra* of er in het water dichtbij waren, klonk zoals het in de hel moet klinken, als die bestaat. Ik keek achter me en zag de grote romp van de oceaanstomer schudden en schommelen, en voor het eerst zag ik oranje vlammen, die aan de patrijspoorten likten.

We voeren langs scherpe stukken wrakhout en diepliggende vaten en touwen die als kronkelende slangen in het water dreven. Ik zag een strandstoel en een strohoed en iets wat op een pop leek bij elkaar drijven als een lugubere herinnering aan het mooie weer dat we die ochtend nog hadden gehad en de vakantiestemming die alomtegenwoordig was geweest aan boord van het schip. Toen we langs een groepje van drie kleinere vaten kwamen, riep meneer Hardie: 'Aha!' en hij droeg de mannen op twee ervan aan boord te hijsen, waarop hij ze onder de driehoekige achterplecht opborg. Hij verzekerde ons dat er drinkwater in de vaten zat, dat we nodig zouden hebben om niet om te komen van dorst, als we eenmaal buiten het bereik van de maalstroom van het zinkende schip waren, maar zo ver vooruit kon ik niet denken. Ik vond dat de rand van onze kleine sloep zich al gevaarlijk dicht bij het wateroppervlak bevond, en ik geloofde dat onze kans om die kritische afstand tot het zinkende schip te bewaren afnam naarmate we vaker ergens voor stopten.

Er dreven ook lichamen in het water, en levenden die zich aan wrakhout vastklampten: ik zag een moeder en een bleek ventje, dat krijsend zijn armen naar me uitstrekte. Toen we dichterbij kwamen zag ik dat de moeder dood was. Haar levenloze lichaam lag over een plank gedrapeerd, haar blonde haar waaierde uit in het groene water. Het jongetje droeg een piepklein strikje en bretels en het leek bespottelijk dat zijn moeder hem zo had uitgedost, zelfs voor iemand als ik, die passende kleding altijd had bewonderd en zelf kampte met het gewicht van een korset, petticoat en soepele, kalfsleren laarzen, die ik kortgeleden in Londen had gekocht. Een van de mannen riep: 'Iets meer deze kant op, dan kunnen we het kind pakken,' maar Hardie antwoordde: 'Prima, en wie van jullie wil dan met 'm van plaats ruilen?'

Meneer Hardie had een rauwe zeemansstem. Ik kon niet

altijd verstaan wat hij zei, maar daardoor groeide mijn vertrouwen in hem juist. Hij kende deze waterwereld, hij sprak haar taal, en hoe minder ik hem begreep, des te groter was de kans dat de zee hem wel begreep. Niemand had een antwoord op zijn vraag, en we voeren aan het jammerende kind voorbij. Een tengere man die vlak bij mij zat gromde: 'We hadden die vaten best voor het kind kunnen omruilen!', maar dat zou betekenen dat we de boot moesten keren en ons medelijden met het kind, dat kortstondig was opgelaaid, maakte al deel uit van het verleden dat achter ons wegzonk, dus hielden we onze mond. Alleen de tengere man zei iets, maar zijn zwakke stem kwam amper uit boven het ritmische gekreun van de dollen, het geraas van het vuur en de kakofonie van menselijke stemmen die aanwijzingen schreeuwden of gilden van angst: 'Het is maar een jong jochie. Hoeveel weegt zo'n kereltje nou helemaal?' Later kwam ik erachter dat hij een anglicaanse diaken was, maar op dat moment kende ik de namen en bezigheden van mijn medepassagiers nog niet. Niemand gaf antwoord. In plaats daarvan bogen de roeiers zich over hun taak en de rest boog met hen mee, want dat leek het enige wat we konden doen.

Niet lang daarna stuitten we op drie zwemmers, die met lange slagen op weg waren naar onze boot. Een voor een grepen ze het reddingstouw dat rondom de boot was aangebracht en trokken er zo hard aan dat er golfjes water over de rand klotsten. Een van de mannen ving mijn blik. Zijn gezicht was gladgeschoren en lijkbleek van de kou, maar in zijn ijsblauwe ogen scheen onmiskenbaar een licht van opluchting. Op Hardies bevel sloeg de roeier die er het dichtst bij zat een paar handen weg, en deed dat toen ook bij de handen van de blauwogige man. Ik hoorde de botjes kraken onder het hout. Toen hief Hardie zijn zware laars en trapte ermee in het gezicht van de man, die het uitgilde van pijn en verbazing. Het was onmogelijk om je blik af te wenden, en nooit heb ik meer medelijden gehad met een menselijk wezen dan met die naamloze man.

Als ik beschrijf wat zich aan de stuurboordkant van reddingsboot 14 voltrok, wek ik noodgedwongen de indruk dat er zich in het woelige water aan bakboord en achter ons geen duizenden andere drama's voltrokken. Ergens daar was mijn echtgenoot Henry, die ofwel in een boot zat en daar mensen vanaf sloeg, net als wij deden, ofwel zichzelf zwemmend in veiligheid probeerde te brengen en zelf van boten werd gemept. Ik putte troost uit het gegeven dat Henry daadkrachtig was geweest toen hij een plaats voor mij regelde in de reddingsboot en ik wist zeker dat hij net zo daadkrachtig zou zijn als het op hém aankwam; maar zou Henry zich als Hardie kunnen gedragen als zijn leven ervan afhing? Zou ik dat kunnen? De wreedheid van meneer Hardie was iets waar ik in gedachten telkens op terugkwam – zeker, het was afgrijselijk en zeker, geen van ons zou de kracht hebben gehad om de verschrikkelijke en bliksemsnelle besluiten te nemen die op dat moment van een leider werden verwacht – maar die wreedheid had ons dus wel gered. Ik vraag me zelfs af of je het wreedheid kunt noemen, want elk ander scenario zou beslist onze dood hebben betekend.

Er stond geen wind, maar zelfs op de kalme zee klotste er af en toe water over de rand van de overbeladen boot. Een paar dagen geleden hebben de advocaten een experiment uitgevoerd om te bewijzen dat het extra gewicht van één normaal gebouwde volwassene in dit type boot een direct gevaar zou hebben opgeleverd. We konden niet iedereen én onszelf redden. Meneer Hardie wist dat en had de moed om die kennis in daden om te zetten, en zijn daden in die eerste paar minuten betekenden het verschil tussen ons voortbestaan en een waterig graf. Maar ze zorgden er ook voor dat mevrouw Grant, de sterkste en meest uitgesprokene van de vrouwen aan boord, zich tegen hem keerde. 'Bruut!' zei mevrouw Grant, 'keer om en red op z'n minst dat kind,' maar ook zij moet hebben geweten dat we niet om konden keren zonder zelf het leven te laten. Maar met die woorden kenmerkte mevrouw Grant zich als menslievend en stigmatiseerde ze Hardie als een beul.

Er waren andere voorbeelden van edelmoedigheid. De sterkere vrouwen verzorgden de zwakkeren en het is aan de roeiers te danken dat we zo snel wegkwamen bij het zinkende schip. Meneer Hardie was in elk geval vastbesloten om ons te redden en maakte onmiddellijk een onderscheid tussen ons, degenen die aan zijn zorg waren toevertrouwd, en de anderen, die dat niet waren. Het duurde langer voordat wij dat onderscheid wisten te maken. De eerste paar dagen voelde ik me minder betrokken bij de aanwezigen op reddingsboot 14 dan bij mijn medereizigers in de eerste klasse van de *Empress Alexandra*, en wie zou dat niet zo voelen? Ondanks de moeilijkheden van de afgelopen paar jaren was ik gewend aan luxe. Henry had meer dan vijfhonderd dollar betaald voor onze passage in de eerste klasse, en ik zag mezelf nog steeds triomfantelijk in mijn geboortestad aankomen en niet als gehavende schipbreukeling of dochter van een mislukte zakenman, maar als gast aan een feestelijk diner ter ere van mijn terugkomst, gekleed in de jurk en de sieraden die nu in de met planten overdekte duisternis van de zeebodem rustten. Ik stelde me voor hoe Henry me ten langen leste voorstelde aan zijn moeder, hoe haar verzet tegen mijn charmes verdampte, nu ons huwelijk een voldongen feit was. En ik stelde me voor hoe de mannen die mijn vader hadden bezwendeld zich een weg baanden door de menigte en door iedereen publiekelijk werden genegeerd. Hardie, of het hem nu tot eer strekte of niet, paste zich meteen aan de nieuwe omstandigheden aan, iets wat ik aan zijn zeemansziel toeschrijf en het gegeven dat hij al langgeleden zijn fijngevoeligheid was kwijtgeraakt, als hij die ooit had gehad. Hij bond een mes rond zijn middel en knoopte om zijn verloren pet te vervangen een lap van onbestemde herkomst om zijn hoofd, die vreemd contrasteerde met de goudkleurige knopen van zijn jas; maar deze veranderingen aan zijn uniform leken een bewijs van zijn aanpassingsvermogen en daadkracht en deden mijn vertrouwen in hem alleen maar toenemen. Toen ik uiteindelijk op het idee kwam naar de andere reddingsboten te speuren, waren die al stipjes aan de horizon geworden en dat leek me een goed teken, want de open zee was relatief veilig, na de chaos en onrust rondom het wrak.

Meneer Hardie gaf de zwakste vrouwen de beste plaatsen en sprak ons aan met '*ma'am*'. Hij informeerde naar ons welzijn, alsof hij daar iets aan had kunnen veranderen en in het begin antwoordden de vrouwen beleefd dat ze zich prima voelden, hoewel iedereen kon zien dat de pols van mevrouw Fleming in een rare hoek stond en dat een Spaanse gouvernante die Maria heette in een ernstige shocktoestand verkeerde. Het was mevrouw Grant die een mitella maakte voor mevrouw Fleming en het was mevrouw Grant die zich als eerste hardop afvroeg hoe Hardie in onze boot terecht was gekomen. We kwamen er later achter dat, hoewel het noodprotocol een geschoolde zeeman in elke reddingsboot voorschreef, kapitein Sutter en de meeste andere bemanningsleden op het schip waren gebleven, waar ze mensen in reddingsboten hielpen en probeerden de orde te bewaren nadat de paniek had toegeslagen. We hadden zelf gezien hoe contraproductief de dolle haast was geweest waarmee zowel de bemanning als de passagiers hadden geprobeerd de reddingsboten te water te laten, want het zinkende schip helde dramatisch over, wat werd verergerd door de lading die was gaan schuiven, en tegen de tijd dat onze reddingsboot werd neergelaten, ging die al niet meer loodrecht naar het water. Het gevaar was niet alleen dat de sloep tegen de steile scheepsromp zou omslaan, maar degenen die de lieren bemanden moesten ook vreselijk hun best doen om de voor- en achtersteven gelijktijdig te laten zakken. Een sloep die meteen na ons te water werd gelaten, draaide helemaal ondersteboven en kieperde zijn hele lading vrouwen en kinderen in zee. We hoorden ze gillen en spartelen in het water, maar we deden niets om hen te helpen en zonder Hardie om ons aanwijzingen te geven, lag het voor de hand dat ons eenzelfde lot had kunnen treffen. Na alles wat er is gebeurd kan ik mijn eigen vraag bevestigend beantwoorden: als meneer Hardie de mensen niet bij onze boot had weggeslagen, dan had ik het zélf gedaan.

Nacht

We hadden misschien vijf uur in de reddingsboot gezeten toen de blauwe lucht dieproze kleurde en daarna paars werd, en de zon groter leek te worden terwijl die in het westen in het donkere water zonk. In de verte zagen we de zwarte contouren van andere reddingsboten, dobberend op de golven in die roze en zwarte uitgestrektheid, met niets anders te doen dan wachten, hun lot in de handen van andere bemanningsleden en andere kapiteins, die inmiddels wel op de hoogte zouden zijn van onze nood.

Ik had vurig naar het duister verlangd, omdat ik hoognodig mijn blaas moest legen. Meneer Hardie had uitgelegd hoe we dit het beste konden doen. Voor de dames kwam het erop neer dat we een van de hoosvaten gebruikten, die bedoeld waren om overtollig water uit de boot te scheppen. Hij stelde voor, onhandig struikelend over zijn woorden, dat mevrouw Grant een van de hoosvaten zou bewaren en dat we haar moesten vertellen wanneer we daar behoefte aan hadden en van plaats moesten wisselen met iemand aan de rand van de boot als de natuur deze noodzaak dicteerde. 'Pfff!' zei meneer Hardie, terwijl hij van onder zijn zware wenkbrauwen opkeek en er bijna grappig uitzag. 'Da's dan dat. Ik weet zeker dat jullie 't verder wel uitvogelen.' Hij, die zo zeker van zichzelf leek en die nog maar kort daarvoor de inventarislijst van de reddingsboot had doorgenomen en elk onderdeel aan ons had uitgelegd, was met stomheid geslagen bij deze taak.

Toen de oranje rand van de zon volledig was verdwenen, ging ik met het hoosvat naar de rand van de boot. Tot mijn verbijstering merkte ik dat er, hoewel de lucht donker was en de nacht was gevallen, vormen in het duister waren te onderscheiden, en lichtbronnen en schaduwen, en in die schaduwen ogen. Ik was ontzet dat de nacht niet zo verhullend was als ik had verwacht en dat de ruimte zo beperkt was dat het me niet lukte om te verhullen wat ik uitvoerde. Ik dankte de machten die er de hand in hadden gehad dat ik vooral werd omringd door vrouwen en dat die vrouwen fijngevoelig waren en voorwendden niet te zien wat ik deed. We zaten immers allemaal in hetzelfde schuitje en de onuitgesproken etiquette dat we het beest van lichamelijke noden niet recht in de ogen zouden kijken, deed haar intrede. We zouden het negeren, ons gevoel voor decorum niet door zijn klauwen uiteen laten rijten, onze hoffelijkheid bewaren, ook al waren we met een ramp geconfronteerd waarin we bijna het leven hadden gelaten en waarin we nog steeds het leven konden laten.

Ik was op allerlei manieren enorm opgelucht toen ik die klus achter de rug had. Ik was zo bezig geweest met hoe ik hem zou klaren dat ik amper had opgelet tijdens Hardies uitleg over de inventaris en onze situatie. Nu drong het tot me door dat elke reddingsboot vijf dekens aan boord had, een reddingsboei met een lang touw eraan, drie houten hoosvaten, twee blikken harde koekjes, een vat drinkwater en twee metalen drinkbekers. Daarbij was meneer Hardie op een of andere manier in het bezit gekomen van een stuk kaas en een paar broden en had hij twee extra vaten drinkwater uit zee weten te halen, waarvan hij vermoedde dat die van gekapseisde reddingsboten afkomstig waren. Hij vertelde ons dat er ooit een kistje met kompassen aan boord van de *Empress Alexandra* had gestaan, dat tijdens een eerdere reis was verdwenen, en omdat de reder de vertrekdatum had vervroegd vanwege de beginnende oorlog in Oostenrijk, was het nooit vervangen. 'Jullie kunnen zeggen wat jullie willen, maar zeelui zijn niet slechter of beter dan alle anderen,' zei hij. Hij benadrukte bovendien dat het aan zijn snelle denkvermogen te danken was dat het canvas dekzeil, bedoeld om regenwater uit de boot te houden zolang die aan dek stond, in de reddingsboot terecht was gekomen. 'Maar waarom hebben we dat nodig?' vroeg meneer Hoffman. 'Het is buitengewoon zwaar en neemt een hoop ruimte in beslag.' Maar het enige wat meneer Hardie zei was: 'Het kan nat worden op een reddingsboot. Daar komen jullie nog wel achter, als we hier lang genoeg zitten.' De meesten van ons droegen reddingsvesten, maar die hadden in onze hut gehangen en tijdens de chaos had niet iedereen de tijd of de vooruitziende blik gehad om er een op te halen. Meneer Hardie, twee zussen die dicht op elkaar zaten en amper spraken en een oudere heer, Michael Turner genaamd, hadden geen reddingsvest.

Al snel nadat ik weer op mijn plek was gaan zitten, maakte meneer Hardie een van de blikken open en liet ons kennismaken met scheepsbeschuit: keiharde, vierkante wafels, ongeveer vijf centimeter groot, die je alleen kon doorslikken nadat ze zacht waren gemaakt met speeksel of water. Ik hield het koekje tussen mijn lippen totdat er stukjes afbrokkelden en staarde naar de halfduistere hemel, naar de veelheid van sterren in de duisternis en de eindeloosheid van de atmosfeer, het enige wat nog uitgestrekter was dan de zee, en zond een gebed naar de natuurkracht die tot dusver de gebeurtenissen had geregeld en vroeg hem mijn Henry te beschermen.

Ik was hoopvol gestemd, maar om me heen stortten de vrouwen huilend in. Meneer Hardie ging staan in de wiebelende boot en zei: 'Jullie dierbaren kunnen dood zijn, of niet. Er is een grote kans dat ze in een van de reddingsboten zitten die verderop dobberen, dus jullie kunnen maar beter geen lichaamsvocht verspillen aan tranen.' Ondanks zijn woorden klonken er de hele nacht kleine uitbarstingen van gejammer en gehuil. Ik voelde hoe de jonge vrouw die naast me zat af en toe huiverde en er ontsnapte een schorre, dierlijke snik aan haar keel. Ik legde mijn hand licht op haar schouder, maar dat gebaar leek haar nog meer van streek te maken, dus trok ik mijn hand terug en luisterde ik naar de kalmerende muziek van het water tegen de boot. Mevrouw Grant zocht zich een weg over de roeibanken en probeerde degenen die het meest aangeslagen waren zo goed mogelijk te troosten, totdat meneer Hardie haar waarschuwde dat ze op haar plek moest blijven zitten en zei dat we het ons maar beter gemakkelijk konden maken en wat moesten rusten, en dat deden we, voor zover mogelijk, leunend tegen elkaar en troost vragend of biedend, al naargelang onze noden en vermogens. Vreemd genoeg lukte het de meesten van ons te slapen.

Tweede dag

Tegen de tijd dat we wakker werden op de ochtend van de tweede dag had meneer Hardie een takenrooster opgesteld, waarin de roeibeurten voor de sterksten waren vastgelegd. Mevrouw Grant en alle mannen, afgezien van de tengere meneer Turner, zaten bij de acht dollen en trokken de vier roeispanen beurtelings heen en weer als meneer Hardie hen vroeg te roeien. Hij bestudeerde langdurig de wind en de stroming en ik hoorde hem tegen een van de mannen vlak bij hem zeggen dat het roeien het effect van de stroming zou opheffen, want we deden er beter aan in de buurt van het wrak te blijven. De rest van ons moest beurtelings hozen. We lagen diep in het water en zelfs al stond er amper wind, er sloegen regelmatig golven over de rand van de boot, door meneer Hardie 'het gangboord' genoemd, waardoor onze kleding en de dekens die tot de noodinventaris van de boot behoorden voortdurend nat dreigden te worden. Degenen die aan de uiteinden van de boot zaten of op de twee lange banken die in de lengterichting langs de rand liepen, hadden het 't ergst te verduren. Ze vormden een beschermingsmuur voor de rest, die het geluk had een plaats te hebben gevonden op de roeibanken die in de breedte van de boot waren gemaakt.

Nadat hij ons een rantsoen scheepsbeschuit en water had uitgedeeld, droeg meneer Hardie ons op het dekzeil en de dekens op te bergen in de ruimte in de voorpunt, op zo'n manier dat het dekzeil de dekens beschermde tegen het water dat zich op de vloer ophoopte en het buiswater dat over de rand sloeg. Hij zei dat de vrouwen daar om de beurt konden rusten, met drie tegelijk, niet langer dan twee uur. Omdat er eenendertig vrouwen waren, kwam het erop neer dat ieder van ons zich eenmaal per etmaal mocht terugtrekken in wat onmiddellijk tot 'de slaapzaal' werd omgedoopt. De tijd die overschoot was voor de mannen die ervan gebruik wilden maken.

Toen dit eenmaal was geregeld, droeg meneer Hardie de roeiers op de andere reddingsboten in het zicht te houden, maar op ruime afstand te blijven. Ik nam de taak op me hen te helpen, dus bracht ik de dag door, kijkend in de verte, mijn ogen tot spleetjes geknepen en mijn hand erboven om ze te beschermen tegen de verblindende schittering van de zon op de zee. Op deze manier had ik het gevoel dat ik bijdroeg aan het welzijn van de mensen in de boot. Meneer Nilsson, die zei dat hij voor een rederij had gewerkt en die een pietje-precies leek als het om organisatorische kwesties ging, vroeg meneer Hardie hoe lang we met onze voedselvoorraad vooruit konden, maar meneer Hardie wimpelde hem af door te zeggen dat de voorraad eten pas van belang zou worden als we niet werden gered, en dat hij ervan uitging dat dit juist wel zou gebeuren. Meestal werd er weinig gesproken en afgaande op hun lege blikken en vergrote pupillen verkeerden veel vrouwen in een shocktoestand. Op dat moment kende ik maar twee van mijn medepassagiers bij naam. Kolonel Marsh, een grote, gedistingeerde heer wiens vrouw enkele jaren ervoor was overleden, had met mij en Henry aan de tafel van de kapitein gezeten. Mevrouw Forester, een stille vrouw met een wantrouwende blik in haar ogen, had ik vaak gezien als ze over de *Empress Alexandra* schuifelde met een boek of breiwerkje in haar hand. De kolonel gaf me een efficiënt knikje, maar toen ik mevrouw Forester een herkennende glimlach zond, keek ze weg.

De rest van de ochtend en een deel van de middag keken we uit over het water, op zoek naar een passerend schip, terwijl meneer Hardie stoïcijns zwijgen afwisselde met verhandelingen over geografische feiten en traditionele zeemanskennis. Zijn korte monoloog over het effect van de zon op het vlakke water ter hoogte van de evenaar, vergeleken met het effect ervan op het gebogen oppervlak bij de polen vond ik verwarrend, maar enkele andere dingen die hij vertelde herinner ik me nog duidelijk. Hij noemde reddingsboot 14 een kotter en zei dat hij als zeilboot en als roeiboot gebruikt kon worden; en inderdaad, er zat een rond gat in een van de voorste roeibanken waarin je een mast kon steken, maar we hadden mast noch zeil. Hij vertelde ons dat er over het hele aardoppervlak verschillende windstromingen voorkwamen, omdat de snelheid van de draaiing van de aarde veel groter is rond de evenaar dan op de polen. We hadden westwaarts gevaren op ongeveer 43 graden noorderbreedte toen het schip was gezonken en die positie plaatste ons, zei Hardie, precies in een zone met overwegend westelijke winden. Hij legde uit dat westelijke winden uit het westen bliezen en niet náár het westen, en dat we ons midden in een drukke scheepvaartroute bevonden die was uitgezet in de tijd van zeilschepen, die gebruikmaakten van deze winden. Hij vertelde dat we zowel de wind als de stroming vreemd genoeg tegen ons hadden gehad, omdat ons schip van oost naar west had gevaren, maar de opkomst van stoomschepen had het mogelijk gemaakt een kortere, noordelijker route te kiezen, zelfs als dit betekende dat je tegen de wind in moest varen. Hij riep visioenen op van volgeboekte oceaanstomers, tot op het punt dat we binnenkort moesten kíézen door welk schip we gered wilden worden. Alleen meneer Nilsson liet een kritische noot horen, toen hij zei: 'Maar wie wil er nu nog naar Europa? Er is een oorlog gaande!' Toen de oorlog werd genoemd, rechtte de kolonel zijn rug en zei: 'Dat is helemaal waar,' maar meneer Hardie keek beiden vernietigend aan en zei: 'Er gaan altijd schepen in beide richtingen. Let goed op, straks worden we nog overvaren.' Terwijl we allemaal uitkeken naar de komst van een schip, ging de tengere man, die zichzelf nu voorstelde als diaken, voor in gebed.

De diaken had een prachtige stem en hoewel hij niet iemand was die je doorgaans zou opvallen, vond ik het moeilijk mijn ogen van hem af te houden als hij sprak. Later merkte ik dat dit effect verdween zodra hij met iets onbekends werd geconfronteerd, maar tijdens het gebed was hij zeker van zijn zaak en wist zijn stem, die schalde over het water, ons te verenigen. Hij had duidelijk zijn roeping gevonden en ik vroeg me af, en niet voor het eerst, of veel van de tragedies in het leven niet ontstaan doordat mensen zich in situaties begeven die tegen hun natuur in gaan. Later moest ik mijn mening over de diaken herzien en werd zijn tenorstem zelfs een bewijs voor zijn algehele zwakte; maar op dat moment stelde ik tevreden vast dat zijn geloof zijn gelaatstrekken levendig maakte en zijn stem de aloude woorden van het gebed tot leven bracht.

Ondanks ons gemeenschappelijke doel ontstond er een kinderachtige afgunst. Degenen die aan de rand van de boot zaten hadden een veel grotere kans bespat te worden door de druipende roeiriemen dan degenen die midscheeps zaten, en toen meneer Hardie had bepaald in welke volgorde we naar de slaapzaal mochten, stond een barse vrouw, mevrouw McCain genaamd, erop dat de oudste vrouwen als eersten mochten rusten. Ze wilde van geen wijken weten, maar hield het zelf maar een paar minuten uit op de dekens en zei dat het verschrikkelijk heet was onder het dekzeil en dat ze haar beurt wel tot de nacht zou bewaren. Omdat de boot zo afgeladen vol zat, was het moeilijk je te verplaatsen en toen mevrouw McCain op weg terug naar haar plaats haar evenwicht verloor, kwam er een golf water de boot in, waarop meneer Hardie brulde: 'Op je plek blijven tot ik toestemming geef!'

Meneer Hoffman was de eerste die hardop zei wat we allemaal dachten: dat deze boot niet was ontworpen voor zoveel mensen. Even later wees kolonel Marsh een koperen plaatje aan, dat naast het tweede dol aan stuurboordzijde was bevestigd en waarin de woorden CAPACITEIT 40 PERSONEN stonden gegraveerd. Maar zelfs met negenendertig man aan boord was het iedereen duidelijk dat de boot veel te diep in het water lag en dat het alleen aan het rustige weer te danken was dat we niet in groot gevaar verkeerden. Het plaatje verbaasde ons allemaal, maar vooral kolonel Marsh, want hij was op discipline gesteld en verwachtte niet alleen een zekere mate van ordening in het universum, maar ook een overeenstemming onder heren als het aankwam op de betekenis van de Engelse taal. 'Het gesproken woord is één ding,' zei hij, 'maar hier heeft iemand de moeite genomen dit aantal in koper te graveren.' Hij bleef maar met zijn vingers over de letters strijken en de negenendertig hoofden in de boot tellen en schudde toen zijn hoofd bij dit raadsel. Eenmaal probeerde hij meneer Hardie te betrekken bij een discussie hierover, maar die antwoordde alleen maar: 'En wat stel je voor dat we doen? Een formele klacht indienen bij de lui die deze verdomde boot hebben gemaakt?'

We kwamen er later achter dat het vaartuig zeven meter lang was, met een maximale breedte van twee meter twintig en nog geen meter diep in het midden, en dat de eerste eigenaren van de *Empress Alexandra* hadden beknibbeld op de specificaties van de reddingsboten, waardoor die slechts 80 procent van de aangegeven capaciteit van veertig personen konden bevatten. Kennelijk waren de bestelde koperen plaatjes nooit daarop aangepast. Omdat we voornamelijk vrouwen waren en kleiner van stuk dan de gemiddelde man, waren we niet al meteen op de eerste dag gezonken.

Meneer Hoffman en meneer Nilsson zaten vaak met hun hoofden dicht bij elkaar, wat op mij de indruk wekte dat ze een soort collega's waren, maar omdat ze achter in de boot zaten en ik op twee derde, had ik maar weinig kans om met hen te praten en kon ik niet verstaan wat ze zeiden. Af en toe betrokken ze meneer Hardie bij hun discussies, hoewel die zich meestal terughoudend opstelde. We waren niet bedreven in het bewegen op een boot en de volgende keer dat een groepje vrouwen onhandig op weg ging naar de slaapzaal, sloeg er water over de rand. Meneer Nilsson grapte dat er maar iemand vrijwillig een stukje moest gaan zwemmen, misschien zelfs twee en kolonel Marsh antwoordde: 'Dat is een goed idee. Waarom spring je zelf niet overboord?'

'Ik ben de enige hier die iets van boten weet, afgezien van Hardie,' zei meneer Nilsson, die vervolgens vertelde dat hij was opgegroeid in Stockholm, waar boten net zo gewoon waren als auto's. 'Gooi me gerust overboord, maar wel met gevaar voor uw eigen leven,' ging hij verder, strijdlustiger dan passend leek voor een man die alleen een grapje had gemaakt.

'We zijn niet van plan wie dan ook overboord te gooien,' zei meneer Hoffman in alle redelijkheid, 'we hebben het over vrijwilligers.' We zaten toen nog geen achtenveertig uur in de boot. De zee was meestentijds kalm en we wisten – nog steeds – zeker dat we gered zouden worden. In de loop van de middag veranderde meneer Hardie; hij leek de opmerking van meneer Hoffman steeds meer te overwegen. Die ochtend had hij gezegd, toen iemand vroeg of we contact met de andere reddingsboten moesten leggen: 'Er is geen reden voor drastische acties. We zullen zeker een oceaanstomer of een vissersboot zien,' maar nu en dan zag je de drie mannen gedempt met elkaar spreken en in de namiddag, toen meneer Hoffman het onderwerp van een noodplan aansneed, knikte Hardie en staarde toen in de verte, alsof hij de afstand schatte tot iets wat ik niet kon zien.

'Als de wind opsteekt, hebben we geen tijd meer voor ruzies en discussies,' hoorde ik meneer Nilsson tegen kolonel Marsh zeggen. 'Een plan maken wil nog niet zeggen dat het ook wordt uitgevoerd.' Meneer Hardie was niet het type dat van wie dan ook bevelen opvolgde en ik kreeg het gevoel dat we in zekere zin werden gemanipuleerd; maar mijn hersenen waren verdoofd van angst en misschien is het alleen achteraf gezien, nu ik tegenover een andere autoriteit sta, dat het lijkt alsof er in de reddingsboot vanaf het begin een web van leugens en manipulatie gesponnen werd.

Vreemd genoeg was ik na verloop van tijd steeds beter in staat om helder na te denken. In de eerste paar uren was ik te bang geweest om kritisch naar mijn situatie te kijken: ik had het te heet of te koud, was te hongerig of te dorstig, te zeer geneigd om dingen te zien en tegen de jonge vrouw naast me te zeggen: 'Wat is dat daar, Mary Ann? Op twee uur? Glinstert er daar niet iets in de zon?' of 'Wat is dat voor een donkere vorm daar, Mary Ann? Denk jij dat het een schip is?' Toen op de avond van de tweede dag de enorme oranje zon als een zware bal onderging en iedereen uit zijn lethargie leek te ontwaken en begon te klagen over stijve spieren of natte voeten, zei meneer Hoffman: 'Als er geen vrijwilligers zijn, moeten we er maar om loten.'

Als reactie wierp Anya Robeson, een vrouw die maar weinig zei en door Mary Ann was omschreven als 'een tussendekspassagier', meneer Hoffman een strenge blik toe en klemde haar zoon Charles vast onder haar jas. Ze wilde er niets van horen. 'Let op je woorden,' zei ze steevast als een van de mannen het over de dood had of ruwe taal bezigde. 'Er is een kind bij.' Ik weet niet waarom ze zich daarover zorgen maakte; misschien omdat ze zich dan geen zorgen hoefde te maken over de zee, die zich maar uitstrekte en uitstrekte, en van blauw naar grijs veranderde als er een wolk voor de zon schoof of van grijs naar karmozijnrood verkleurde als de zon vlammend achter de horizon verdween. Een Duits meisje dat Greta Witkoppen heette, barstte in tranen uit en eerst dacht ik dat ze huilde omdat het al snel weer donker zou zijn of omdat ze een geliefde had verloren, maar toen besefte ik dat het gepraat van de mannen haar bang had gemaakt.

Mevrouw Grant leunde voorover en klopte Greta op haar schouder. 'Maak je maar geen zorgen,' zei ze, 'je weet hoe mannen zijn.' Greta toonde toen wat veerkracht, door nogal hard te zeggen: 'Jullie maken iedereen bang. Het hoort niet om zulke dingen te zeggen.' Een andere keer zei ze tegen meneer Hardie: 'Je zou denken dat u meer zou geven om hoe de mensen u zien.'

'De mensen!' snoof Hardie. 'De mensen weten niet eens dat ik besta.'

'Op zekere dag wel,' waagde ze. 'En op een dag zult u verantwoording moeten afleggen.'

'Laat dat maar over aan de geschiedschrijvers,' riep Hoffman en Hardie lachte in de loeiende wind en riep: 'We zijn nog geen geschiedenis, mijn god! We zijn nog lang geen geschiedenis!'

Greta was, denk ik, de eerste volgelinge van mevrouw Grant. Ik hoorde hoe Greta tegen haar zei: 'Als het ze niets kan schelen wat de mensen denken, zou je toch verwachten dat ze iets om God geven. God is alwetend. God ziet alles.'

Mevrouw Grant antwoordde: 'Hij is een man. De meeste mannen denken dat ze zelf God zijn,' en later zag ik hoe ze Greta op haar arm tikte en fluisterde: 'Laat die meneer Hardie maar aan mij over.'

De drie Italiaanse vrouwen en de gouvernante die Maria heette waren de enigen die geen Engels spraken. De Italiaanse vrouwen droegen identieke zwarte mantels, zaten voor in de boot bij elkaar en wisselden volledige stilte af met snelle, onverstaanbare uitbarstingen, alsof alleen zij iets zagen wat op het punt stond helemaal mis te gaan. Maria was op weg geweest naar Amerika, om voor een familie in Beacon Hill te werken. Ze reageerde bijna altijd hysterisch, maar ik had geen medelijden met haar. Zelfs de meest meelevende vrouwen begrepen dat haar gebrek aan zelfbeheersing een gevaar betekende voor ons allen. In het begin probeerde ik haar te kalmeren met de paar woorden Spaans die ik kende, maar telkens als ik met haar probeerde te praten, klauwde ze zich vast aan mijn kleding, trok zich overeind en begon met haar armen door de lucht te maaien. Dus toen we het eenmaal zat waren om haar telkens terug op haar zitplaats te trekken, besloot iedereen haar maar zo veel mogelijk te negeren.

Ik moet bekennen dat ik overdacht hoe gemakkelijk het zou zijn om op te staan en te doen alsof ik probeerde haar in bedwang te houden, om dan tegen haar aan te vallen en haar overboord te duwen. Ze zat al naast de rand en het was duidelijk dat we beter af zouden zijn zonder haar en haar aanstellerij. Ik haast me te zeggen dat ik niets in die richting heb gedaan en alleen wil illustreren hoe snel de grenzen van je denken worden verlegd in zo'n situatie en hoe een deel van mij de gedachtegang van meneer Hoffman begreep, hoe hij op de suggestie om de lading te verlichten was gekomen en hoe zo'n suggestie, eenmaal geuit, moeilijk weer te vergeten was. Ik ruilde daarentegen van plaats met Maria, zodat ze, als ze haar evenwicht zou verliezen en zou omvallen, op Mary Ann of mij terecht zou komen en niet in het zilte nat.

Nu was ik een van degenen geworden die aan de rand zaten en nat werden door het gespetter van de roeiriemen, wanneer de roeiers probeerden onze positie tegen de stroming in te handhaven. Na er lang over nagedacht te hebben, liet ik mijn hand zakken om het water aan te raken. Het was erg koud en leek verleidelijk aan mijn vingers te trekken, hoewel dit effect waarschijnlijk niets met het water van doen had, maar veeleer toe te schrijven was aan de beweging van onze kleine boot door het water en misschien ook deels aan mijn verbeelding.

Derde dag

Op de derde dag waren de meesten wel van de schrik bekomen. De pupillen van Maria's ogen waren weer normaal van grootte en ze trok een gek gezicht naar kleine Charles, toen die zijn gezicht onder zijn moeders rok uitstak. We hadden ver genoeg geroeid om niet langer stukken wrakhout tegen te komen, of misschien waren we op dezelfde plek gebleven en waren de wrakstukken weggedreven. Hoe dan ook, er was niets over van de *Empress Alexandra*. Het schip had net zo goed nooit kunnen bestaan, maar hoe waren we dan in deze benarde toestand terechtgekomen? Ik dacht eraan zoals ik meestal aan God dacht: verantwoordelijk voor alles, maar uit het zicht en misschien vernietigd, versplinterd op rotsen die hij zelf had geschapen.

De diaken zei dat zijn geloof in God werd gesterkt door deze ervaring, of als dat nog niet was gebeurd, dat zeker zóú gebeuren; mevrouw Grant zei dat het haar sterkte in haar overtuiging dat er geen God was; en de kleine Mary Ann zei: 'Stil maar, het maakt niet uit,' en ging voor in een hymne over de gevaren van de zee. Het lied beurde ons op, we voelden ons zowel tragisch als uitverkoren. Het beroerde mijn hart om zelfs mevrouw Grant te zien zingen, zo groot waren ons gevoel van saamhorigheid en onze vreugde dat we nog leefden.

Als Mary Ann een kinderlijk geloof in de letterlijke waarheid van de Bijbel had, dan was ik praktiserend anglicaans. Ik achtte alles wat de mens aanmoedigde zich deugdzaam te gedragen goed, maar ik maakte nooit onderscheid tussen grondbeginselen waarin ik wel of niet geloofde. Ik bekeek de

Bijbel met eerbied, maar zag hem als een stevig boek dat dichtgeslagen in mijn moeders leeskamer lag, waaruit ze ons voor het slapengaan een verhaaltje voorlas. Ik had zelf ook een bijbel, waaruit ik passages vanbuiten moest leren van de juffrouw op de zondagsschool, maar mijn boek was klein en weinig indrukwekkend, en na mijn belijdenis op mijn elfde verdween het in een la en keek ik er nooit meer naar.

Meneer Hardie bleef vol zelfvertrouwen, zelfs ontegenzeggelijk opgewekt. 'We hebben mazzel met het weer,' zei hij. 'De wind waait uit het zuidwesten en is maar zwak. Hoe hoger de wolken, hoe droger de lucht. Dit weer zal aanhouden.' Ik had me het nog nooit eerder afgevraagd en nadien ook niet meer, maar die dag wilde ik weten waarom de wolken wit waren, hoewel ze naar verluidt uit water bestonden, dat kleurloos is. Ik vroeg het aan meneer Hardie, in de veronderstelling dat hij het wel zou weten, maar het enige wat hij zei was: 'De zee is blauw of zwart of elke andere kleur, en het schuim van brekende golven is wit, en die zijn ook van water.' Meneer Sinclair, die ik over het dek had zien rijden in zijn rolstoel maar nooit had aangesproken, zei dat hij dan wel geen wetenschapper was, maar ergens gelezen had dat de kleur werd veroorzaakt door de breking van het licht, en dat de lage temperatuur in de hogere atmosfeer waterdruppels in ijskristallen veranderde.

Meneer Hardie was overtuigender met andersoortige feiten. Hij vertelde ons dat de *Empress Alexandra* was uitgerust met twintig reddingsboten en dat er minstens tien tot elf succesvol te water waren gelaten, wat betekende dat minimaal de helft van de bijna achthonderd opvarenden was gered. We konden twee boten in de verte zien, maar wat er met de andere reddingsboten was gebeurd wisten we niet. In het begin beval meneer Hardie de roeiers niet in de buurt van de andere boten te komen, maar kolonel Marsh stelde voor om ze zo dicht te naderen dat we de inzittenden konden spreken en erachter konden komen of onze dierbaren of anderen die we kenden aan boord waren, en mijn hart maakte een sprongetje bij de gedachte dat ik Henry levend en wel zou aantreffen in een van de andere boten. Maar Hardie zei: 'Wat heeft dat nou voor zin? Wij kunnen niets voor hen doen en zij niets voor ons.'

'Getalsmatig is dat voordelig,' zei meneer Preston en daar moest ik ondanks zijn serieuze toon om lachen, want hij had als accountant gewerkt en ik dacht dat hij een grapje maakte.

'Moeten we niet op z'n minst kijken of het goed met hen gaat?' betoogde de kolonel en meneer Nilsson was het met hem eens, hoewel hij een van degenen was geweest die meneer Hardie hadden geholpen de zwemmers van onze boot af te meppen en hij me niet voorkwam als iemand die zich al te veel bekommerde om zijn medemens.

'En wat als dat niet zo is?' blafte Hardie. 'Wat dan? Gaan we dan proberen ook hún problemen op te lossen?' Hij mompelde dat hij vanaf hier kon zien dat de eerste boot even vol zat als de onze en dat ook de tweede niet goed in het water lag.

'Wat bedoelt u daarmee?'

'Dat er iets raars mee is, da's alles.'

Hoewel het vanzelfsprekend was dat meneer Hardie te rade zou gaan bij de mannen die het dichtste bij hem zaten, begon het erop te lijken dat alleen hun mening ertoe deed. Meneer Sinclair, die weliswaar geen werkende benen meer had maar nog wel een werkend stel hersenen, en de diaken, wiens morele autoriteit niet ontkend kon worden, zaten verder naar voren en werden niet gehoord door Hardie, maar op dat moment namen zij het op voor de vrouwen en meneer Sinclair zei: 'Sommige mensen willen weten of hun echtgenoten of metgezellen in die boten zitten.' Zijn stem had een plezierige klank, die zijn overtuiging versterkte. De diaken voegde eraan toe: 'Gisteren nog zei u dat we overbeladen zijn. Als u het juist hebt, wat die tweede boot betreft, is het misschien mogelijk enkelen van ons daarop te zetten.' Maar zijn stem miste kracht en daardoor leek zijn voorstel zwak en vragend, en nog voordat hij was uitgesproken, schudde meneer Hardie al zijn hoofd. 'Als het mogelijk was mensen over te zetten, denk je dan niet dat sommige lui van die overbeladen eerste boot dat al niet hadden geprobeerd? Die zijn veel dichter bij die andere boot dan wij.'

'We moeten op z'n minst even met hen praten,' drong de kolonel aan.

'*Aye*,' zei meneer Hardie na een tijdje. 'We naderen tot op roepafstand, maar ik bepaal wat er daarna gebeurt.'

De roeiers pakten hun roeispanen en ik hield mijn adem in toen we de dichtstbijzijnde boot naderden. Ik bad dat ik Henry zou zien, maar toch durfde ik daar niet op te hopen. Mary Ann fluisterde dat ze haar verlovingsring als offer in zee zou gooien, als alleen al haar moeder in een van de andere boten zou zitten en ik wist dat iedereen om me heen bereid was het op dergelijke akkoordjes te gooien. We hadden de zon tegen, dus was het moeilijk de gezichten te onderscheiden in het felle licht. Dichterbij gekomen herkende ik Penelope Cumberland, die ik op de *Empress Alexandra* had ontmoet, maar ik telde slechts vier mannen aan boord en geen van hen was Henry. Ik hoorde teleurgesteld gezucht en meneer Hardie riep: 'Da's dichtbij genoeg. Riemen binnenboord.'

Een man met een volle baard riep over het water en vroeg of we het goed maakten, en hij en meneer Hardie wisselden een paar zinnen uit. 'Heb je contact gehad met die andere boot?' vroeg Hardie hem.

'Ja,' zei de man met de baard, die de leiding leek te hebben. 'Die zit nog niet halfvol, maar er zit een gekke officier op die beweert dat er een gat in de bodem zit. Hij probeerde een paar van zijn mensen bij mij onder te brengen, maar toen ik zei dat we geen plaats hadden, gooide hij er twee overboord, dus natuurlijk hebben we die opgepikt. U kunt zelf zien hoe onze situatie is.' En inderdaad, zijn reddingsboot leek even overbeladen als de onze.

'Hebben jullie dan geen zeelui aan boord?' vroeg Hardie.

'Nee.'

'Hebben jullie de blikken met voedsel gevonden die onder de banken zijn verstouwd?' De man zei dat ze die hadden gevonden. Toen vertelde meneer Hardie dat er noodsignalen waren verzonden voordat het schip was gezonken en dat hulp in de vorm van een ander schip waarschijnlijk binnen de komende vierentwintig uur zou arriveren, achtenveertig uur hooguit, en dat het hem nogal verbaasde dat het zo lang duurde en dat beide boten erbij gebaat waren elkaar in het zicht te houden, voor het geval iemand ons kwam redden.

Ik vroeg me niet af waarom hij ons niet eerder had verteld over die noodsignalen, maar de mannen in beide boten begonnen opgewonden vragen te stellen over de inhoud van die berichten en of er geen antwoord was ontvangen. 'Het schip stond in brand, er was amper tijd om op antwoord te wachten,' brulde Hardie. Toen vroeg hij of de man met de baard de naam wist van de officier in de andere boot.

'Blake,' zei de man, 'die officier heet meneer Blake!' En hij wees naar de reddingsboot die zo'n vijfhonderd meter verder naar het oosten dobberde.

'Blake, 't zal ook 'ns niet,' zei Hardie, meer in zichzelf dan tegen de man, en ik dacht dat ik een schaduw over zijn gezicht zag trekken en dat dit nieuws hem onaangenamer verraste dan hij wilde laten blijken. Toen zei hij: 'Blijf in ons zicht, voor zover mogelijk, en als het weer verslechtert, draai dan met de riemen de neus van de boot in de wind. Dat is de beste manier om een storm uit te zitten.' En daarna gaf hij de roeiers opdracht weer wat afstand te nemen van de andere boot.

'Gaan we niet kijken wie er aan boord is van de tweede boot?' vroeg de kolonel, maar meneer Hardie zei nee, en dat hij genoeg had gezien.

De kolonel gromde maar ging niet tegen Hardie in en als er anderen waren die in deze kwestie zijn kant wilden kiezen, dan lieten die zich niet horen. Inmiddels lijkt het me onze grootste vergissing geweest om niet aan te leggen naast de halflege boot. Ik dacht niet dat het aannemelijk was dat meneer Blake nog meer mensen in het water zou gooien, en het feit dat meneer Hardie hem kende leek eerder in ons voordeel te werken. Ik vraag me sindsdien af waarom mevrouw Grant niets zei. Misschien stond ze op het punt iets te zeggen, maar werd dat verhinderd door de kolonel, die meteen een vraagstelling koos. 'Hoe komt het dat u zoveel weet over wat zich heeft afgespeeld in de radiohut van de *Empress Alexandra*?' vroeg hij meneer Hardie.

'Daarover heeft Blake me verteld. Toen het vuur zich verder verspreidde, kwam iedereen die benedendeks aan het werk was naar boven om de mensen in de boten te helpen. Toen heb ik Blake gezien en die zei toen tegen mij: "Je kunt maar beter met deze lui meegaan, die hebben een zeeman nodig, anders redden ze het niet."' Op dat moment herinnerde ik mij dat meneer Hardie op de dag van de ramp een woordenwisseling had gehad met een andere man. Onder normale omstandigheden zou ik hebben gezegd dat ze ruzie hadden, maar overal om ons heen riepen mensen bevelen en schreeuwden ze om gehoord te worden. De twee mannen waren identiek gekleed, maar het jasje van meneer Hardie had normale mouwen, terwijl de mouwen van de andere man met goudbrokaat waren versierd. Het leek erop dat de man met het goudbrokaat door Henry was benaderd, toen we na de explosie aan dek kwamen. Daarna was meneer Hardie verschenen en was ik de officier uit het oog verloren, die opgelucht had geleken dat hij ons aan meneer Hardie kon overdragen en ervandoor kon gaan om andere dingen te doen. Ik moet bekennen dat mijn zintuigen werden overspoeld door de chaos die ons omringde, want het volgende moment tilden sterke armen mij op. Terwijl de reddingsboot naar beneden werd gelaten ving ik nog een laatste glimp op van Henry's bezorgde gezicht, en dat was de laatste keer geweest dat ik hem zag.

Meneer Hardie zei nog andere, bemoedigende dingen. Hij vertelde nogmaals dat we, afgezien van het feit dat we op een drukbevaren scheepvaartroute lagen, op weg waren naar de Grand Banks en dat klonk me geruststellend in de oren; zoiets als de kliffen van Dover of het marmeren gebouw waarin Henry werkte. 'Het is niet alsof we in onbekende wateren zijn,' zei Hardie. Maar hoe kon je met wateren bekend zijn, vroeg ik me af terwijl ik verbijsterd om me heen keek. Er was niets waarin het ene stuk oceaan zich onderscheidde van het andere, geen oriëntatiepunten of landschap, alleen maar een blauwe vlakte die zich eindeloos uitstrekte vanaf het wankele stipje dat onze boot was.

Ik heb Hardie vanaf het begin bewonderd. Hij had een hoekige kaaklijn en een geprononceerde kin en had zelfs knap genoemd kunnen worden, als het leven op zee niet zo'n wissel had getrokken op zijn gelaatstrekken en postuur. De blik in zijn priemende ogen was niet stiekem of achterbaks, zoals je zou kunnen verwachten van een zeeman. Zelfs binnen de beperkte ruimte van de boot zat hij zelden stil. Hij leek niet bang voor de zee: hij respecteerde die en hij was de enige die onze toestand accepteerde. Alle anderen vochten er nog tegen. Mary Ann bleef maar vragen, aan iedereen die wilde luisteren: 'Waarom wij? Waarom wij, lieve God? Waarom wij?', terwijl Maria zich hetzelfde afvroeg in haar Castiliaanse dialect. De diaken probeerde hun vraag in alle ernst te beantwoorden, maar meneer Hardie had geen geduld voor dat soort gesprekken. 'Het leven is lijden en dan ga je dood. Waarom denk je dat je iets beters verdient?' vroeg hij zich hardop af toen de vriendelijke antwoorden van de diaken hen niet stil kregen. Kolonel Marsh had de neiging om na elke harde uitspraak van Hardie te mompelen: 'Dat had hij in het regiment niet moeten proberen,' alsof we net zo gemakkelijk ergens anders hadden kunnen zijn – aan land misschien, gezeten op een paard, met de kolonel zelf die de troepen aanvoerde.

Hardies beweringen waren doorgaans doorspekt met feiten, terwijl die van de kolonel, de diaken en vooral die van mevrouw Grant meer algemeen en filosofisch van aard waren. Hardie zei: 'Als we voorzichtig aan doen, hebben we genoeg eten voor vijf, misschien zes dagen,' en ik begrijp nu dat hij zijn kracht ontleende aan zijn bereidheid om onze toestand te kwantificeren, om ons precies tussen de 43e en 44e breedtegraad te positioneren, samen met het feit dat hij absoluut niet in staat was tot introspectie, waaraan hij zijn kracht ontleende. Mevrouw Grant daarentegen uitte alleen vage, betekenisloze woorden van troost. Toch vond ik het fijn hoe ze zich tot een of andere vrouw wendde en zei: 'Hoe gaat

’t met je schouder?’ of ‘Doe je ogen maar even dicht en denk aan prettige dingen.’ De diaken had de taak op zich genomen om zijn voorraad stichtelijke Bijbelverzen met ons te delen. Ik vond dat irritant, maar Isabelle Harris, een ernstige vrouw die samen met haar zieke moeder had gereisd, vroeg hem telkens dingen als: ‘Staat er niet iets passends in Deuteronomium?’ en dan citeerde de diaken desgevraagd: ‘Alle plaats, waar uwe voetzool op treedt, zal de uwe zijn; van de woestijn en den Libanon, van de rivier, de rivier Frath, tot aan de achterste zee, zal uw landpale zijn.’

Die ochtend overheerste een gevoel van kameraadschap op de boot. We hadden gezien hoe het eraan toeging op een boot zonder meneer Hardie en we telden onze zegeningen omdat ons een leider was toebedeeld die wist van windrichtingen en weerpatronen. Hij droeg een mes, dat in een vettige schede aan zijn riem hing. Hij had de vaten drinkwater zeker gesteld, iets wat ik op dat moment extravagant had gevonden. Wie van ons had op die eerste, rampzalige dag aan iets anders gedacht dan zichzelf te redden voor de eerstvolgende tien minuten? Alleen de diaken en Anya Robeson konden zich op een soortgelijke onbaatzuchtigheid beroepen. De diaken had het opgenomen voor het kind en Anya’s kleine Charlie zat verstopt onder haar jas en we wisten allemaal dat ze bereid was om voor hem duizend doden te sterven. Misschien was ook mevrouw Grant onbaatzuchtig, want ze stak altijd haar hand uit om iemand te troosten of wendde haar ernstige gezicht, met die strakke blik vol diep medeleven en bezorgdheid, naar een van de vrouwen.

Zoals ik al zei, we waren bekomen van de schok, of beter, we wisten die te onderdrukken. We gebruikten onze kostbare adem voor gezang en gelach en praatten over wat ons te binnen schoot. Meneer Hardie gaf de aanzet tot een reeks verhalen toen hij vroeg: 'Weet een van jullie hoe de *Empress Alexandra* aan haar naam kwam?' Hij vertelde dat het schip was gedoopt op de dag dat Nicolaas en Alexandra tot de nieuwe keizer en keizerin van Rusland waren gekroond. Meneer Sinclair haakte daarop in en vertelde ons dat het huwelijk door de vader van Nicolaas was verboden, maar toen was de vader overleden en was het paar alsnog schielijk getrouwd. 'De kroning werd echter meer dan een jaar uitgesteld. Toen die uiteindelijk plaatsvond werden tijdens de feestelijkheden duizenden boeren onder de voet gelopen, door paniek over voedsel. Nicolaas verwachtte dat het grote feest dat ter ere van hem zou worden gehouden uit respect voor de slachtoffers zou worden afgelast, maar dat gebeurde niet en hem werd aangeraden het feest bij te wonen om zijn Franse gastheren niet voor het hoofd te stoten. Dit incident is telkens aangehaald om te bewijzen dat de heerschappij van Nicolaas voorbestemd was om ongelukkig te eindigen, en als voorbeeld van de harteloosheid van de autocratische machthebbers.'

'Hoe dan ook,' zei meneer Hardie, 'zo groot was het schip niet en de eigenaren wilden haar een grootse naam geven om het formaat te compenseren. Toch was ze goed uitgerust en had best een leuke winst kunnen opleveren ...' Hier stierf Hardies stem weg en raakte hij de draad kwijt. Hij begon te mompelen over voor niets werken en over reders die dachten dat mooie namen het werk wel zouden doen, maar toen vond hij zichzelf kennelijk overdreven spraakzaam, want opeens zei hij dat het schip 'was verkocht aan een Amerikaanse vent die wel wist hoe ie moest verdienen aan die verdomde schuit'.

Mary Ann was nieuwsgierig naar alles wat met trouwen te maken had, dus vroeg ze meneer Sinclair of de trouwplechtigheid van Nicolaas en Alexandra groots was gevierd. 'Ik weet alleen dat ze plaatsvond in het Winterpaleis in Sint-Petersburg,' antwoordde meneer Sinclair, 'en het Winterpaleis is groots genoeg.' Toen ze dit hoorde, stootte Mary Ann me aan en fluisterde ze: 'Dit schip was voor jou gemaakt, Grace. Jij heet Winter én je bent zojuist getrouwd!' Hoewel Henry voor zaken naar Londen was gereisd en pas op het laatste moment had besloten mij mee te nemen – omdat hij het, zei hij, niet kon verdragen mij achter te laten en hij wilde trouwen, buiten het bereik van de klauwen van zijn moeder, die me meer en meer toescheen als een enorme havik – voelde ik me zowel uitverkoren als verdoemd bij de gedachte dat de *Empress Alexandra* speciaal voor Henry en mij was gebouwd. In de dagen die volgden schiep ik voor mezelf een fantastisch, denkbeeldig paleis dat ik het Winterpaleis noemde en waar Henry en ik zouden gaan wonen. Het had koele kamers met zonnige veranda's en boogramen die uitzicht boden op uitgestrekte, smaragdgroene gazons. Ik bracht uren door in dit bouwwerk van mijn geest, verkende de gangen en veranderde details in het flexibele ontwerp.

Onze heenreis had Henry op een kleine pakketboot geboekt. We waren nog niet getrouwd en hoewel we de kapitein hadden verteld dat we man en vrouw waren, wilde Henry voorkomen dat we bekenden tegenkwamen aan boord tot we werkelijk waren getrouwd, iets waarvoor we geen tijd meer hadden gehad voor ons vertrek. Het leek Henry leuk om te doen alsof we niet al te bemiddeld waren en hij zei dat we onze garderobe wel in Londen zouden aanvullen. Ik vertelde hem niet dat ik geen garderobe hád om aan te vullen en ik moest lachen bij de gedachte dat ik alleen maar deed alsof ik arm was!

Er waren nog zeven passagiers aan boord van de pakketboot, maar slechts één andere vrouw. We aten allemaal samen met de kapitein, alsof we een gezin waren, en schepten zelf het eten op uit grote schalen, die van het ene einde van de tafel naar het andere werden doorgegeven. Tijdens een van die maaltijden kwam het gesprek op het stemrecht voor vrouwen en werd de andere vrouw gevraagd wat ze daarvan vond. 'Het is niet iets waarmee ik me echt bezighoud,' zei ze, zenuwachtig omdat ze nu het middelpunt van de conversatie was, waar wij tweeën meestal van werden uitgesloten. Ik hoorde mezelf zeggen: 'Natuurlijk moeten vrouwen kunnen stemmen!' Ik zei het met grote overtuiging, niet zozeer omdat ik een duidelijke opinie over deze kwestie koesterde, maar omdat ik vond dat de mannen die andere vrouw op een harteloze manier gebruikten om hun eigen punt te maken. Later zei Henry trots: 'Nou, je hebt ze wel op hun nummer gezet.' Meestal praatten Henry en ik weinig aan tafel en spaarden we onze woorden voor de momenten dat we alleen waren.

Toen meneer Hardie was uitgepraat, begonnen anderen hun verhalen over de explosie te vertellen en te speculeren over wat die had veroorzaakt. Er was verschil van mening: was de boot gaan zinken door de explosie, of was die niet meer dan een logisch gevolg geweest? 'Een logisch gevolg van wat?' vroeg de kolonel, maar daarop wist niemand een antwoord.

Bijna iedereen wist wel een verhaal over de *Titanic* te vertellen, die nog maar twee jaar geleden zo spectaculair was gezonken. Mevrouw McCains jongere zuster was een van de overlevenden, dus luisterden we allemaal geboeid naar alles wat ze daarover te vertellen had en vroegen haar het hemd van het lijf over haar zusters belevenissen. In het geval van de *Titanic* was een gebrek aan reddingsboten het probleem geweest, maar diegenen die in een boot terecht waren gekomen, waren al snel gered. 'Het schip zonk 's nachts, dus veel mensen waren niet fatsoenlijk gekleed,' zei mevrouw McCain.

'Telkens als mijn zuster het verhaal vertelt, lacht ze en zegt ze dat haar grootste zorg was dat ze alleen met edelsteentjes versierde Arabische slofjes droeg en dat haar enkels zichtbaar waren onder haar ochtendjas, als ze in en uit de boot moest stappen.' De andere vrouwelijke passagiers en ik keken tegelijkertijd naar onze eigen voeten en bloosden. Het was fijn om te beseffen dat ergens een wereld bestond waar dit onze grootste reden tot zorg zou zijn. Meneer Nilsson, die in dienst was van een of andere rederij, zei dat het zusterschip van de *Titanic* de *Gigantic* zou worden genoemd, maar dat de White Star Line het na de ramp had omgedoopt tot de *Britannic*. 'Ik neem aan dat ze het lot niet wilden tarten door het zo'n arrogante naam te geven.'

'De *Titanic* is niet door haar naam gezonken,' zei mevrouw McCain. 'Het kwam door een ijsberg. Denken jullie dat ons hetzelfde is overkomen?'

'We hebben geen ijsberg geraakt,' zei meneer Hardie. 'Nadat de *Titanic* is gezonken zijn alle trans-Atlantische routes naar het zuiden verlegd, juist om herhaling te voorkomen.'

Meneer Sinclair vertelde dat veel van de passagiers uit de reddingsboten van de *Titanic* binnen vier uur waren gered, en door deze verhalen en alles wat meneer Hardie ons had verteld werden we aangemoedigd te blijven geloven dat onze redding elk moment kon komen, ja zelfs aan de late kant was.

Meneer Hardie verzekerde ons dat de ervaringen met de *Titanic* hadden geleid tot een herziening van de veiligheidsprotocollen, maar dat er duidelijk fouten waren gemaakt bij de uitvoering daarvan. Door het vuur en het feit dat de *Empress Alexandra* slagzij maakte, werd het steeds moeilijker de lieren van de reddingsboten te bedienen, en uiteraard was iedereen in verwarring en probeerde te begrijpen wat er gebeurde en te besluiten wat te doen.

'Ik werd zomaar uit bed geduwd,' zei mevrouw Forester, de zwijgzame oudere vrouw die ik herkende van het schip. 'Ik was na de lunch een slaapje gaan doen, terwijl Collin ergens ging kaarten. Ik dacht eerst dat hij weer dronken was en tegen me aan was gestoten. Ik maak me wel zorgen over hem, maar Collin is een echte overlever.' Omdat we nu nog allemaal in leven waren, leek overleven iets gemakkelijks, hoewel onder het oppervlak van onze eigen verhalen de verhalen schuilgingen over mensen die we baby's in het water hadden zien gooien om ze van de vlammenzee te redden.

Isabelle zei: 'Waarom lieten ze onze boot eerst zakken en haalden ze hem toen weer op?' Toen wendde ze zich direct tot meneer Hardie en zei: 'U weet vast wel waarom ze dat deden. Hielp u niet met de boten?'

Meneer Hardie, die nogal praterig was die dag, werd opeens zwijgzaam en antwoordde alleen: '*Nay*, weet ik niet.'

Toen vroeg Isabelle: 'Denkt u dat het kleine meisje dat tegen haar hoofd werd geraakt toen onze boot weer werd opgehaald, met de volgende boot is meegegaan?'

'Welk kleine meisje?' vroeg mevrouw Fleming, die zich wanhopig afvroeg wat er met haar gezin was gebeurd en niet ten prooi was gevallen aan de illusies die de rest van ons drijvend hielden.

'Het meisje dat werd geraakt toen onze boot te water werd gelaten.'

'Botste de boot tegen iemand aan? Was het Emmy? U hebt het toch niet over Emmy?' Mevrouw Fleming vertelde dat haar echtgenoot en dochter achterop waren geraakt in het gedrang rondom de reddingsboten en dat ze dit pas had gemerkt toen het te laat was.

'Ze liepen vlak achter me! Ik was op de een of andere manier gewond geraakt aan mijn pols en Gordon duwde me naar voren. Ik dacht dat ze vlak achter me stonden!'

Hannah keek Isabelle streng aan en zei: 'Ze heeft het helemaal mis. Er is niemand door de boot geraakt,' en vertelde toen een verzinsel, over hoe ze had gezien dat een bijna lege reddingsboot mensen uit het water viste. Mevrouw Grant hield vol dat ook zij dit had gezien en wilde van niets anders horen. Opeens veranderde ze van onderwerp en vertelde ze dat ze had gezien hoe meneer en mevrouw Worthington Smith op het laatst nog in strandstoelen hadden gezeten en sigaretten hadden gerookt. 'Hij zei: "Red eerst de vrouwen en kinderen maar," en zij antwoordde: "Ik ben nog nooit aan boord van een boot gestapt zonder Worthy en dat doe ik ook nu niet."' Later hoorde ik een vergelijkbaar verhaal over een echtpaar op de *Titanic* en ik vroeg me af of dit werkelijk zo was gebeurd of dat mevrouw Grant zich het verhaal gewoon had toegeëigend om mevrouw Fleming af te leiden van haar kwelling.

'Dat is ware liefde,' zei Mary Ann dromerig. De dood en de verschrikkingen van de schipbreuk leken opeens romantisch en zinvol. Henry had immers iets dergelijks voor mij gedaan, al was het dan zonder de edelmoedige woorden of de sigaret. Ik probeerde de paniek op zijn gezicht te vergeten, toen hij mij in de armen van meneer Hardie had geduwd en hem had gesmeekt mij in de boot te zetten. Ik had Henry op zijn wang willen zoenen en hem laten beloven dat hij me zou volgen, maar hij was te zeer bezig geweest met wat hij meneer Hardie toevertrouwde, een laatste instructie die in mijn angst niet tot me doordrong, dus had ik geen afscheid van hem genomen. Ik stelde me hem liever wuivend vanuit een strandstoel voor, dan spartelend in het koude, zwarte water, grijpend naar stukken wrakhout. Maar het liefst stelde ik me hem voor in het pak dat hij op onze trouwdag had gedragen, wachtend op mij, als ik eenmaal in New York aankwam. Henry kon altijd een tafeltje krijgen in een druk restaurant, of kaartjes voor de opera. Het is ironisch dat hij een beroep op diezelfde handigheid had gedaan toen hij onze passage aan boord van de *Empress Alexandra* boekte. Met een oorlog in het verschiet wilden veel mensen graag terug naar Amerika en waren eersteklaskaartjes schaars. Maar toen ik Henry vroeg hoe hij het voor elkaar had gekregen, zei hij alleen maar: 'Het is een wonder. Eenzelfde soort wonder dat jou bij me bracht, net toen ik dacht dat ik met Felicity Close zou moeten trouwen.'

Nu zei meneer Hardie: 'Er waren meer dan genoeg reddingsboten voor iedereen, twintig boten voor veertig man elk.' Maar zelfs leken als wij zagen dat de boten niet voor veertig personen waren ontworpen. Het was evengoed een zinvol verzinsel en het stelde mij in staat mezelf ervan te overtuigen dat Henry het had overleefd, in weerwil van het feit dat ik de chaos tijdens die laatste minuten aan boord van de *Empress Alexandra* met eigen ogen had gezien. Naderhand hoorden we dat de meeste reddingsboten aan stuurboord door het vuur waren verzwolgen en dat andere halfvol van het brandende wrak waren weggevaren.

Om vier uur aten we onze korst brood met kaas. Kolonel Marsh had een groot zakhorloge en meneer Hardie had hem opgedragen de tijd bij te houden. Af en toe riep hij: 'De tijd, meneer!' en dan haalde de kolonel zijn horloge uit zijn zak en riep het uur om. Hij zag er erg belangrijk uit als hij dit deed, maar hij leek ook de in zijn ogen cruciale rol in de gang van zaken aan boord te willen relativeren. Eerder had meneer Hardie iets gezegd over het horloge gebruiken om onze lengtegraad te bepalen, en ze hadden lang gepraat over hoe ze zoiets zouden kunnen doen. Misschien was het door die uitwisseling van ideeën dat de kolonel het zelfvertrouwen kreeg om te vragen: 'Denkt u niet dat u ons wat meer te eten en te drinken kunt geven dan we nu krijgen? Het lijkt alsof we ruim voldoende hebben, aangezien die schepen op de handelsroute elk moment kunnen verschijnen,' en inderdaad, de blikken met scheepsbeschuit en de vaatjes met drinkwater namen aardig wat plaats in achter in de boot. Maar meneer Hardie wilde niet afstappen van zijn voornemen het voedsel en water te rantsoeneren. In het begin lachten we erom. 'Hardie is een strenge meester,' zeiden we bijna liefdevol. Hoewel we elkaar amper kenden, begon er in de reddingsboot een groepsbesef te ontstaan, met in het middelpunt daarvan Hardie, net zoals een ruwe zandkorrel het centrum van een parel vormt.

De wolken hoog in de lucht kleurden roze en goudkleurig en werden hier en daar doorboord door heldere stroken zilverachtig licht. 'Kijk!' zei mevrouw Hewitt, die haar eigen hotel had gehad, en iedereen viel stil, want een van de zonnestralen had onze boot gevonden en we dobberden in stilte, verlicht en met ontzag vervuld, totdat Mary Ann haar stem verhief en *Oh God Our Help in Ages Past* aanhief. Zoals te verwachten was, begon een Frans dienstmeisje, Lisette genaamd, te huilen en het duurde tot de laatste noot voordat de hemel bewoog en de reddingsboot in de schaduw van een wolk gleed.

Er werd veel gepraat over de betekenis van die natuurlijke of bovennatuurlijke gebeurtenis. De diaken zei: 'Ik denk dat we een vergelijking kunnen maken tussen die strook licht en het feit dat we allemaal gekozen zijn om in deze boot gered te worden.'

'We zijn nog niet bepaald gered,' zei Hannah. Ik wilde zeggen: 'God helpt diegenen die zichzelf helpen,' maar viel stil na de eerste drie woorden, toen ik zag hoe mevrouw Grant me op een taxerende en misschien wel calculerende manier aankeek. Deze keer had ze niet meegezongen en leek ze in zichzelf gekeerd te zijn, zich afzijdig houdend van het algehele gevoel van kameraadschap, veroorzaakt door de schitterende avond en ons gevoel van dankbaarheid dat we tot dusver waren gespaard. Zelfs toen meneer Hardie een gedetailleerde inventarisatie van onze voorraden had gemaakt en zijn schatting hoe lang we met ons voedsel en water zouden doen had bijgesteld – drie tot vier dagen, zei hij nu – wanhoopten we niet, want dat was nog lang genoeg.

Nacht

Er volgde meer gezang toen de avond viel. Hannah, die een hechte vriendschap met mevrouw Grant gesloten leek te hebben of haar misschien al kende, staarde me vreemd aan en als in een reflex voelde ik aan mijn haar en begon me zorgen te maken over hoe ik eruitzag. Hannah had grijze ogen en lang haar, dat in dikke lokken bewoog in de wind. Ze had een ragfijne doek om haar schouders geslagen en die klapperde lichtjes in de bries, op de manier waarop een vogel met zijn vleugels klappert als het in werkelijkheid een godin zou zijn, vermomd als vogel. Toen het Hannahs beurt was om te hozen, wilde ze per se van plaats wisselen met degene die naast mij zat en toen sloeg ze haar arm om mijn schouders en fluisterde in mijn oor dat ze me, zelfs onder deze omstandigheden, erg mooi vond. Ik had me zelden zo gelukkig gevoeld – intens gelukkig, bedoel ik. Blij dat ik nog leefde, maar ook gelukkig dat ik het onderwerp was van iemands onverdeelde aandacht. Haar adem voelde warm tegen mijn wang en toen ze achteroverleunde, hielden we elkaars blik lang vast. Ik leunde voorover en pakte een lok die de wind over haar mond had geblazen en legde die achter op haar schouder. Ik wilde naar haar glimlachen, om haar iets duidelijk te maken van wat ik voelde, maar ik denk niet dat ik dat deed. Meneer Hardie had eerder die dag naar me gekeken en toen had ik me ijskoud gevoeld, zowel zwaar als gewichtloos tegelijkertijd, en hoewel hij dwars door me heen leek te kijken, leek hij ook mijn hele wezen te begrijpen, en dat vervulde me met een angst die de maagd Maria moet hebben gevoeld toen de engel Gabriël haar bezocht. Hannah was intimiderend, maar lang niet zo intimiderend als meneer Hardie, en de gedachte dat Hannah en ik vriendinnen zouden kunnen worden stemde me gelukkig. Mevrouw Cook verbrak de stilte tussen ons: 'Was dat niet Penelope Cumberland in die andere reddingsboot?' Niemand antwoordde en na een tijdje zei ik dat ook ik haar had herkend.

'Weet u nog hoe zij en haar echtgenoot zich aan de kapiteinstafel hebben gewurmd? Nou, mevrouw Cumberland, dát was nog eens een toonbeeld van klasse. Zij vond dat de rest van ons haar aandacht niet waard was, maar wat zulke mensen vergeten, is dat aandacht in twee richtingen gaat. Ik hoorde het stel op een dag ruziemaken, en het leek alsof het fortuin van meneer Cumberland niet zo zeker was als die twee ons wilden doen geloven. Het vrouwtje zei tegen hem: "Maar daar kunnen we niet zitten, ik heb daarvoor niet de juiste jurken!" waarop hij antwoordde: "Maar er is niemand die kijkt naar wat je aanhebt." "Alsof jij ook maar iets weet over waar andere mensen naar kijken!" beet ze hem toe en toen ging ze er kwaad vandoor.'

Een paar minuten later fluisterde mevrouw Cook tegen mij: 'Natuurlijk deed ze heel charmant als ik haar tegenkwam, maar ik wist wel wat ze dacht. Ze dacht: die zit niet aan de kapiteinstafel. Ze dacht dat een reisgezel hetzelfde is als een bediende en dat ik, als ik niet samen met mevrouw McCain had gereisd, helemaal niet in de eerste klasse zou hebben gezeten. Ze dacht dat mevrouw McCain een reisgezel nodig had omdat ze niet getrouwd was en dat een vrouw zonder echtgenoot op een lagere sociale trede staat dan een getrouwde als zij. En de manier waarop de kapitein naar haar keek! Er was daar iets onsmakelijks aan de gang, let op mijn woorden.'

Het was niet eerlijk dat alle vijandigheid van mevrouw Cook jegens de Cumberlands op de zachte schouders van

Penelope Cumberland terechtkwam en dat meneer Cumberland er om de een of andere reden zonder kleerscheuren van afkwam. Ik vond Penelope erg aardig, maar haar echtgenoot saai, en ik wist ook dat vrouwen een gemakkelijk doelwit waren. Ik wees erop dat mensen alleen op persoonlijke uitnodiging aan de kapiteinstafel terechtkwamen en dat, voor zover ik het had begrepen, die uitnodigingen werden gebaseerd op sociaal aanzien, wat zowel het idee dat de Cumberlands aan lagerwal waren geraakt als het idee dat er iets achterbaks school in hun handelingen weerlegde.

'Dat is nu precies wat ik bedoel!' zei mevrouw Cook, die ofwel geen boodschap had aan redelijkheid of weigerde zich te laten ompraten en liever volhardde in haar vijandigheid. 'Ze hadden helemaal geen sociaal aanzien en ook geen geld! Ik hoorde de man op een dag met kapitein Sutter praten. Ik kon niet horen wat er precies werd gezegd, maar de boodschap was duidelijk, en daarna sloegen ze geen dag over. Altijd snelden ze als eersten de eetzaal binnen en eisten als eersten een plaats aan tafel op. U zat toch aan de kapiteinstafel, Grace? Hebben de Cumberlands ooit uitgelegd waarom ze daar zaten?'

'Niet aan mij, maar ik zou er ook niet naar hebben gevraagd. Het is mijn ervaring dat je vijf redenen kunt bedenken waarom iets is gebeurd, en de waarheid zal altijd de zesde zijn.' Ik wist wel degelijk iets over de Cumberlands, maar ik had gezworen het geheim te houden en ik zag geen enkele reden een bemoeial als mevrouw Cook nog wijzer te maken.

Mevrouw Cook stoppen was net zoiets als proberen een oceaangolf tegen te houden die op het punt staat te breken, en ze ging door met haar gebruikelijke categoriseringen en generalisaties. Ze zag zichzelf als een geweldig verteller en de mensen die bij haar in de buurt zaten, luisterden vol aandacht en als ze vragen stelden, verzon ze details of theorieën om hun een plezier te doen. Nu zei ze: 'Mensen die gewend zijn geld te hebben zijn doodsbang voor het idee dat hun omstandigheden op een dag kunnen veranderen. Meneer Winter en u zaten er toch ook warmpjes bij, Grace? Vervulde het u niet met ontzetting om te denken dat het op een dag niet meer zo zou zijn?'

Mij was geleerd dat geld geen geschikt gespreksonderwerp was, dus antwoordde ik resoluut dat Henry alle financiële zaken regelde en dat ik er zelden over nadacht, als ik dat al deed.

De verhalen van mevrouw Cook waren vertrouwelijk en werden vaak samenzweerderig gefluisterd tegen diegenen die geïnteresseerd waren, en diegenen moesten zich in haar buurt bevinden, en zelfs dan moesten we soms voorover leunen om haar te kunnen horen. Meneer Sinclair daarentegen was meer een geleerde en vertelde ons over de dingen die hij had gelezen. Hij had een luide stem en eiste de aandacht van iedereen op, vooral 's nachts, als het geluid verder leek te dragen dan overdag. Ik weet niet hoe we op het onderwerp van het geheugen kwamen, maar meneer Sinclair vertelde ons dat Aristoteles er al in de vierde eeuw voor Christus op een wetenschappelijke manier over had geschreven. 'Aristoteles besloot dat het geheugen uitsluitend met het verleden van doen heeft, niet met het heden of de toekomst,' begon hij, maar hij werd onderbroken door meneer Hoffman, die spottend zei: 'Dat had ik u ook kunnen vertellen!' Ik vroeg meneer Hoffman stil te zijn en meneer Sinclair ging verder.

'Aristoteles maakte onderscheid tussen "het geheugen", waarover hij beweerde dat zelfs domme mensen het hebben, en "het herinneren", waarin slimme mensen uitblinken.' Ik herinner me niet wat hij daarna zei, maar ik dacht dat hij bedoelde dat er geen geheugen van het heden mogelijk is, want daarbij draait het alleen om de perceptie van onze zintuigen, en dat het geheugen de herroepbare indruk van een gebeurtenis uit het verleden is. De herinnering daarentegen is het herroepen zelf – de speurtocht of het mnemotechnische proces dat degene naar een geheugenis voert die niet meteen te hervinden is. Soms herinner ik me een gebeurtenis en pas later schiet me iets anders dat voorviel te binnen en dat leidt weer tot een andere herinnering en ga zo maar door, in een lange reeks.

Een andere keer vertelde meneer Sinclair ons over Sigmund Freud, die revolutionaire dingen deed voor de geesteswetenschappen en niet zozeer over herinneren had geschreven, maar meer over vergeten, en hoe het vergeten altijd gerelateerd is aan de drijfveren van het leven, waarvan de voortplanting en het vermijden van de dood de belangrijkste twee zijn. Hoe dan ook, ik beschouwde meneer Sinclair als de betere verteller, maar de meeste andere vrouwen gaven de voorkeur aan mevrouw Cook.

Het was een maanloze nacht en de atmosfeer werd steeds drukkender en vochtiger. Mijn goede stemming van die avond ebde geleidelijk weg, hoewel er niets vervelends was gebeurd, afgezien van meneer Hardie die tegen meneer Hoffman had gezegd dat het nog voor de ochtend zou gaan regenen. Er ging een hysterisch gelach door de boot toen we ons voorstelden welke nieuwe ellende regen met zich mee zou brengen.

Daarna verstomden de gesprekken en waren we alleen met onze gedachten en het geluid van het water tegen de boot. Opvallend genoeg sliepen we die eerste paar nachten allemaal, ofwel om de beurt in de slaapzaal, of leunend tegen elkaar of met ons hoofd op een gewillige schoot. Als reden gaven we op dat we uitgeput waren, of gechoqueerd – onwetend hoe diep onze uitputting of gechoqueerdheid uiteindelijk zou worden – maar optimistisch, en in onze hoofden oefenden we de zinnen waarmee we onze ervaringen zouden opdissen als we eenmaal thuis waren.

Ergens rond middernacht werd ik wakker van geschreeuw. Een mannenstem riep dat hij lichten had gezien in de verte. De waarneming werd door niemand bevestigd en hoewel ik mijn best deed iets te zien in de duisternis, zag ik niets. Ik viel opnieuw in slaap en toen ik weer wakker werd, net voor zonsopgang, stond ik op en wilde ik op weg gaan naar het kleine toilet dat Henry en ik aan boord hadden gebruikt; pas toen herinnerde ik me waar ik was en stak ik een van de hoosvaten onder mijn jurk en urineerde ik erin, terwijl ik zenuwachtig mijn kleding herschikte en probeerde geen aandacht op mezelf te vestigen. Ik was licht verontwaardigd over de mannen, die er geen probleem mee hadden hun broek open te knopen en schuimende stralen over de rand van de boot te spuiten. Naarmate de tijd verstreek, werd dit probleem minder belangrijk, want we kregen zo weinig water binnen dat de noodzaak om onszelf te ontlasten steeds minder vaak voorkwam. Toch bleef onze verontwaardiging, alleen richtte die zich op nieuwe verschillen.

Vierde dag

Het voorval in de nacht – de valse of in elk geval onbevestigde waarneming van lichten – had een ongunstig effect op ons. Er waren nieuwe versies van de verhalen over de laatste momenten van ons schip, maar zonder de romantiek van de prachtige zonnestralen en het gezang van de vorige middag bleken ze niet in staat de teleurstelling van de nacht te verjagen en we werden overvallen door een naargeestige somberheid. Die werd nog verergerd door de bewolkte dag. Overal om ons heen ging het grijs van de lucht naadloos over in de grijze zee, ergens ver aan de horizon. Hardie zei: 'De wolken zijn nu niet wit, of wel soms, mevrouw Winter?' Maria sprong weer telkens op en begon aan haar kleren te trekken. 'Ga zitten,' gromde Hardie, 'of mot ik je vastbinden?'

Mevrouw Grant riep: 'Wie was het die de lichten heeft gezien?'

'Preston, hier,' zei meneer Sinclair. 'Het was Preston.'

'Klopt. Ik heb het niet verzonnen.' Meneer Preston was een ernstige man met een rond gezicht, die voortdurend buiten adem leek te zijn.

'In welke richting hebt u ze gezien?' vroeg mevrouw Grant, alsof ze de weg vroeg naar een hotel. 'Kunt u zich dat nog herinneren?' Meneer Preston leek enorm opgelucht en zei: 'Vijf graden opzij van de wind.' Meneer Hardie had ons geleerd om de graden van een cirkel of de wijzers van een klok te gebruiken om de richting te bepalen in relatie tot de wind of de neus van de boot, dus toen meneer Preston dit zei, keken we allemaal naar de stuurboordkant van de boeg, alsof daar nu nog iets te zien was. De houding van mevrouw Grant werd gekenmerkt door onwankelbare ernst, een plechtigheid die ze op iedereen die ze aansprak overbracht, en ik merkte direct dat een dergelijk respect voor zijn mening het enige was wat meneer Preston wilde.

Hardie zei: 'Het afgelopen uur is de wind vijfenveertig graden gedraaid,' en hij wees in een andere richting.

'O,' zei Preston, duidelijk teleurgesteld en bang zijn geloofwaardigheid te verliezen. 'Ik ben immers ook een accountant, geen zeeman, maar accountants staan bekend om hun accuratesse. Ik heb een goed oog voor details en het geheugen van een olifant. Dat mag u aan iedereen die me kent vragen. Als ik zeg dat ik lichten heb gezien, dan waren het lichten.'

'Even allemaal jullie aandacht. Even allemaal luisteren!' riep mevrouw Grant, zodat iedereen haar kon horen. Ik was verrast over het volume dat ze kon produceren, want tot op dat moment had ze haar kracht vooral zachtjes getoond. 'Meneer Preston zag lichten in die richting.' Ze knikte in de richting die meneer Hardie had aangewezen. 'We moeten onze ogen openhouden. Ik stel voor dat u een wacht aanstelt, meneer Hardie. Het lijkt mij het beste om groepjes van vier te vormen, met elk van de vier gedurende een uur verantwoordelijk voor een kwadrant.' Ze verdeelde de passagiers in negen ploegen, uitgezonderd meneer Hardie natuurlijk, maar ook zonder Hannah en zichzelf, omdat zij de meer algemene taken zouden uitvoeren en zouden invallen als dat nodig was. Ik merkte dat Hardie het niet prettig vond om bevelen van een vrouw te krijgen, want terwijl hij luisterde leek zijn gezicht wel van hout.

Verschillende keren die ochtend werd meneer Hardie gevraagd naar zijn mening over de lichten, maar hij hield zijn kaken stijf op elkaar. Misschien had mevrouw Grant hem beledigd door hem niet vooraf te consulteren, voordat ze nieuwe taken had uitgedeeld. 'Duurt niet lang meer,' was het enige wat hij zei, maar hij liet het aan onze verbeelding over wat nu precies niet lang meer zou duren. Eerst dacht ik dat hij het over een schip had dat ons in veiligheid zou brengen, maar toen werd ik door een vlaag buiswater geraakt en dacht ik dat hij de regen bedoelde, die dreigend aanwezig was maar nog niet was gevallen. Pas in de laatste paar weken heb ik besloten dat hij iets heel anders bedoelde, misschien de rivaliteit die groeide tussen hem en mevrouw Grant, of misschien een crisis in het leiderschap of een moment waarop mensen duidelijk zouden zien wat wat was en zich onvoorwaardelijk aan zijn leiderschap zouden committeren; maar op dat moment had ik geen echte reden om zoiets te denken.

Meneer Hardie deelde scheepsbeschuit uit en een metalen beker vol water en waarschuwde ons niet meer dan ieder een derde van de inhoud te drinken. Ik nam mijn deel, maar ik was een van de weinigen. Hardie keek grimmig terwijl de mensen om de beker vochten en wat van het kostbare water op de vloer werd gemorst. 'Jullie gedragen je als kinderen,' zei hij. Vanaf dat moment deelde hij precieze rantsoenen uit en gaf hij ons de drinkbeker een voor een.

Toen mevrouw Fleming zich hardop afvroeg wat er met haar dochter was gebeurd, barstte Isabelle uit: 'Ze heeft recht het te weten! Ik zou ook niet voor de waarheid afgeschermd willen worden,' en ondanks de strenge waarschuwing van mevrouw Grant dat Isabelle niet wist waarover ze praatte, zei meneer Preston: 'Ik heb het ook gezien.' Daarop sprong mevrouw Fleming op, klauterde over onze benen en hurkte neer op de vloer van de boot bij Isabelle en meneer Preston. Ze trok aan hun mouwen en zei: 'Wat gezien? Wat hebben jullie gezien? In welke reddingsboot is ze terechtgekomen? Ze is toch niet in de volgende terechtgekomen, de boot die omsloeg en iedereen in zee kieperde?' Meneer Preston keek zenuwachtig van mevrouw Fleming naar mevrouw Grant en zei niets.

'Vertel 't me, verdomme! Jullie kunnen nu niet meer zwijgen!' krijste mevrouw Fleming en haar gewonde hand wapperde onnatuurlijk aan haar arm. 'De volgende boot was die boot die ondersteboven draaide. Dat heb ik met mijn eigen ogen gezien. Zaten Emmy en Gordon in die boot of niet?'

'Het was niet ...' begon meneer Preston.

'Toe, vertel het haar,' zei meneer Hoffman. 'Ik heb gehoord dat u bekendstaat om uw accuratesse.'

'Ja, vertel 't me!' krijste ze weer en ze kwam omhoog van de natte vloer, waar het water zich klotsend verzamelde, hoe ijverig we ook hoosden. Ik probeerde haar te grijpen om haar te helpen, maar het was Hannah die haar uiteindelijk tussen Mary Ann en mij in duwde, waarop mevrouw Grant haar mitella weer vastmaakte en een deken om haar schouders sloeg, want ze rilde en haar jurk was nat geworden.

'Het kwaad is al geschied,' zei meneer Hoffman. 'U kunt haar net zo goed de rest vertellen.'

'Hebt u haar ook gezien?' De krankzinnige ogen van mevrouw Fleming boorden zich nu vast in meneer Hoffman en die zei: 'Ja, feitelijk wel.' Niemand zei iets. Zelfs de diaken leek te verschrompelen in zijn ruimvallende jas bij het zien van dit wanhopige tafereel.

Meneer Hoffman sprak zonder enige emotie. 'Ze werd geraakt door deze boot, toen ze die weer ophaalden. De boot duwde haar van het dek. Ik zag haar in zee vallen. Ze is waarschijnlijk verdronken.'

'Dat weten we niet,' zei Hannah. 'Dat weten we helemaal niet zeker.'

'Misschien is ze wel gered,' zei de diaken zachtjes en ik wist dat we allemaal aan het jongetje met het strikje dachten, en hoe Hardie en Nilsson met roeispanen mannen bij de boot hadden weggeslagen. Mevrouw Fleming trilde onbeheerst en herhaalde telkens: 'Dank u wel, het is maar beter het te weten.' Maar ik vroeg me af, gezien alle verwarring aan boord, hoeveel geloof je moest hechten aan de woorden van meneer Hoffman.

Onverklaarbaar, maar net voordat het donker werd begonnen twee van de Italiaanse vrouwen, die tot dusver vooral stil waren geweest, te krijsen en herhaaldelijk kruizen te slaan, zo goed als ze konden, terwijl ze elkaar vast bleven houden. Het was meneer Sinclair, de gehandicapte, die hun woorden vertaalde en ons vertelde dat ze hadden gebeden en een openbaring hadden gekregen waarin de helft van ons het niet zou overleven. 'Dat betekent dat de andere helft wél blijft leven,' zei mevrouw Grant en ze maakte met één blik duidelijk dat het onderwerp hiermee was afgesloten.

Mevrouw Fleming leek haar kalmte te hebben hervonden en ik prees mezelf voor mijn pogingen haar te kalmeren door haar hand vast te houden en te zeggen: 'Het is maar een verhaal dat ze u vertellen. Het hoeft niet eens waar te zijn.' Daarna vertelde ik haar over mijn korte, maar gelukkige huwelijk met Henry en hoe we van plan waren geweest een bruiloftsfeest te geven als we eenmaal thuis waren, dus was ik erg verbaasd toen ze zei: 'Aangezien we allemaal zo eerlijk zijn, denk ik dat gezegd moet worden dat Grace eigenlijk helemaal niet in deze reddingsboot hoort te zitten.'

'Onzin,' zei Mary Ann met de troostende stem waarmee ze mevrouw Fleming de hele tijd aansprak.

'Misschien heb jij het niet gezien, Mary Ann, maar ik wel. Het komt door Grace dat deze boot te vol is. Heb je niet gehoord wat meneer Hoffman heeft gezegd? Hoe ze de boot te water hadden gelaten en hem toen weer hebben opgetakeld, voordat ze hem weer lieten zakken? Meneer Hardie hielp mensen in de boot en was al begonnen hem te laten zakken toen Grace en haar echtgenoot opdoken en iets tegen hem zeiden. Waar ging dat gesprek over, Grace? Dat willen we allemaal wel weten. Ik heb het gezien, want ik verwachtte dat mijn Emmy in de boot zou stappen. Ze stond pal achter me. Ze zeiden dat ik als eerste moest instappen, vanwege mijn arm, maar dat zou ik nooit hebben gedaan als ik niet zeker had geweten dat mijn dochter ook zou meegaan. Wat heeft je echtgenoot meneer Hardie beloofd? Ze haalden de boot weer op en toen stapten meneer Hardie en Grace in. En meneer Hoffman zegt dat op dat moment Emmy van het dek werd geduwd. Als Grace het ons niet wil vertellen, wil meneer Hardie dat misschien wel doen!'

'Als ze de boot weer optakelden, dan was dat om 'm recht te houden,' blafte Hardie. 'Het schip maakte bijna twintig graden slagzij, het dek was glad van de olie en de mensen klampten zich vast aan iedereen met een uniform. Ik zou jullie weleens met een lier bezig willen zien onder zulke omstandigheden!'

'Ze haalden de boot op voor u en Grace, dat is de enige reden. Ik heb het met mijn eigen ogen gezien!'

'Nou, nou,' zei ik, want ik herinnerde me niet dat ik in de boot was gestapt, alleen dat ik had gezien hoe de rook opsteeg van de brug en hoe ik, omringd door doodsangst en verwarring, Henry's hand had vastgegrepen en hem blindelings was gevolgd, een voet voor de andere had gezet en had gedaan wat me werd gezegd, totdat ik werd opgetild en in de boot werd gezet. Ik kon niets beters bedenken dan wat nietszeggende zinnetjes te mompelen en mevrouw Fleming aan mijn borst te drukken, maar ze ging door: 'Is het wel of niet jouw fout dat deze boot te vol zit? Is het wel of niet jouw fout dat mijn kleine Emmy dood is?' Haar stem klonk zacht en gebroken en de anderen praatten inmiddels weer over andere dingen, dus ze hoorden ons waarschijnlijk niet. Alleen Mary Ann hoorde het, want die hielp me met mevrouw Fleming en opnieuw probeerde ze haar te kalmeren door te zeggen: 'Ach, een persoon meer of minder maakt niet veel uit.'

'Het was er niet één,' siste mevrouw Fleming, alsof ze een gruwelijk geheim onthulde. 'Het waren zij én Hardie. Dat zijn er toch twee? Ik tel er twee.'

'En daarmee zijn we gezegend,' zei Mary Ann. 'Zonder meneer Hardie zouden we verloren zijn.'

'En mét hem ook!' zei mevrouw Fleming schor. 'Let op mijn woorden.'

Mary Ann en ik wisselden een blik, maar mevrouw Fleming zonk weg in een uitgeput zwijgen. Ik bleef haar die middag in mijn armen houden, fluisterde haar bemoedigende woorden toe, zoals je tegen een kind zou doen. Ze leek een poosje te slapen, maar meteen toen ze weer ontwaakte zei ze: 'Jij had 't moeten zijn. Emmy zou hier naast me moeten zitten, maar jouw echtgenoot had een kaartje voor je gekocht, of niet soms? Dat verklaart alles. Als het niet aan je geld had gelegen, dan was de boot niet zo overbeladen geweest. Als het niet aan je geld had gelegen, dan zou mijn kleine Emmy niet dood zijn.'

Ik bleef kalm, want ze was uiteraard overstuur en praatte onzin. Ik zei dat niemand zonder kaartje aan boord van de *Empress Alexandra* mocht komen. 'Je kunt wel net doen alsof je me niet begrijpt,' begon ze rustig, maar toen verdampte haar tijdelijke kalmte en schreeuwde ze: 'Zij had 't moeten zijn! Zij had 't moeten zijn!' Er waren drie mannen nodig om haar in bedwang te houden. Uiteindelijk werd ze stil en zakte ze onderuit tussen Hannah en mij, in slaap of in trance. Mary Ann nam mijn hoosbeurt op zich, zodat ze niet wakker zou worden.

Door de wolken ging de zon niet zozeer onder, maar doofde uit, en in het kwijnende licht zag ik dat mevrouw Fleming haar rust had hervonden. Toen ze om een hoosvat vroeg, dacht ik dat ze dat voor sanitaire redenen nodig had. Ik had geen idee dat ze van plan was zeewater te drinken. Ik heb het haar niet zien doen, maar 's nachts voelde ik hoe ze rilde, dus sloeg ik de deken, die van haar schouders was gegleden opnieuw om haar heen, en drukten Hannah en ik haar om de beurt stevig tegen ons aan. Eenmaal in de nacht mompelde ze iets onduidelijks en 's ochtends was ze dood. Later, nadat meneer Hoffman de kant van Hardie had gekozen, gebruikte mevrouw Grant dit als een voorbeeld van Hoffmans verraad en zei ze dat hij mevrouw Fleming had vermoord met de waarheid.

De Empress Alexandra

De anderen in de reddingsboot praatten over hoe ze meneer Hardie aan het werk hadden gezien aan boord van de *Empress Alexandra*, nors kijkend en met het kwaad al aanwezig in zijn hart, maar ik had hem voor de dag van de ramp nooit opgemerkt. Ik zag de dekknechten en bedienden als geüniformeerd meubilair, dat meestal op een plaats stond die de passagiers – en dan bedoel ik met name Henry en mijzelf – van pas kwam. Ik was op slag verblind, niet alleen door de grandeur van het schip, maar ook door Henry, wiens persoonlijkheid even substantieel bleek als zijn afkomst en middelen. In Londen had Henry geregeld dat ik een nieuwe garderobe kon aanschaffen en ik schreed als een sprookjesprinses heen en weer over het dek, me intens maar selectief bewust van mijn omgeving, dus had ik wel oog voor de kroonluchters, de fluitglazen voor de champagne en de zonsondergangen die hun kleuren met emmers tegelijk tegen de lucht smeten, maar niet voor de complexe mechanismen die ervoor zorgden dat de maaltijden op tijd werden geserveerd of het schip op koers bleef. Ik heb al verteld dat ik de kolonel en mevrouw Forester aan boord heb gezien; uiteindelijk herinnerde ik me ook mevrouw McCain, want ze was vaak te vinden bij het bridgespel of zat verdiept in een roman in de leeskamer op het eerste dek, maar ik kan niet zeggen dat ik me haar reisgenote, mevrouw Cook, herinner, of haar dienstmeisje Lisette.

Later, want ik had veel tijd om over het schip na te denken – over wat ik me wel herinnerde en wat niet – probeerde ik wat meneer Sinclair ons had verteld, over de wetenschap van het herinneren en vergeten, toe te passen. Dr. Cole vertelde me dat het brein in staat is traumatische ervaringen te onderdrukken en ik neem aan dat dit waar is, maar soms denk ik dat het onvermogen om je iets te herinneren niet zozeer iets pathologisch is, maar een natuurlijk, noodzakelijk gevolg, want op enig moment zijn er honderden dingen die je aandacht kunnen vragen, maar zijn de zintuigen slechts in staat er een of twee op te merken en te verwerken.

Toch herinner ik me duidelijk een incident met de bemanning van de *Empress Alexandra*. Het schip stond op het punt Liverpool te verlaten en ik stond bij de reling en keek met verbazing naar de menigte die zich had verzameld om ons een behouden vaart te wensen en uit te zwaaien, toen kapitein Sutter over het dek aan kwam benen alsof hij zich moest beheersen om het niet op een hollen te zetten. Zijn laarzen maakten veel kabaal en hij werd gevolgd door verschillende matrozen die zwoegden onder het gewicht van twee grote, houten kisten, die met stevige sloten waren afgesloten. De kapitein keek telkens boos achterom en mopperde: 'Stelletje idioten!' waarna hij weer voor zich keek en 'Pardon! Pardon!' riep om ruimte te maken in de grote groep passagiers die probeerden hun dierbaren op de kade beneden te ontdekken.

'Waarom hebben jullie ze niet meteen naar de kluishut gebracht?' siste de kapitein tegen de mannen, toen hij mij passeerde. 'Jullie hadden net zo goed een advertentie in de krant kunnen zetten, zodat iedere dief precies weet waar ie moet zoeken!'

Ik volgde hen op afstand en telkens als de kapitein omkeek om zijn mannen te berispen, deed ik alsof ik iemand zocht, maar hij was te zeer in beslag genomen door zijn bezigheden en merkte me niet op. Toen hij een trap af liep, bleef ik op ruime afstand, met bonzend hart, alsof ik een ongeschreven wet overtrad, maar ik kon moeiteloos horen wat er in het galmende trappenhuis werd gezegd. De groep stopte bij een deur naast het kantoor van de purser en de kapitein riep: 'Meneer Blake, hebt u de sleutel?' Ik draaide me om en haastte me de trap op, zodat ik niet zou worden ontdekt als deze taak hun aandacht niet langer zou opeisen, iets wat uiteindelijk wel moest gebeuren. Ik neem aan dat het de deur van de kluishut was, waar ze het kistje met de halsketting die Henry in Londen voor me had gekocht hadden opgeborgen, evenals mijn ringen en Henry's horloge, een erfstuk. Zo weet ik dat wat Penelope Cumberland me later vertelde over twee kisten vol goud de waarheid was.

Henry had meer interesse voor de andere passagiers dan ik, maar hij was altijd attent voor me en kwam ruimschoots tegemoet aan mijn behoefte aan menselijk gezelschap, die altijd al klein is geweest. Hij zou niet lang zijn opgebleven om te kaarten en over politiek te praten in de rooksalon als ik hem had gevraagd dat niet te doen, en dat deed ik nooit. Ik hield ervan tijd voor mezelf te hebben, om mijn haar te verzorgen en in mijn eentje te rommelen in onze hut, voordat Henry naar bed kwam. Ik hield ervan om uit de patrijspoort te staren, naar de maan op het water te kijken en ik genoot van mijn geluk dat ik Henry had ontmoet, juist toen ik dacht dat ik een gouvernante zou moeten worden. In de veilige eenzaamheid van onze luxehut, met het Belgische linnengoed en de porseleinen wasbak, kon ik terugkijken op de gebeurtenissen van het afgelopen jaar en ze proberen te begrijpen; maar uiteindelijk kwam ik tot de conclusie dat mijn ouders zwakke mensen waren.

De zakenpartners die mijn vader hadden bezwendeld, hadden hem in feite ook van het leven beroofd, want toen duidelijk werd dat hij de patenten, waarvan zijn bedrijf afhankelijk was en waarvoor hij niet alleen een hypotheek op zijn kantoren had genomen, maar ook op het huis waarin wij woonden, niet in handen had, had hij zichzelf doodgeschoten. Wat dacht papa dat zijn vrouw en twee dochters zonder hem zouden moeten beginnen? Mijn moeder gooide haar handen in de lucht en liet haar haar rondom haar gezicht hangen, zodat de bedelende kinderen zich bang naar de goot spoedden en haar nawezen op haar grillige tocht naar de winkels. Mijn zus Miranda stroopte meteen haar mouwen op en slaagde erin werk als gouvernante te vinden, maar toen ze mij aanmoedigde hetzelfde te doen, verzette ik me daartegen. Wellicht manifesteerde mijn moeders passiviteit zich, waardoor ik geneigd was mijn handen in de lucht te gooien en te hopen dat iemand mij zou redden, maar ik had ook iets van Miranda's vastberadenheid in me – misschien dezelfde vastberadenheid die mijn vader ertoe had gebracht zichzelf dood te schieten in plaats van de vernedering van armoede te ondergaan, waaruit maar weer blijkt dat bewonderenswaardige trekjes ook negatief kunnen zijn, als ze op een andere manier tot uiting komen. Wat het ook was, dat trekje was niet zo diepgeworteld in mij als in mijn zus, en ik geef toe dat mijn moeder me vaak koppig noemde toen ik nog een kind was. Papa was nog maar net begraven of Miranda begon haar Franse grammatica en haar rekenkunde op te halen, en toen was ze weg, naar Chicago en schreef angstaanjagende brieven, gevuld met verschrikkelijke details over het dagelijks leven van de kinderen en hun academische vooruitgang. Of misschien was ik helemaal niet vastberaden. Misschien was ik, net als mijn moeder, een hopeloze romanticus, alleen wel eentje die het geluk had romantiek en zekerheid te vinden, en zo de gekte wist te vermijden.

Net toen Henry en ik naar Londen afvoeren, was de aartshertog en opvolger voor de Oostenrijks-Hongaarse troon vermoord door Servische nationalisten tijdens een bezoek aan de hoofdstad van Bosnië, en toen Oostenrijk-Hongarije dreigde Servië als vergelding de oorlog te verklaren, kregen we het advies ons bezoek af te breken en zo snel mogelijk terug te keren naar New York. De meeste mensen aan boord van de *Empress Alexandra* hadden op het laatste moment passage geboekt om snel uit Europa weg te komen en dat droeg bij aan de sfeer dat een of andere wereldmacht ons in zijn greep had, iets waartegen we niet bij machte waren ons te verzetten. Zelfs voor de schipbreuk verleenden de grootse strategieën die zich op het continent voltrokken een gevoel van urgentie en ernst aan onze thuisreis, als schril contrast met de luxe van de oceaanstomer en mijn hachelijke omstandigheden van nog maar een paar weken eerder. Penelope Cumberland en ik hadden met één oor geluisterd naar de serieuze gesprekken van de mannen, maar ons andere oor hadden we aan elkaar geleend, terwijl we ons een mening probeerden te vormen over zaken waarover we niets wisten. De kapitein ontving met regelmaat draadloze berichten, waarover hij vertelde tijdens het eten, wat aanleiding gaf tot veel discussie en gekakel onder de mannen, die maar al te graag tegenover de dames de expert uithingen over de gebeurtenissen van de afgelopen maand. Toen Penelope en ik hoorden dat Sophie, de vrouw van de aartshertog, ook was doodgeschoten, recht door haar zwangere buik, voelden we ons genoodzaakt onze afschuw hoorbaar voor iedereen aan tafel uit te spreken, want wij waren vrouwen en een vrouw kwam maar zelden ter sprake in politieke kwesties. Maar het gesprek ging al snel weer over de invasies en oorlogsverklaringen, die elkaar in snel tempo opvolgden.

'Stel je voor, al die drukte over een dode hertog,' fluisterde ik tegen Penelope.

'Aartshertog,' zei Penelope, waarop we beiden moesten lachen. Maar meestal praatten we over onze bruiloften, want ook zij was kortgeleden getrouwd, en hoewel we allebei beseften dat ons gekeuvel veel minder belangrijk was dan de verhitte gesprekken om ons heen, waren we het erover eens dat de wereld een veel betere plek zou zijn als alle mensen zich alleen zorgen hoefden te maken over bruiloften en zich verre hielden van oorlogvoering.

Nadat we vriendschappelijk waren geworden, leunde Penelope dichter naar me toe dan gebruikelijk en fluisterde in mijn oor: 'Je hebt je vast afgevraagd waarom meneer Cumberland en ik eerder niet bij de kapitein aan tafel zaten, maar nu wel.' Natuurlijk had ik me dat afgevraagd, maar dat liet ik niet merken. 'Mijn man werkt voor een Britse bank,' ging ze door, 'en hij is aangewezen om een grote lading goud naar New York te begeleiden.' Ze vertelde me dat hij de hele tijd een speciale sleutel om zijn middel droeg en omdat hij nauwe contacten moest onderhouden met de kapitein en ook met de andere bankiers aan boord, leek het maar het beste een excuus voor die omgang te verzinnen, om te voorkomen dat de mensen te veel vragen gingen stellen. 'Het heeft natuurlijk met de oorlog te maken,' fluisterde ze. Later zei Henry dat ik Penelope onder mijn hoede moest nemen. Zijn bank hoopte een zakelijke relatie aan te gaan met de bank waarvoor haar echtgenoot werkte. Hij vertelde me een keer dat zijn collega's bij de bank de situatie in Europa met grote interesse volgden, omdat er tijdens een oorlog altijd grote winsten te behalen waren.

Ik denk dat ik Penelope daarna nog meer mocht, maar hoewel ik het gevoel had dat ik eindelijk mijn ware plek in de wereld had gevonden, was zij timide, en ik had de grootste moeite haar ervan te overtuigen dat ze evengoed aan de kapiteinstafel thuishoorde als alle anderen. We oefenden tafelmanieren. Ik leende haar twee van mijn nieuwe jurken en leerde haar hoe ze haar rokken moest laten ritselen en hoe ze moest lopen, met haar schouders naar achteren en haar blik op de verte gericht. Ik leerde haar hoe ze moest glimlachen en lachen – niet te uitbundig – als ze niet wist wat ze anders moest doen, en de kapitein moedigde haar aan door haar als eerste naar de tafel te laten lopen, alsof het de normaalste zaak van de wereld was. 'Zelfs al voel je het niet zo in je hart,' zei ik tegen haar, 'dan kun je nog altijd doen alsof.'

De enige keer dat Henry en ik ruzie hebben gemaakt, was aan boord van de *Empress Alexandra.* Hij had voorgewend dat zijn ouders de werkelijke reden wisten waarom hij zijn verloving met Felicity Close had afgebroken en telkens als ik hem ernaar vroeg, antwoordde hij: 'Ze weten alles,' of 'Ik kan niet met Felicity trouwen omdat ik niet van haar hou. Dat zou niet eerlijk zijn tegenover haar en dat heb ik hun ook zo gezegd,' maar uiteindelijk bleek dat hij mij uit het hele verhaal had weggelaten. 'Maar wat gebeurt er dan als we in New York aankomen?' wilde ik weten. 'Hoe ga je mijn aanwezigheid verklaren? Het is toch zeker veel beter om je ouders hierover op voorhand te informeren!'

'Ik heb een paar dagen nodig om wat zaken te regelen, want ik wil het hun persoonlijk vertellen,' zei Henry. 'En natuurlijk moet ik iets vinden waar we kunnen wonen, maar maak je maar geen zorgen. Jij mag de gordijnen en het meubilair uitzoeken.' Hij probeerde me af te leiden met de inrichting, zoals een visser met glinsterend lokaas de aandacht van een stomme vis hoopt te trekken, maar ik hapte niet. 'En wat moet ik dan in de tussentijd doen? Waar moet ik slapen?'

'Kun je niet bij je moeder logeren? Ik ging ervan uit dat je daar zou kunnen slapen.'

'Ze is bij haar zuster in Philadelphia ingetrokken. Trouwens, ik wil bij jou zijn.'

Henry legde zijn hand op mijn schouder en noemde me 'schatje', drie of vier keer op rij, maar ik rukte me los. 'Je wilt me wegstoppen!' riep ik uit, toen de betekenis van zijn woorden tot me doordrong. Toen hij zag dat ik me niet liet overhalen, ging hij met tegenzin akkoord om nog diezelfde middag naar de radiohut van het schip te gaan en een draadloos bericht naar zijn moeder te sturen om haar te vertellen dat hij thuis zou komen met een bruid. Alleen achteraf begreep ik het belang hiervan, want als Henry dat bericht niet had laten verzenden – en ik vroeg me af óf hij dat had gedaan – dan was het net alsof we nooit getrouwd waren geweest, want elk bewijs daarvoor zou, samen met Henry, verloren zijn gegaan op zee. Natuurlijk had de Londense magistraat die ons in de echt had verbonden hiervan wel een document, maar die zat ver weg, in een land dat in oorlog was.

Penelope en ik spraken over het feit dat de wereld steeds groter en gevaarlijker leek te worden, met landen waarover we nooit hadden gehoord die ons meezogen in hun gedoe. Maar nu ik dit schrijf, begrijp ik dat een wereld die ineenkrimpt tot die niet meer is dan een houten stipje óók gevaarlijk is; en in de reddingsboot bracht ik vele uren door, me afvragend of er een optimale maat voor de wereld kon bestaan; een plek waarvan de afmetingen met elkaar in balans waren en waar de gemoederen niet overkookten en ik veilig zou zijn. Als kind had ik altijd gedacht dat de plaats van mijn familie in de wereld zeker was, en toen was mijn vader zijn geld verloren en had hij een gat in zijn hoofd geschoten. Mijn moeder wierp één blik op het stollende bloed op onze geboende vloer, liet haar pakket met nieuw geborduurd linnengoed vallen en werd bijna meteen gek. Ik had ook gedacht dat de *Empress Alexandra* veilig was. Eén naïef moment lang had ik alles wat ik nodig had; meer dan ik nodig had zelfs, maar ook dat was een illusie gebleken. Ik vroeg me af of illusies en geluk de enige dingen waren waarop je kon hopen, want ik moest wel concluderen dat de wereld vol fundamentele, ontstellende gevaren zat. Het was een les die ik nooit zou vergeten.

DEEL 2

Vijfde dag

Pas nadat de diaken een gebed had uitgesproken en meneer Hardie en de kolonel het lichaam van mevrouw Fleming in het water hadden laten zakken, viel het iemand op dat er nog maar één reddingsboot te zien was. Tijdens de nacht hadden we de andere uit het zicht verloren. Ik merkte dat men terneergeslagen werd door nog meer slecht nieuws direct na het overlijden van mevrouw Fleming, maar Hardie reageerde onverwacht joviaal en kondigde aan dat hij een vis voor ons zou vangen. Hij haalde het lange mes uit de schede die hij om zijn middel had gebonden en leunde over de zijkant van de boot, starend in het water, met het mes boven zijn hoofd. De wolken waren opgetrokken en de zon verlichtte de oceaan met een edelsteenachtige doorschijnendheid en nog geen uur later dook Hardies mes in het water en trok hij een enorme vis in de boot. De vis was bijna een meter lang en nogal plat en bruin gespikkeld. Hij flapperde rond op de vloer van de boot, tot Hardie hem van kieuw tot anus opensneed, waarna hij nog twee keer klapte en toen stil bleef liggen.

'Avondeten,' zei Hardie en hij hield de glimmende vis in de zon.

Isabelle vroeg: 'Gaan we die rauw eten?' en Hardie antwoordde: 'Nee, die eten we gesauteerd, in een sausje van knoflook en boter.' Ik vroeg me af hoe dit mogelijk was en geloofde zelfs even dat het waar kon zijn, omdat Hardie het had gezegd. De illusie bleef overeind, zelfs toen hij met handen, die vies waren van roodachtig slijm, de stukken druipend rauw vlees had uitgedeeld. Ik kon ze zonder kokhalzen opeten, hoewel Greta mevrouw Grant maar net wist te vermijden toen ze over de rand kotste. Mary Ann weigerde ook maar iets te eten, tot ik zei dat ze zich voor moest stellen dat ze aan haar bruiloftsdiner zat en net begon aan de volgende gang: vis.

Ik at mijn portie langzaam, genoot ervan en van het feit dat het waardevol voedsel was, vanwege het vocht en de proteïne, die onze wegkwijnende lichamen goed konden gebruiken. Het smaakte een beetje zout, misschien omdat meneer Hardie de vis in de oceaan had gespoeld nadat hij de ingewanden had verwijderd, maar de textuur verbaasde me nog het meeste. Die was niet zacht, zoals gebakken vis, maar stevig en gespierd – bijna levend. Ik was uiteraard weleens op een boerderij geweest en had gezien hoe koeien en varkens werden gehouden, en zelfs in de stad was het mogelijk om een levende kip te kopen of te zien hoe een kip werd geslacht, dus ik was niet naïef als het ging om hoe levende have in voedsel werd veranderd. Maar met die vis had ik het gevoel dat we dicht bij de smalle lijn die de levenden van de doden scheidde kwamen en dat – ongeacht de mooie namen die we ervoor hadden verzonnen, zoals coq au vin en oesters in spek of Newburgkreeft – ons leven afhing van het vermogen andere wezens aan ons doel ondergeschikt te maken.

De vis bracht een soort vakantiestemming teweeg. Toen Anya Robeson Charlie vertelde dat hij moest doen alsof het kruidkoek was, bracht dat ons op het idee onze favoriete gerechten te noemen en te doen alsof we die aten. De kolonel zei iets grappigs over militaire rantsoenen en mevrouw McCain moest halverwege het zwijgen worden opgelegd, omdat ze alle gerechten van een typisch zondagavonddiner in het McCain-huishouden begon op te noemen. Mary Ann herhaalde uiteraard alleen wat ik had gezegd over haar bruiloftsdiner, maar toen ik aan de beurt was, zei ik: 'Ik kan op dit moment niets lekkerders bedenken dan rauwe vis. Ik ben het heel erg lekker gaan vinden!'

'Mooi, want je krijgt het morgen weer,' zei meneer Hardie. Zijn blik ving de mijne toen hij dat zei en we keken elkaar even indringend aan. Hij gaf een klein knikje, alsof ik hem een plezier had gedaan. Ik knikte terug en de rest van de avond bleef ik van die korte uitwisseling genieten. Het was iets waarop ik had gewacht, maar wat ik niet meer verwachtte. Later probeerde ik opnieuw zijn blik te vangen, maar hij zag me niet of deed net alsof, en ik wenste dat ik tevreden was geweest met dat kleine beetje erkenning en niet om meer had gevraagd.

Het vangen van de vis hielp het vertrouwen te herstellen dat we waren kwijtgeraakt tijdens de episode met de lichten. Het leek bijna te gemakkelijk – het ene moment haalde Hardie het mes uit de schede en tuurde hij over de rand van de boot, het volgende moment haalde hij voedsel uit het water, en toen hij dit later die dag herhaalde begonnen Maria en het dienstmeisje van mevrouw McCain hem met regelmaat bewonderende blikken te sturen.

De diaken had een soort zegening uitgesproken over de vis en hoewel we er allemaal maar een paar stukjes van hadden gegeten, voelden we ons lichamelijk voldaan, omdat we werden herinnerd aan een genadige God en omdat we nu wisten dat Hardie alleen maar zijn mes in de oceaan hoefde te steken, om die genoeg voor ons overleven te laten prijsgeven. Maar na die twee vingen we geen vis meer. Elke dag verwachtten we dat de oceaan iets van zijn buit zou prijsgeven, en toen het Hardie niet lukte dit te laten gebeuren, zagen we dat eerder als een doelbewuste onthouding van hem dan als pech of iets wat te wijten was aan het feit dat niet lang daarna de wind opstak en het onmogelijk werd iets te zien onder het roerige, kobaltblauwe wateroppervlak. Het idee van een rustige oceaan, waarvan we vijf hele dagen hadden kunnen genieten, verdween uit onze kortzichtige verbeelding en voegde zich bij onze toekomst en ons verleden.

De vis werd het symbool van wat Hardie kón doen als hij wilde, van wat hij zou doen als we ons gewoon fatsoenlijk zouden gedragen en niet langer aan zijn plannen met ons zouden twijfelen. Dat het hem niet lukte meer voedsel te vangen was waarschijnlijk niet de enige reden voor de groeiende, onderdrukte woede. Hij bleef een weersverandering voorspellen. Hij zei: 'Als 't komt, kunnen jullie zelf zien dat er te veel in de boot zitten,' maar daar wilden we niets van horen. Het vervulde ons met woede, want we wisten niet wat we ertegen moesten doen, zelfs als het waar was wat hij zei. Moesten we gewoon maar wegkwijnen, zoals mevrouw Fleming? Maar deze gevoelens van woede en twijfel groeiden slechts langzaam. Op de avond van de vijfde dag waren we Hardie nog steeds dankbaar voor het wonder van de vis.

De diaken vertelde graag Bijbelverhalen en hij greep deze gelegenheid aan om te vertellen over de vissen en de broden. Zo gauw hij van wal stak met een gelijkenis of een psalm, hielden Mary Ann en Isabelle op waarmee ze bezig waren en haalde Anya Robeson haar handen van de oren van de kleine Charles en nam ze hem op haar schoot. Ik moet toegeven dat ook ik me liet kalmeren door de bekende verhalen, ondanks het feit dat sommige nogal wreed waren. Mensen houden van herhaling. Ze willen graag weten hoe een verhaal afloopt, zelfs als die afloop betekent dat iedereen in een zondvloed omkomt, behalve Noach. De diaken vertelde een verhaal dat we allemaal kenden en bedacht dan overeenkomsten met onze situatie, en uiteraard kwam het verhaal van de ark daarbij goed van pas. Maar de diaken was creatief en wist ook de beproevingen van Mozes in de woestijn en het splijten van de Rode Zee op onze situatie te betrekken. Hij leerde ons *Het lied van Mozes* – dat ging over hoe God de uitverkorenen had gespaard en de vijand had laten verzwelgen door de zee – zodat we het konden opzeggen als we uiteindelijk werden gered.

Meneer Sinclair vertelde dat het christelijke verhaal over de ark van Noach was overgenomen uit een oud, heidens verhaal. 'Babylonische overstromingsverhalen reppen niet alleen van een stortvloed, maar er zitten ook meer bekende elementen in – de raaf en de duif, bijvoorbeeld. Dat kan geen toeval zijn,' zei hij, maar de diaken wees het idee meteen af als ketterij. Mary Ann keek bezorgd, niet zozeer vanwege de mogelijke ketterij, maar meer omdat ze niet wist wiens kant ze in deze discussie moest kiezen, die van de diaken of die van meneer Sinclair, terwijl ik zei dat ik het met de laatste eens was. Gelukkig was meneer Sinclair niet alleen geleerd, maar ook een vredestichter, want hij kalmeerde de gemoederen door Boccaccio te citeren, die kennelijk iets had gezegd over hoe mensen liever het slechte dan het goede geloven en hoe er geen poëzie mogelijk is zonder mythen.

Naarmate de dagen verstreken, vroeg ik me af of Hardie werkelijk een vis had gevangen of dat het allemaal een collectieve hallucinatie was geweest. Het heden leek muurvast te zitten, geen beweging in te krijgen; het verleden leek samengeperst en ver weg, evenzeer ten prooi aan interpretatie als een ondoordringbare theologische tekst. Het was even waarschijnlijk dat we op deze boot waren geboren als dat we allemaal onze geschiedenissen hadden, voorouders en een bloedband die ons met het verleden verbond. Wat de toekomst betrof: die was ondoordringbaar, zelfs voor gedachten. Waar was het bewijs dat de toekomst überhaupt bestond? Of dat die ooit zou bestaan? Net zoals in de vis moesten we er maar in geloven.

Nacht

Het was opmerkelijk wat een beetje voedsel in onze maag betekende voor onze gemoedstoestand. Terwijl we bij elkaar kropen tegen de avondkilte, vertelde mevrouw Cook weer een van haar roddelverhalen, vol privédetails over de koninklijke familie waar ze met geen mogelijkheid weet van kon hebben. Toch vermaakte ze ons en ik merkte dat ik aan haar lippen hing, evenals alle andere vrouwen in ons gedeelte van de boot. Toen ze niets meer te melden had, vertelde Mary Ann over de mensen in haar sociale omgeving, maar haar verhalen waren onsamenhangend en bestonden evenzeer uit gezucht en uitroepen als uit woorden.

Er was nog een ander soort verhalen dat de ronde deed op de boot, vooral in de avonden, wanneer we probeerden op wat voor manier dan ook de tijd te verdrijven. Dit waren de geheime verhalen, de verhalen die werden gefluisterd, snippers verhaal die uit niets meer bestonden dan een indruk of een flard van een gesprek of een blik die iemand had opgevangen in de ogen van een ander. Isabelle was een expert in het lezen van blikken: 'Heb je gezien hoe meneer Hardie net naar me keek?' zei ze dan met een huivering en dan ging ze verder: 'Alleen iemand die volkomen onbeschaafd is zou zo naar iemand kijken.' Een enkele blik gaf aanleiding tot hele biografieën van speculatie en het waren deze speculaties die de aanklagers zo interessant vonden en die ze als feitelijk aannamen. Isabelle dichtte Hannah en mevrouw Grant een manier van communiceren toe die geen woorden nodig had, alleen blikken, die Isabelle dan ontcijferde voor eenieder die naast haar zat. Ze vertelde me eens dat een uitzonderlijk boze blik die Hannah op meneer Hoffman had laten vallen een woordeloze heksenvloek was; en later, toen meneer Hoffman struikelde en bijna overboord viel, keek ze me veelbetekenend aan en mimede ze: 'Zie je wel?'

Soms eigende iemand zich een in vertrouwen verteld verhaal toe en natuurlijk veranderden de verhalen daardoor. Een verhaal dat ik Mary Ann had verteld over hoe ik van plan was om bij Henry's moeder in de gunst te komen, hoorde ik terug als een verhaal over hoe Henry's moeder had geweigerd me te ontvangen. Je kunt niets doen tegen leugenachtig geroddel zonder het nog erger te maken, dus probeerde ik het niet te ontkrachten, maar besloot vanaf dat moment mijn privézaken voor me te houden.

Ik hoorde mevrouw Cook aan mevrouw McCain vertellen dat ze meneer Hardie en kapitein Sutter ruzie had zien maken op de dag van afvaart. Ze had toen nog niet geweten wie meneer Hardie was en had het pas later beseft, zei ze, maar meneer Hardie had bijna de zak gekregen. Het incident eindigde ermee dat meneer Hardie kennelijk instemde met een voorwaarde van de kapitein, die hem daarop nariep: 'En als je je daar niet aan houdt, dan gooi ik je eigenhandig overboord.' De twee vrouwen bleven de hele middag speculeren over het belang van dit incident, alsof het een grotere betekenis had, alsof het alles omtrent Hardie verklaarde wat niet verklaard kon worden door wat we al in de reddingsboot hadden meegemaakt. Een paar dagen later, toen ik naast mevrouw Cook uitrustte op de dekens, vertelde ze mij hetzelfde verhaal, maar intussen had ze er details aan toegevoegd. Dit was nadat meneer Hardie ons had verteld over de man die Blake heette, en ze dacht nu dat meneer Blake het onderwerp van de ruzie tussen Hardie en de kapitein was geweest. Ze voegde er ook de gebruikelijke wijsheid achteraf aan toe, door te zeggen: 'Ik twijfelde er ook toen geen moment aan dat onze wegen zich weer zouden kruisen.'

Kolonel Marsh fluisterde tegen verschillende mensen dat hij een keer had gezien hoe meneer Hardie een van de officieren een fles whisky gaf, zonder snauw of grauw. Kon het Blake zijn geweest? Had Blake Hardie op de een of andere manier in zijn macht? Spanden de twee mannen samen in een of andere clandestiene onderneming? Waren ze verbitterde rivalen? De verhalen gingen de boot rond, gaven anderen een aanleiding met hun eigen herinneringen op de proppen te komen, waaruit zich het beeld aftekende dat meneer Hardie een duister en mysterieus verleden had. De verhalen over Hardie werden het hoogst gewaardeerd en er werd het meest over gepiekerd, maar ze moesten voorzichtig worden verteld, omdat hij er niet achter mocht komen dat hij over de tong ging. Elke gefluisterde onthulling of fantasie werd aan de andere verhaalsnippers geplakt en obsessief bediscussieerd en geïnterpreteerd, alsof het verhaal dat op die manier ontstond eindelijk zou verklaren waarom we op die uitgestrekte, eenzame oceaan dobberden.

Op de allereerste dag had meneer Preston, een pietje-precies als het om cijfers ging, meneer Sinclair verteld dat hij vriendschap had gesloten met de purser van het schip, die hem had verteld dat de eigenaar van het schip diep in de schulden zat. Hierdoor was meneer Preston zich gaan afvragen of het schip niet slecht onderhouden was geweest en of er door het overhaaste vertrek niet op noodzakelijk onderhoud was beknibbeld. Uiteindelijk veranderde dit verhaal in een vertelling waarin de eigenaar van de *Empress Alexandra* had geregeld dat zijn schip zou vergaan om het verzekeringsgeld op te strijken. Nadat meneer Hardie had verteld dat het schip was verkocht aan iemand die er wel winst mee wist te maken, begon meneer Preston weer over de opmerking van de purser. Van alle mensen in de boot was meneer Preston wel het minst subtiel. Hij leek nooit stil te staan bij het feit dat een verhaal nuances en lagen kent, en ik zag hem zich nooit discreet naar iemand toebuigen of zachtjes praten. Als hij iets wilde zeggen, zei hij dat regelrecht en die nacht zei hij luid hoorbaar tegen de kolonel: 'Ik dacht dat de *Empress Alexandra* was verkocht aan iemand die er winst mee kon maken! Denkt u dat meneer Hardie dat verhaal over de nieuwe eigenaar heeft verzonnen?' Meneer Hardie, die hem natuurlijk had gehoord, gooide het hoosvat in zijn handen naar meneer Preston en snauwde: 'Je zult mijn soort niet voor die centenknijper van 'n ouwe eigenaar zien werken. Ik heb die klootzak genoeg bloed, zweet en tranen gegeven!' Als dit meneer Preston niet had overtuigd, dan liet hij dat in elk geval niet merken.

Ik mag niet te streng oordelen over de manier waarop de anderen de tijd verdreven met verhalen, ongeacht het waarheidsgehalte ervan, want Mary Ann en ik deden het soms net zo goed. Ik vertelde haar dan over de dag dat ik Henry voor het eerst was tegengekomen en ik poetste de details urenlang op: wat hij had gedragen, hoe hij in een glanzende automobiel was komen aanrijden bij het gebouw waar hij werkte, hoe hij centimeter voor centimeter was uitgestapt, zichzelf langzaam onthullend, zoals een portret op linnen ontstaat. Ik kon dat stuk van het verhaal wel uitspinnen tot tien minuten – of langer als Mary Ann zin had om me vragen te stellen over details die ik wegliet, en dat had ze vaak. De hak was van mijn schoen gebroken en ik hobbelde over het trottoir, terwijl Henry galant de hele goot afzocht, ook aan de overkant van de straat. Toen hij de hak niet kon vinden, bracht hij me naar huis in zijn automobiel. 'Net als Assepoester!' gilde Mary

Ann. Het was een van de weinige keren dat ik moest lachen in de reddingsboot, want dat beeld was toepasselijker dan ze besefte. Ik vertelde haar niet dat het niet echt de eerste keer was dat ik Henry had gezien, die dag op het trottoir voor de marmeren trappen van de bank, evenmin als het bal de eerste keer was dat Assepoester of haar stiefzusjes van de knappe prins hadden gehoord, maar zo wilde ik het wel graag zien. Om te beginnen was het de eerste keer dat Henry zijn blauwe ogen op mij liet vallen en verder was het zo een mooier verhaal. Ik dacht liever niet aan de week die ik had doorgebracht met hem observeren om zijn dagelijkse routine in kaart te brengen, of aan die dag dat ik tot in de avond had gewacht, strompelend op mijn afgebroken hak en hij niet was komen opdagen.

Mary Ann op haar beurt vertelde me over het kopen van haar uitzet in Parijs en over haar verloofde Robert, en hoe ze hem had toegestaan haar maagdelijkheid te nemen op een prachtige open plek in het bos, met zingende vogels en de geur van kamperfoelie. Het was gebeurd in het weekeinde voordat zij en haar moeder naar Europa waren afgevaren, toen Robert naar hun buitenverblijf was gekomen om afscheid te nemen.

'Hij heeft je maagdelijkheid toch niet genómen!' riep ik en ik bedacht pas op het laatste moment dat ik zachtjes moest praten om haar privacy te waarborgen. 'Je hebt hem die gegéven, als cadeau.' Ik dacht even na en voegde eraan toe dat mensen die cadeaus gaven, zo was mijn ervaring, meestal iets vergelijkbaars of van grotere waarde terugkregen, maar Mary Ann was doodsbang dat ze zwanger was geraakt en ook dat ze geen kans zou krijgen haar zonde goed te maken tegenover God voordat ze zou omkomen op zee, hoewel ze het misschien verdiende te sterven, dacht ze. Ze vroeg wat ik ervan vond en het verbaasde me hoe hartstochtelijk haar wens was om de precieze grens te weten tussen wat als zonde gold en wat niet, alsof er een waterdichte afscheiding bestond waarachter je je terug kon trekken en waar zondigheid niet kon komen. Ze biechtte op dat haar zorgen ook een meer praktische dan spirituele aard hadden, en in haar gedachten vermenigvuldigde dat de oorspronkelijke zonde tot een veelvoud daarvan, waardoor ze wegzonk in een spiraal van spijt. 'Moet ik geen spijt hebben, alleen al omwille van God?' vroeg ze me. 'Maar ik denk dat ik me nog het meeste zorgen maak om mijn eigen hachje, want hoe zal het zijn om zwanger te zijn op mijn eigen bruiloft en niet in mijn jurk te passen, of hoe zal het zijn als Robert me verlaat en ik een onwettig kind baar?'

Terwijl ik naar haar luisterde, raakte ik ervan overtuigd dat Mary Ann niet veel wist over hoe je zwanger werd of hoe ze het kon weten als ze dat niet was, maar ik probeerde haar gerust te stellen. 'Je trouwjurk is toch verloren gegaan? Dus die eerste zorg hoef je al niet meer te hebben, want als je Robert trouwt moet je een nieuwe jurk kopen. Als alternatief kun je overwegen wat Henry en ik hebben gedaan, een snelle wettelijke plechtigheid, geen kouwe drukte, geen gedoe. Niet dat ik niet graag een mooie jurk of een grote ceremonie had gehad, maar soms prevaleert doelmatigheid boven romantiek. En wat je tweede zorg betreft: er zijn mensen die je daarmee kunnen helpen, mocht dat nodig zijn.' Ik vertelde haar dat ze zich pas zorgen moest maken als het zover was en niet eerder. 'Je kunt er toch niets aan doen.' Maar Mary Ann wilde zichzelf niet zo gemakkelijk uit de puree trekken en zei dat de beproeving in de reddingsboot Gods manier was om haar te straffen.

'Dat slaat helemaal nergens op! Waarom zou God ons allemaal straffen voor iets wat jij hebt gedaan?' De blik waarmee ze me aankeek suggereerde dat ik die vraag beter kon beantwoorden dan zij, terwijl ik haar probeerde duidelijk te maken dat ze wat mij betrof helemaal geen zonde had begaan, dat ik zelf ook geslachtelijke omgang met Henry had gehad voordat we tegenover de magistraat hadden gestaan, en dat het idee dat we zondigden tegen een gebod het avontuur juist groter maakte; maar mijn woorden konden niet op tegen millennia van christelijke leer. De maan dompelde de boot onder in een zilverachtig licht toen Mary Ann naar de kleine diaken kroop, haar gezicht dicht bij het zijne bracht en haar hele hartverscheurende verhaal eruit gooide. Ik keek toe hoe de diaken haar gezicht in zijn handen nam en met zijn duim een kruisteken maakte op haar voorhoofd, nadat hij eerst zijn hand over het dolboord had gestoken, alsof de oceaan een doopvont was dat gemakkelijk genoeg binnen handbereik was op dit moment van nood. Daarna leek Mary Ann vrediger en een dag of twee later had ze het tastbare bewijs dat ze toch niet zwanger was.

Met zoveel vrouwen in de reddingsboot moeten sommigen met het probleem van bloedingen te maken hebben gehad, maar als dat zo was, dan hielden ze dat stil. Ik vroeg me af of de schok van onze omstandigheden en de uitdroging, die haar weerslag had op onze speekselklieren, ook het vloeien van het bloed verhinderde. Hoe dan ook, toen Mary Ann me aanstootte en fluisterde dat ze ongesteld was, wist ik niet zo goed wat ik moest zeggen. Ik maakte van de gelegenheid gebruik om de aandacht van Hannah te trekken en die gaf me een paar reepjes stof van een oude petticoat. Nadat Mary Ann weer rustig was, stuurde ik Hannah een teken van dankbaarheid. Voor de tweede keer bleven onze ogen langer op elkaar gericht dan noodzakelijk. Haar flauwe glimlach, waarmee ze mijn bedankje eerst leek te verwelkomen, verstrakte en veranderde in een heel andere uitdrukking, bijna alsof ze was geschrokken van iets wat ze in mijn gezichtsuitdrukking of achter me had gezien, en mijn eerste reactie was me om te draaien en mezelf te beschermen voor wat zich achter mij bevond. Maar ik wilde het oogcontact niet verbreken, want dat was even opwindend als verontrustend, dus uiteindelijk was Hannah de eerste die haar ogen neersloeg, toen mevrouw Grant haar riep en vroeg of ze de tas met de reepjes stof kon aangeven.

Die nacht, onze vijfde nacht in de reddingsboot, bleven de mannen doorgaan op de vraag of de eigenaar van de *Empress Alexandra* het schip wel of niet goed had onderhouden. Meneer Preston hield vol dat dit van cruciaal belang was. Hij kon geen begrip opbrengen voor het standpunt, uitgesproken door een kleine minderheid, dat het niet uitmaakte. Niet meer. Niet nu er niets meer tegen te doen was. In een poging zijn punt te bewijzen, vroeg meneer Sinclair ons mee te doen aan een gedachte-experiment. 'Stel dat we het woord "schip" in deze discussie vervangen door "wereld". Stel dat de wereld slecht werd onderhouden, zonder dat we dat wisten? Sterker, dat we niet eens stil zouden staan bij het idee dat dit mogelijk was? Zou dat dan uitmaken?' Hij gaf ons even de tijd dit te overdenken en ging toen verder: 'En stel nou dat we er op de een of andere manier achter komen dat ja, de wereld schandalig is verwaarloosd door diegene die verantwoordelijk is voor het onderhoud. Verandert dat de zaken? Verandert dat dan hoe we op aarde leven? Ik blijf bij mijn standpunt dat in het geval van de wereld, evenals in het geval van de *Empress Alexandra* – nu we ons geconfronteerd zien met het hier en nu van onze situatie – de onherroepelijke en niet te bevatten gebeurtenissen die deze hebben veroorzaakt er niet alleen niet meer toe doen, maar helemaal ophouden van belang te zijn.'

Isabelle vroeg wie er verantwoordelijk was voor de wereld – als meneer Sinclair God bedoelde, moest hij het lef hebben om dat te zeggen. Maar als de mensen verantwoordelijk waren, konden ze natuurlijk niet altijd hun fouten herkennen en hun gewoontes aanpassen. Ik keek instinctief naar de diaken, die hier zeker iets over te zeggen zou hebben, maar hij staarde nors over het water en hield wat hij dacht voor zichzelf. In plaats daarvan was het Hardie die sprak. 'Het hangt er allemaal van af of je de klootzak in de toekomst tegenkomt of niet. Wat mij betreft, als ik oog in oog met mijn schepper zou staan, zou ik verdomme wel een paar dingen te zeggen hebben over de manier waarop de zaken hier op aarde geregeld zijn.'

Zesde dag

In die eerste dagen zagen we Hardie als een soort orakel. Zijn aanmoedigingen waren karig en bestonden maar uit weinig woorden, dus toen zijn eerste voorspellingen niet uitkwamen (we werden niet meteen gered en het goede weer bleef voortduren), maakten we ons niet al te veel zorgen. Maar bepaalde mensen begonnen hem uit te horen over feitjes: 'Komt de wind nu uit het westen of zuidwesten? Is dat een goed teken of niet?' of: 'Hoe luidt dat gezegde ook alweer, over morgenrood?' of: 'Wat betekent die roze-gele kring rond de maan?'

'Het betekent dat het weer gaat veranderen,' antwoordde Hardie en inderdaad, op de zesde dag raakte de blauwe lucht gevuld met een laag pluizige wolken, die maar af en toe plaatsmaakten voor een woedende zon. Gedurende de nacht was de wind gaan liggen, maar nu trok die weer aan en speelde met het oppervlak van de oceaan, dat dramatisch van kleur veranderde, afhankelijk van of de zon al dan niet doorbrak. Het was niet langer groen of glashelder of kobaltblauw en halfdoorzichtig, maar had een donkere en onpeilbare tint tussen grijs en blauw. Kleine golven sloegen over de rand, waarop meneer Hardie de metalen drinkbekers die hij onder zijn zitplaats bewaarde tevoorschijn haalde en nog twee mensen aan het hozen zette, ondanks de waarschuwing van meneer Nilsson dat hierdoor ons drinkwater besmet kon raken met zout. Hij zorgde dat we de details van het takenrooster uit ons hoofd kenden: naast de vijf hozers en de vier mensen op het dolboord die moesten uitkijken naar een schip, werden twee anderen aangewezen om de reddingsboot die nog steeds in de verte dobberde in de gaten te houden, en de vier mensen die de roeispanen bemanden kregen als taak de boeg van de boot tegen de golven in te sturen, om te voorkomen dat die over de zijkant sloegen. Zes vrouwen kregen de taak om het water af te speuren naar vissen, maar het golvende wateroppervlak verhinderde dat. Op een bepaald moment liet Joan iedereen schrikken door uit te roepen: 'Ik zie er een!', maar het was alleen maar de vis van meneer Hardie, die hij langs de zijkant van de boot had gebonden om het vlees goed te houden in het koude oceaanwater. Elk uur riep de kolonel: 'Tijd!', en dan ruilden we van taak, rustten we uit op onze zitplaatsen of gingen met z'n tweeën of drieën naar voren om op de stapel vochtige dekens te slapen, die we maar niet droog konden houden, ondanks het canvas dekzeil waar we ze onder stopten. Meneer Hardie maakte een hoop drukte rondom het eten, ondanks het feit dat ons waterrantsoen sterk was verminderd en we niet meer kregen dan een stukje vis of één hapje scheepsbeschuit. De diaken werd tweemaal daags gevraagd zijn zegen uit te spreken en die avond hield Hardie de tweede vis omhoog, zodat die vanuit de hemel kon worden gezegend.

Hannah was in een slechte bui die dag. Ze schopte Mary Ann tegen haar voet toen die binnendrong in wat zij als haar territorium zag, waarop Mary Ann stilletjes huilde in haar mouw; en toen we ontbeten zei ze: 'Als we toch gauw gered zullen worden, waarom laat je ons dan hongerlijden?' Misschien was het onvermijdelijk dat Hardie de schuld zou krijgen van onze honger en misschien zelfs van onze benarde situatie, maar ik kreeg het gevoel dat Hannah hem zelf niet de schuld gaf. In plaats daarvan moedigde ze dit sentiment via een omweg aan bij anderen, want ze leek een grimmig lachje te onderdrukken en knikte in de richting van mevrouw Grant toen de anderen begonnen te morren en haar klacht herhaalden. Ook ik had naar de vis en de vaten water gekeken en me afgevraagd waarvoor Hardie die bewaarde.

In weerwil van zijn bevel dat niemand zonder toestemming van plaats wisselde, zei Hannah luidop: 'Kop op, Mary Ann, hou eens op met dat gesnotter. Ik wissel wel van plaats met je,' en ze wurmde zich naast mevrouw Grant, waarmee ze Mary Ann van haar plaats stootte, die Hardie een gekwetste blik zond. Hannah keek hem echter strak aan en dat leek me een regelrechte uitdaging, maar hij zei niets. Ik denk dat Hardie die dag al een deel van zijn autoriteit verloor. Hij had Hannah het bevel moeten geven haar eigen plaats weer op te zoeken, maar dat deed hij niet en toen was het te laat.

Zonder hulp kon Mary Ann niets inbrengen tegen Hannahs vastbeslotenheid en uiteindelijk vond ze een vrij plekje op het dolboord, waardoor ze tegenover meneer Preston en mij terechtkwam. Hannah bracht haar hoofd dicht bij dat van mevrouw Grant en tegen etenstijd waren de meeste anderen ook begonnen met mopperen, maar waarover was niet helemaal duidelijk.

In de loop van de dag won de wind geleidelijk aan kracht en net toen Hannah en twee andere vrouwen waren opgestaan om van Hardie te eisen dat hij de rantsoenen groter maakte, sloeg er een grote golf over de zijkant van de boot, waardoor iedereen aan bakboord doorweekt raakte en een van de staande vrouwen overboord sloeg. Hannah kon zichzelf redden door zich vast te grijpen aan mevrouw Hewitt, een grote, stille vrouw, die met een gil tegen de vloer van de boot smakte. Ik hoorde iemand de naam schreeuwen van Rebecca Frost, die op de *Empress Alexandra* had gewerkt en die, tot op dat moment, zwijgend achter in de boot had gezeten. Hoewel ik nooit met Rebecca had gepraat, had ik haar bewonderend zien glimlachen naar Hannah en Hannah terug zien lachen; maar nu sloegen Rebecca's armen wild rond in het water achter de boot, voordat ze verdween onder een golf. Een tweede golf sloeg over haar hoofd, maar weer kwam ze boven uit het blauwzwarte water en ik herinner me haar meelijwekkende ogen, waarmee ze – dacht ik – mij recht aankeek. 'Doe iets!' schreeuwde ik. In haar verklaring onder ede hield Hannah vol dat zij en mevrouw McCain degenen waren die Hardie overhaalden tot actie over te gaan en dat ik alleen maar toekeek, waaruit wel blijkt dat Hannah niet zo goed heeft opgelet als ze beweert.

Meneer Hardie stond op de achterplecht van de boot. Achter hem kleurde de zon de wolken blauwgrijs. Rebecca zonk tot aan haar neusvleugels weg in het donkere water. Lokken haar kropen als zwarte palingen over haar gezicht en haar witte, smekende handen klauwden in de lucht. 'Ga zitten!' blafte Hardie en Hannah, na haar bijna-ongeluk, ging zitten en was stil, terwijl ik schreeuwde: 'Gaat dan niemand haar helpen?' Twee mannen stonden op en leken van plan de reddingsboei naar Rebecca te gooien. Door het verschuivende gewicht zwaaide de boot heen en weer, en elke keer sloeg er meer water over de rand.

'Hozers!' schreeuwde Hardie. 'Waar zijn de hozers? Sta niet zo stom te kijken en ga aan 't werk!' Terwijl hij dit zei, trok hij de reddingsboei uit de handen van degene die hem vasthield. Mevrouw Grant schreeuwde: 'Daar is ze!' en ze wees naar de plaats waar Rebecca paniekerig met haar handen zwaaide en gorgelend probeerde iets te roepen. Haar jurk bolde om haar heen in het water, haar hoedje zat vast om haar hoofd gebonden en hoewel ze door haar reddingsvest haar hoofd boven water kon houden, lukte het haar niet te voorkomen dat de golven over haar heen sloegen en dat de stroming haar steeds verder bij ons vandaan voerde. Haar gezichtsuitdrukking was er eerder een van verbazing dan van angst en ik dacht dat ik haar, beleefd bijna, hoorde roepen: 'Hier, meneer Hardie, hier ben ik!' Ze wist zeker dat ze gered zou worden, net als wij dat – nog steeds – zeker wisten. De zee was ruiger dan voorheen en de hoeveelheid water op de vloer van de boot nam toe. Het kostte Hardie kostbare minuten om de hozers weer aan het werk te krijgen, want iedereen keek ofwel naar Rebecca, of probeerde niet van zijn zitplaats te glijden in de schommelende boot, en toen kreeg ik het vermoeden dat het nog allerminst zeker was dat Rebecca gered zou worden.

Pas na wat een eeuwigheid leek gaf Hardie de roeiers opdracht de boot richting Rebecca te sturen en toen hij haar ten langen leste uit het water viste, was dat voor mijn gevoel geen heroïsche actie. Meer dan ooit had Hardie de uitstraling van almacht, van het vermogen de natuur en de gebeurtenissen naar zijn hand te zetten, maar zijn charisma leek nu doordesemd met een vleugje boosaardigheid. In de daaropvolgende dagen overwoog ik of zijn aarzeling om Rebecca te redden gebaseerd was op een oprechte besluiteloosheid over de manier waarop zo'n reddingsactie veilig kon worden uitgevoerd, gezien het ruige wateroppervlak, de overvolle boot en het verstoorde evenwicht, omdat er mensen waren opgestaan in plaats van te blijven zitten, zoals ze was opgedragen. Op hetzelfde moment kreeg ik de ingeving – en meneer Hardie moet diezelfde ingeving hebben gehad – dat Rebecca misschien wel het slachtoffer was van een soort natuurlijke selectie en dat het misschien maar beter was dat ze overboord was gevallen. Deze gedachte kreeg een vervolg in het idee dat Hardie zich alleen verantwoordelijk voelde voor diegenen in de boot en niet diegenen erbuiten, hoe ze daar ook terechtkwamen. En toen, onder al deze gedachten door, sijpelde het besef binnen, zoals water opwelt uit een ongebreeuwde naad van een boot, dat Hardie ons een lesje had willen leren. O, ik wist allang dat mijn lot in zijn handen lag. Ik was niet degene die nog iets moest leren.

Ik denk niet dat ik de enige was die dit voelde, afgaande op de stilte die tussen ons hing, dun en strakgespannen als een touw. Ik zag een aantal keren hoe de een of andere passagier Hardie aanstaarde, nadat hij Rebecca uiteindelijk aan boord had getrokken en de Italiaanse vrouwen haar hadden uitgekleed en tussen de dekens hadden gelegd. Er was angst in hun ogen te lezen, evenzeer als ontzag en respect, hoewel die woorden geen adequate manier zijn om te beschrijven hoe Hannah naar hem keek, of mevrouw Grant. Het kon natuurlijk aan de wind hebben gelegen, die meer op ons leek te drukken dan te waaien, of aan onze honger, of het feit dat de meesten van ons nu doornat waren; en natuurlijk waren we er allemaal getuige van geweest dat Rebecca bijna het loodje had gelegd. We zaten rillend als verzopen katten op onze plaatsen, terwijl mevrouw Grant op weg ging naar voren om Rebecca te troosten, de ene voorzichtige voet voor de andere, waardoor de boot heen en weer schommelde en meneer Hardie tegen de hozers schreeuwde en de Italiaanse vrouwen losbarstten in theatraal gejammer en hun gekwelde gezichten ten hemel hieven. Ondertussen probeerde mevrouw Cook, die vreemd genoeg nogal onderdanig was als ze geen verhalen te vertellen had, nogal zinloos Rebecca's haren droog te deppen met een doorweekte doek en hield Hardie het blik scheepsbeschuit omhoog naar de donkere namiddaglucht en sprak de diaken met valse opgewektheid de woorden 'Jezus Christus' uit en aten we uiteindelijk ons dobbelsteentje beschuit in een lusteloze neerslachtigheid.

Ik weet niet waaraan Rebecca dacht, áls ze al iets dacht.

Lang zat ze weggekropen in de slaapzaal en zei ze niets. Op een bepaald moment zei ze: 'Was kleine Hansje maar hier.' Je kon haar zien rillen onder de vochtige dekens. 'Nou, we hebben geen plek voor 'm,' zei Hardie nors. Hardie was niet de enige die boos leek te zijn. Meneer Hoffman en zijn vriend Nilsson praatten gedempt en nu en dan ging hun blik van Rebecca naar de rand van de boot, die nu erg diep in het water lag, hoewel waarschijnlijk niet dieper dan voorheen, en ik zag dat ze vonden dat Hardie een verkeerd besluit had genomen toen hij Rebecca uit zee had gevist.

Gaandeweg de nacht ging de wind liggen, maar kwam er een dichte mist opzetten. Toen die anderhalve dag later optrok, was de andere reddingsboot nergens meer te bekennen. Ik kan je niet duidelijk maken hoezeer ik die miste. Om te weten dat er daar ergens andere mensen ronddobberden was niet hetzelfde als ze te kunnen zien, min of meer binnen bereik en af en toe dichtbij genoeg om naar elkaar te kunnen roepen, zelfs al waren we nooit zo dichtbij gekomen dat we hun gezichten hadden kunnen zien, of hadden verstaan wat ze hadden geroepen.

Zevende en achtste dag

Gedurende die twee dagen van mist hoorden we allemaal het geluid van een misthoorn. Er was geen twijfel mogelijk. Mevrouw Grant vroeg of de andere reddingsboot zo'n apparaat aan boord had kunnen hebben en Hardie zei: 'Dat is mogelijk, maar het klonk als de misthoorn van een schip.'

Iedereen reageerde opgewonden, maar raakte gefrustreerd door het gebrek aan zicht. We schreeuwden zo hard we konden. We sloegen met de roeispanen en hoosvaten tegen de romp van de boot, met alles wat maar lawaai maakte, maar rond het middaguur was de misthoorn niet meer te horen. En toen de mist eindelijk optrok en we zagen dat de tweede reddingsboot was verdwenen, was het alsof een bedekkende mist optrok uit onze zielen, waardoor we helder konden zien en in staat waren de fundamentele ernst van onze situatie onder ogen te zien. We hadden allen de misthoorn gehoord – daarover bestond geen twijfel, zoals toen meneer Preston de lichten had gezien. Na heel wat discussies, gedurende welke tijd Hardie in stilte een inschatting maakte onder welke hoek de zon stond, besloot meneer Preston dat de inzittenden van de andere reddingsboot waren gevonden en dat onze kans op redding was verkeken. Waarop meneer Nilsson zei: 'Als wij de andere reddingsboot konden zien, waren ze ook in staat ons te zien. Ze zouden een schip niet laten wegvaren zonder een zoektocht op touw te zetten.'

'Dan ken je Blake nog niet,' mopperde Hardie. 'Er is geen peil op die vent te trekken.'

'Blake,' zei meneer Preston. 'Hij was een van degenen die

uit de radiohut naar het dek kwamen. Hij was degene die hielp onze boot te water te laten.'

'Hij was de tweede stuurman van de *Empress Alexandra*,' voegde Greta eraan toe.

'Aye,' zei meneer Hardie. 'Smerigste rothond die ooit voor een man probeerde door te gaan.'

Meneer Preston wendde zich tot mij en zei: 'U kende meneer Blake toch?' Ik zei dat dit niet het geval was. 'Dan kende uw echtgenoot hem, want ik weet zeker dat ik u beiden samen heb gezien aan dek.'

Ik keek hem vragend aan en hij liet even een blik op Mary Ann vallen, voordat hij zei: 'Dan heb ik het vast bij het verkeerde eind,' maar hij leek iets te verzwijgen en ik vroeg me af waaraan hij dacht, of dat Mary Ann hem misschien een van die verhalen had verteld die de ronde deden aan boord en die met elke vertelling veranderden.

'Hoe weet u dat het Blakes boot was die bij ons in de buurt was en niet die andere?' wilde de kolonel weten. 'Sinds die eerste dagen zijn we niet dichtbij genoeg geweest om ze duidelijk te zien.'

'Zeker weten dat het Blake was,' zei Hardie. 'Die andere boot zat vol en de boot die wij telkens zagen was dat niet. Trouwens, je hebt toch gezien hoe die nooit bij ons in de buurt kwam.'

'Maar u was degene die zei dat we er niet dichtbij mochten komen!' riep Hannah uit.

'Blake is een hondsdolle hond. Heb je niet gehoord hoe die vent met die baard vertelde dat Blake twee man uit zijn boot had gegooid? Zonder de kapitein in de buurt maakt ie me kapot zo gauw ie kans ziet. Het was beter uit de buurt te blijven bij 'm.'

'Of veiliger.'

'Veiliger ís beter. Jullie zitten niet al je hele leven op zee, zoals ik. Mannen die naar zee gaan zijn vaak ergens voor op de vlucht!'

'Rekent u zichzelf daar ook toe?' vroeg Hannah, maar ik geloofde wel dat Hardie bij de boot van Blake uit de buurt was gebleven om ons te beschermen. Het was Hannah die begon rond te fluisteren dat Hardie het had gedaan om zichzelf te beschermen.

'We weten niet waarom Blake mensen uit zijn boot heeft gegooid. Misschien veroorzaakten ze wel problemen. Wat nu als er wél extra plek in die boot was geweest?' wilde mevrouw Grant weten, waarmee ze iets verwoordde wat ik me al dagen eerder had afgevraagd, en de anderen waarschijnlijk ook. 'Zelfs als die boot beschadigd was, lijkt het mij dat we hadden kunnen helpen dat te repareren en wat van onze mensen over te zetten. We hadden het op z'n minst moeten proberen. Als we dat hadden gedaan, verkeerden we nu misschien niet in zo'n gevaarlijke situatie.' Zoals veel wat mevrouw Grant zei, was ook het voorstel om de boot te repareren vaag en weinig specifiek, als het ging om hoe we dat voor elkaar hadden kunnen krijgen zonder materialen of gereedschap, maar het idee dat Hardie puur uit eigenbelang handelde vatte daarmee gestaag post in ons bewustzijn. Hij was zo specifiek geweest als het om andere details ging; waarom had hij dan nagelaten ons meteen over zijn ervaringen met Blake te vertellen? Misschien verzon hij het wel, om de aandacht van zijn andere fouten af te leiden. Misschien was meneer Hardie wel degene die een verleden had dat hij wilde verbergen.

De kolonel probeerde het gesprek in een veiliger richting te sturen. 'Ik wil wedden dat die andere reddingsboot in de mist door een passerend schip is overvaren en gezonken is, zonder dat iemand het heeft gezien,' zei hij. 'Als de passagiers gered zouden zijn, zou een van hen ons zeker hebben genoemd, ongeacht wat Blake daar nu van zou vinden.'

'Zou een schip zo'n botsing niet hebben gemerkt? Zouden ze niet hebben gevoeld dat ze ergens tegenaan botsten en hebben gekeken wat het was?' zei mevrouw McCain, terwijl mevrouw Cook, die in aanvang zo welbespraakt was geweest, eruitzag als iemand in trance.

Hardie weigerde commentaar te leveren op onze speculaties. Het enige wat hij kwijt wilde, als we het hem op de man af vroegen, was: 'Misschien' of: 'Misschien ook niet'. Uiteindelijk zei mevrouw Grant: 'Al dat gepraat over gered worden, alsof het allemaal van anderen afhangt. Ik zeg: laten we een koers uitzetten en proberen onszelf te redden,' en dat gaf een tijdelijke uitbarsting vol hilarische hoop. Het was zo eenvoudig en zo voor de hand liggend dat ik me afvroeg waarom niemand het eerder had voorgesteld. Het was een onontkoombaar feit dat we nog niet waren gered, dus er leek geen reden meer om in de buurt van het wrak te blijven.

'Natuurlijk!' riep ik uit en anderen namen het over: 'God helpt diegenen die zichzelf helpen!' Het was mijn lijfspreuk en hoewel het soms leek alsof iemand die dit motto omarmde egoïstisch en theologisch onwetend was, vond ik mensen die weigerden ernaar te leven vaak zwak en parasitair. Toen de zon zich door de mist had geboord, had ik het eerst niet onder ogen willen zien, gewend als ik was me in het beperkte zicht van de nacht te verschuilen. En ook die kristalheldere dagen, waarop we eindeloos ver konden zien, tot waar de kromming van de aarde de horizon liet verdwijnen in een groot niets, joegen me angst aan, omdat er niets te zien was. Maar nu hadden we een plan en was ik blij om weer in de verte te kunnen kijken, want we hadden een doel: het westen!

God helpt diegenen die zichzelf helpen, zei ik keer op keer

in mezelf, op precies dezelfde manier als waarop ik het tegen Felicity Close had gezegd, toen ze bij me langskwam. Ze was Henry op een dag gevolgd en zo was ze erachter gekomen waar ik woonde. Ze was mooi gekleed, maar gedroeg zich niet arrogant en ik denk dat we vriendinnen hadden kunnen worden, als we geen rivalen waren geweest. Ik zei tegen haar dat we allebei verstandige mensen waren en dat het verstand moest zegevieren, maar de meeste tijd luisterde ik alleen maar. Een van de dingen die ze me vertelde, was dat Henry doordrenkt was van tradities waarvan ik toch niets zou begrijpen en ze was bang dat hij, als hij eenmaal weer bij zinnen was, zou betreuren dat hij haar was kwijtgeraakt. Ze zei ook: 'Dit is helemaal niet zoals ik hem ken. Henry is juist helemaal niet impulsief of gepassioneerd,' en ik vroeg me af of we het wel over dezelfde man hadden. Ze deed haar zegje en vertrok, en hoewel het me speet voor haar, begreep ik ook dat ik Henry had bevrijd, zowel van de tradities als van emotionele beperkingen, iets wat de rechtschapen Felicity nooit voor elkaar zou hebben gekregen. Het was dit besef dat alle schuldgevoelens die ik gehad zou kunnen hebben uitwiste.

Mevrouw Grant hield permanent de wacht. Ze was helemaal in het zwart gekleed. Haar haar zat strak naar achteren getrokken en zelfs een week vol wind en golven had het niet los kunnen maken. Haar blik werd niet onzeker, geconfronteerd met het ons omringende niets. Haar gezicht verbrandde. Ze vervelde en kreeg een donkerbruine kleur; en nog steeds keek ze uit over zee. Ik dacht dat, als zich na al die tijd een schip zou aandienen aan de horizon, dit zou gebeuren omdat zij het naar zich toe had getrokken door haar vastbeslotenheid en wilskracht. Ik zag het effect dat ze op de anderen had, die een aanleiding zochten om naast haar te kunnen zitten en haar schouder aan te kunnen raken, terwijl zij zich van haar taken kweet. Ik zag het gebeuren en denk dat ik het wel begreep, maar zelf zag ik nog altijd Hardie als mijn bron van kracht.

Hardie bleef bij het idee dat het verstandig was om op de plek te blijven waar het schip was gezonken en van waaruit de noodsignalen waren verzonden en waar we eveneens de misthoorn hadden gehoord, maar mevrouw Grant had een krachtig argument in stelling gebracht en toen rond het middaguur de wind opstak, ging Hardie aan het werk met het dekzeil, dat hij aan twee roeispanen vastbond met repen van een van de dekens, die hij met zijn mes afsneed. Daarna sneed hij een stuk van het veiligheidstouw af dat om de boot liep en gebruikte dat om het zeil aan te trekken of te laten vieren, afhankelijk van de kracht en de richting van de wind. Nadat hij een roeispaan in het gat voor de mast had gezet, zette hij koers in een richting die voor hem logisch was, neem ik aan. Wat de rest van ons betrof verschilde de horizon vóór ons in niets van die achter of aan weerskanten van ons. Toch putte ik moed uit het feit dat meneer Hardie een plan leek te hebben. Zijn handen stonden zelden stil en als mevrouw Grant het toonbeeld van stille kracht was, dan was Hardie het toonbeeld van verwoede bedrijvigheid.

De roeiers haalden de roeispanen binnenboord en al snel gleden we door het water, snel genoeg om welhaast elk moment de kust van Amerika voor ons te zien. Met de lange helmstok die aan het roer was bevestigd stuurde Hardie de boot zo dicht mogelijk aan de wind, waardoor de wind ons hard tegemoet blies vanaf de bakboordkant en het roerige water een stuk ruiger leek dan voorheen. Omdat het zeil de neiging had de boot om te duwen, moesten we onszelf als tegenwicht in de strijd werpen. Dit vereiste dat we permanent alert bleven en het werd een soort grimmig spel om de rand boven water te houden en de boot voor kapseizen te behoeden.

Rebecca, die verkouden en koortsig was geworden door haar val in de oceaan, keek nu glazig om zich heen. Op een bepaald moment viel haar starende blik op meneer Hardie en ze riep: 'Vader, vader! Het hondje is de weg op gerend!' Mevrouw Grant deed haar best haar te kalmeren en Hannah zei: 'Er is geen hondje, Rebecca. Je denkt aan iets van langgeleden,' maar dit maakte Rebecca boos en overstuur. Tranen stroomden uit haar ogen. Ze zei: 'Je hebt het nooit gemogen, of wel soms? Het was alleen aan moeder te danken dat je het voor Hansje hebt gekocht.'

Hardie antwoordde niet, zelfs al leken deze opmerkingen direct aan hem gericht, maar concentreerde zich liever op de vele taken die hij zichzelf had toebedeeld en waarvan de rest van ons geen benul had. Mevrouw Grant rukte een lap uit de tas die bij haar voeten stond, maakte daar een bundeltje van, stopte het in Rebecca's handen en zei: 'Hij is nu veilig, liefje. Je hondje is veilig.' Rebecca wiegde heen en weer op de vloer van de boot, onbewust van het water, en bleef die hele middag haar nephondje strelen.

De wind won gaandeweg aan kracht en het duurde niet lang of we schoten met grote snelheid over het water. De hozers kweten zich gestaag van hun taak, maar toch maakte de boot steeds meer water en ik kreeg het idee dat hij lek was geraakt. Toen het mijn beurt was om te hozen, speurde ik de planken bij mijn voeten af naar iets wat op een gat leek. Op een bepaald moment merkte ik dat ik naar het water dat rond mijn enkels klotste staarde. Het was alsof ik plotseling ontwaakt was uit een diepe slaap. Ik weet niet hoe lang ik in het niets had gestaard, maar toen ik 'wakker werd' voelde ik een algehele lichamelijke zwakte, met ogen die de neiging hadden onscherp te zien en oren die alleen flarden opvingen van de mompelgesprekken om me heen. Ik hoorde Hannah bijvoorbeeld heel duidelijk zeggen: 'Er speelde iets tussen Hardie en die officier, Blake. We hadden misschien allang gered kunnen zijn,' maar ik kon alleen het laatste deel van het antwoord van mevrouw Grant verstaan: '... niets over zeilen ... wachten onze tijd wel af'.

Toen Hardie het zeil streek en zei: 'Het waait te hard,' en: 'Er is veel te veel water aan boord om te kunnen zeilen,' en zelf een hoosvat pakte, protesteerde zelfs mevrouw Grant niet, want de boot kwam meteen weer recht te liggen en de constante stroom water over de rand verminderde tot af en toe een golfje. Het was ook de hoogste tijd, want het water stond inmiddels halverwege mijn schenen. Ik verdubbelde mijn eigen inzet met het hoosvat, maar de zwakte die mijn brein had beneveld maakte zich ook meester van mijn ledematen. Dat was het moment waarop Hardie het zei, zachtjes, denk ik, hoewel ik ook het gevoel heb dat iedereen hem hoorde, en in dat geval moet hij geschreeuwd hebben om boven de wind en het geklapper van het geïmproviseerde zeil uit te komen, dat nu opbolde in de punt van de boeg, waar het te drogen was gelegd: 'Als we geen ballast lozen, zinken we verdomme nog als een baksteen.'

Er was geen reden aan hem te twijfelen. Ik keek naar de stapel drijfnatte dekens, de vaatjes met water en de blikken scheepsbeschuit die Hardie allemaal onder zijn zitbank had verstopt, de kleine verzameling persoonlijke bezittingen die weggestopt zaten onder de banken of ronddreven in het zoute water: de doorweekte tas van mevrouw Grant, waarop haar kleine voeten rustten, het geldkistje van de kolonel, het beertje van kleine Charlie en ik dacht: dat hebben we allemaal niet nodig. Ik was nog niet in staat te begrijpen dat we het voedsel, het water en de dekens nodig hadden om te overleven en dat de andere spullen hooguit tien kilo wogen, nou niet bepaald het verschil tussen gered worden of de dood.

De anderen moeten Hardie sneller hebben begrepen dan ik, want de golf consternatie die over de boot spoelde was even ontnuchterend als het koude water dat we af en toe over ons heen kregen. Er klonk een zacht gemompel. Mijn been leunde tegen het been van de diaken, die zich had omgedraaid om wat hij zijn schaapjes was gaan noemen aan te kunnen kijken: het was alsof een elektrische schok van zijn lichaam oversprong op het mijne en toen begreep ik dat meneer Hardie de mensen had gevraagd vrijwillig te gaan.

'Ga zelf maar vrijwillig!' zei Hannah boos, alsof het stijgende water in de boot een zaak van Hardie was en niets met haar of de anderen te maken had.

'De boot ligt te diep om te zeilen. We kunnen er niet tegenop hozen. Op dit moment staat er nog niet veel meer dan een briesje. Zelfs als we het idee om te zeilen helemaal loslaten: als we in een storm terechtkomen is het te laat.'

We keken allemaal naar de zee rondom ons. Ik had gehoosd en had een uur lang alleen maar naar het water op de vloer van de boot gekeken, dus ik had een vertekend beeld van het water waarover we het hadden. Ik had een laag water gezien van ongeveer dertig centimeter diep, groenachtig van kleur, maar redelijk helder en gevuld met verschillende soorten leren schoenen. Nu zag ik mijn vergissing in. Het water waarover hij sprak was blauwzwart en daverde langs ons heen als een eindeloze kudde walvissen. De reddingsboot werd beurtelings hoog opgetild op hun brede ruggen, om vervolgens diep weg te zakken in de ruimte ertussen.

Boven ons zat de wind de wolken op de hielen. De diaken had zijn ogen gesloten en zijn handen onder zijn kin ineengeslagen en mompelde: 'Al ging ik ook in een dal der schaduw des doods, ik zou geen kwaad vrezen, want Gij zijt met mij.' Ik huiverde, want voor het eerst sinds de dag van de schipbreuk was ik echt bang. We waren ten dode opgeschreven. Dit wist ik zeker, of bijna zeker, maar ik bleef naar Hardie kijken, hoe hij daar achter in de boot zat en ons allemaal standvastig aankeek, geduldig wachtend tot we onze situatie zouden begrijpen en een reactie zouden geven op wat hij had voorgesteld.

De diaken sprak als eerste, maar hij probeerde alleen maar tijd te rekken door te vragen: 'Wat bedoelt u? U moet alles duidelijk uitleggen. Als we eenmaal weten welke opties we hebben, dan weet ik zeker dat we een rationeel besluit kunnen nemen.'

'Ik denk dat je 't al wel weet,' antwoordde Hardie. 'Als het weer nog slechter wordt, stroomt morgen het water al sneller over het gangboord dan we het eruit kunnen hozen. Ik denk dat ze in minder dan een minuut gezonken zal zijn, als het water eenmaal zo hoog staat.' Hij tikte op het hout, een paar centimeter boven het peil dat het water al had bereikt. Dit was natuurlijk niet meer dan speculatie, maar wat Hardie ook zei, ik nam het voor waar aan.

Nu ik dit schrijf, besef ik dat het klinkt alsof we een gesprek voerden, op de manier waarop mensen in een theesalon een gesprek voeren bij de thee met koekjes, terwijl mijn metgezellen in werkelijkheid moesten schreeuwen om boven het geluid van de wind en de beukende golven uit te komen. Verschillende mensen riepen ook tegelijkertijd. Hun woorden werden door elkaar geblazen door de wind en het was onmogelijk helemaal te begrijpen wat er werd gezegd.

'Dat wil zeggen: als we niet gered worden,' zei de diaken wanhopig. 'U hebt zelf gezegd dat ze ons zullen vinden.'

'Ik weet wat ik heb gezegd, maar ze hebben ons nog niet gevonden, toch?' Hardie vertelde vervolgens wat zijn gedachten bij de misthoorn waren geweest. 'Ik weet zeker dat het een misthoorn van een groot schip was. Als dat op de andere reddingsboot is gebotst en ik zeg niet dat dit is gebeurd, dan hebben de mensen aan boord daar niets van gemerkt, net zo goed als wij er niets van zouden merken als we over een twijgje of luciferhoutje heen voeren. En als die andere boot door een of ander wonder wel is ontdekt en ze een poging gedaan hebben ons te vinden, dan is de harde waarheid dat ze daarin niet zijn geslaagd.'

Er viel een stilte over de boot, gevolgd door een boos gemompel. Teleurstelling omklemde mijn hart. Ik voelde me in zekere zin misleid, hoewel ik evenzeer besefte dat Hardie had toegestemd het zeil te hijsen omdat zijn hoop om gered te worden was geslonken, misschien zelfs helemaal was vervlogen. Ik haatte Hardie op dat moment, maar hield ook van hem – ik had hem hoe dan ook nodig, en ik wilde dat hij dit wist. Om hem te plezieren, of tenminste zijn aandacht te krijgen, riep ik uit: 'Laten we meneer Hardie niet verwijten dat hij ons de waarheid vertelt!' en tot mijn opluchting viel het gemor in de boot stil. Ik weet zeker dat Hardie me een goedkeurende blik gunde en mijn stemming steeg kortstondig naar een hoogtepunt, voordat die bleef steken op een veel hoger niveau dan enkele seconden daarvoor. Ik ving de blik van de arme kleine diaken en voelde een karmozijnrode bloem van triomf opbloeien in mijn borstkas. 'Uw stok en uw staf, die vertroosten mij,' zei ik en ik werd beloond met een flauw glimlachje, niet alleen van de diaken, maar ook van mevrouw Cook, die eventjes uit haar trance ontwaakte en naar voren leunde om me een klopje op mijn hand te geven.

Hardie zei: 'Zelfs als de wind nu meteen gaat liggen en het

ons lukt het water uit de boot te krijgen, dan nog hebben we maar een beetje vis over en nog maar een paar druppels water. Zonder water redden we het nog geen zes dagen.'

'Zes dagen! Er kan veel gebeuren in zes dagen!' zei de diaken met iets van zijn oude vuur. 'Sterker, de wereld is in zes dagen geschapen!'

'Het enige wat ik zeg is: denk erover na,' schreeuwde Hardie en hij riep daarna een wisseling van de taken af. Hij zette meneer Nilsson aan het roer om de punt van de boot in de wind te sturen en ging zelf verwoed het kalme, groene water op de bodem te lijf, dat hij over de rand gooide, waar het zich bij zijn turbulente, zwarte soortgenoten voegde. Nog zeven keer werd er van taak gewisseld. Zeven uren verstreken en gedurende die tijd was ik me bewust van elke seconde, elke windvlaag over mijn gezicht, elk eindeloos moment van doodsangst, elk minutieus detail van die desolate omgeving, maar toch, achteraf terugkijkend, verstreek de tijd in een oogwenk. Golf na golf sloeg over de punt van de boot en maakte uren gezwoeg in één ogenblik ongedaan, maar Hardie ging stug door en weigerde zijn hoosvat aan minder vaardige handen af te geven.

Ik viel ten prooi aan een diepe vermoeidheid, een berusting die zo krachtig was dat ik het gevoel had dat ik mijn toekomst in kalmte tegemoet kon treden. Ik weet niet of dit was omdat ik mijn leven aan meneer Hardie had toevertrouwd of omdat ik wist dat als ik zou doodgaan, dit samen met hem zou zijn. Wat er ook moge komen, laat het komen, dacht ik; maar om mij heen waren de anderen nog niet bereid zichzelf met de situatie te verzoenen. Mevrouw Grant manoeuvreerde zichzelf naar het midden van de boot en hield een toespraak over de menselijke wilskracht en dat inspireerde de diaken om ons te herinneren aan de wil Gods en zelfs de kleine Mary Ann hield lang genoeg op met haar gejank om woedend uit te vallen naar meneer Hoffman, die ze beschuldigde van een gebrek aan geloof, terwijl we dat juist zo hard nodig hadden.

Op een zeker moment die avond viel ik in slaap, hoewel ik dat niet voor mogelijk had gehouden. Het leek maar een paar minuten later, toen ik wakker werd geschud door Mary Ann, die onbeheersbaar trilde. 'Het is Rebecca,' zei ze. Ik keek toe hoe een van de Italiaanse vrouwen zich over Rebecca boog en haar verwarde haar uit haar ogen veegde, en toen zag ik dat haar mond openstond en haar pupillen waren weggedraaid.

De diaken sprak een gebed uit en de kolonel gaf Rebecca's zwemvest aan een van de twee zusters. Toen tilden de kolonel en meneer Hardie haar over de rand en lieten haar los. Haar jurk, die haar weer was aangetrokken toen die eenmaal droog was, bolde op als een paar vleugels, die haar een minuut of twee drijvend hielden. Toen verdween ze in de diepte en daarmee doofde het laatste sprankje hoop dat ik voor mezelf had.

Henry

De eerste keer dat ik Henry zag, was op een foto in de societyrubriek van *The New York Times*: 'zoon van ... in dienst bij ... verloofd met ...' et cetera, et cetera, ingeklemd tussen talrijke details over een overvloedig verlovingsfeest en de indrukwekkende stamboom van de familie van de bruid. Het was intrigerende informatie, die op een moment kwam waarop een baantje als gouvernante, zoals mijn zus Miranda had, het doel leek waarop mijn steeds beperkter wordende verwachtingen zich richtten. Ik was opgegroeid met het idee dat mijn vooruitzichten steeds breder zouden uitwaaieren: vanaf de bron van mijn geboorte stroomden de mogelijkheden in steeds breder wordende stroompjes, tot ik op een dag aanlandde in een vruchtbare delta, waar de brede rivier uiteindelijk een oceaan van kansen ontmoette. Dit lijkt nu een onheilspellende metafoor, maar toen leek hij me toepasselijk en ik was geconditioneerd dit zonnige, glanzende einddoel te zien als het nog-lang-en-gelukkige huwelijkse leven. Toen de rampspoed mijn ouders trof, had Miranda verkering met een jonge dokter, maar hun verhouding overleefde het tumultueuze jaar waarin mijn vader overleed niet. Hoewel ze in de steek was gelaten door de dokter, leek Miranda niet vermorzeld te zijn, maar eerder tijdelijk wanhopig. Ze bekeek welke opties er overbleven, verzamelde aanbevelingsbrieven en zei dat ik nooit mijn lot in de handen van een man moest leggen.

'Maar nu word je een werkend meisje!' gilde ik en ik geloofde geen moment dat haar keuze haar gelukkig zou maken.

'Maar ik ben wel zelf de baas,' verklaarde ze.

'Nee, je wordt niet meer dan een dienstmeisje,' pareerde ik, maar of ze het nu uit principe deed of dat het principe zich naderhand aandiende, om haar te helpen zich te verzoenen met de enige uitweg die ze kon bedenken, dat vertelde ze nooit en hup, weg was ze, naar Chicago. Ze liet mij de taak betaalbaar onderdak te vinden voor mij en mijn moeder, op de bovenverdieping van een huis van een kennis van onze advocaat. We hadden het meeste van ons meubilair verkocht en de rest van onze bezittingen zat in dozen opgeborgen. Ik zag het als een tijdelijke situatie, pakte alleen uit wat ik voor mijn dagelijks leven nodig had en liet de rest van de dozen opgestapeld in een hoek van de logeerkamer staan.

Dat Henry zich al had verloofd leek slechts een kleine hindernis. Ik zag het zelfs als iets gunstigs, want hoe had ik anders van hem gehoord, als ik niet dat bericht over zijn verlovingsfeest in *The New York Times* had gelezen? In dezelfde editie, die ik had gevonden toen ik een doos met kristallen wijnglazen uitpakte, die op een of andere manier aan de verkoop waren ontkomen, trof ik een artikel aan met de kop BEURS LONDEN POSITIEF GESTEMD, en dat ging over goud en kortlopende obligaties en vermeldde de firmanaam die ik zojuist was tegengekomen in de alinea's waarin Henry's werkzaamheden werden beschreven. Ik vergat verder uit te pakken en zocht haastig naar de datum van de krant en besefte toen dat het nummer al meer dan drie maanden oud was.

Al tijdens de derde keer dat Henry en ik elkaar zagen, lanceerde hij de theorie dat ieder individu was voorbestemd voor één grote liefde en dat diegene, als hij het geluk had die tijdens zijn leven te vinden, het aan zichzelf te wijten had als hij die links liet liggen. Ik zei dat ik dacht dat alleen sommige mensen het geluk hadden om in dezelfde tijd en op dezelfde plek geboren te worden als hun grote liefde, maar dat andere, de meeste misschien wel, net voor of na hun optimale tijdvak werden geboren. Ik moest aan mijn moeder denken, die de kans om door een knappe ruiter geschaakt te worden had gemist – met een paar eeuwen en één continent. Maar niet lang na deze verklaring kwam Henry niet opdagen op onze afgesproken plek en hoezeer ik ook allerlei andere verklaringen probeerde te bedenken, ik vermoedde dat hij bij zijn verloofde was. 'Ik heb me zoveel zorgen om je gemaakt!' riep ik uit en ik wierp me in zijn armen toen hij de volgende dag verscheen. 'Ik wist dat het iets belangrijks moest zijn, anders was je wel gekomen.'

'Het wás belangrijk,' zei hij grimmig, maar de rest van die avond bleef hij humeurig en zwijgzaam en wat ik ook tegen hem zei, hij leek het niet te horen. Hij vertelde dat hij een tijdje buiten de stad zou verblijven en bij terugkomst langs zou komen om me op te halen, maar nog geen drie dagen later stond hij voor onze voordeur. Hij zag er gekweld en ziek uit. Ik was dolblij hem weer te zien. Het baantje als gouvernante begon al de vorm van namen en data aan te nemen en ik zag de rivieren van mogelijkheden terugvloeien in een stinkend moeras vol huishoudelijk werk.

'Ik ben niet eerlijk tegen je geweest,' barstte Henry los, zo gauw ik mijn sjaal had gepakt en we buiten stonden, alleen, of zo alleen als mogelijk was in de smerige buurt waar mijn moeder en ik nu woonden. Smoezelige kinderen speelden op de binnenplaats en jutten elkaar op om bij Henry te bedelen, maar Henry, die meestal opgewekt en gul reageerde, merkte ze nu niet op.

'Je had vast je redenen,' zei ik, maar het feit dat ik mezelf helemaal aan hem overleverde en het me niet kon schelen dat hij oneerlijk tegen me was geweest, vergrootte zijn kwelling alleen maar. Hij zag er uitgemergeld uit, zakte op zijn knieën in de modder en zei dat hij geen centimeter zou wijken, totdat ik beloofde met hem te trouwen. Ik trok aan zijn jasje en zei: 'Maar natuurlijk wil ik met je trouwen!', maar dat leek hij niet te willen horen en hij bleef geknield voor me zitten, totdat ik zo krachtig mogelijk uitriep: 'Henry! Wat is er aan de hand?' Ik was bang dat er iets mis was met hem, dat hij ziek was of misschien zelfs stervende en dat hij zich zorgen maakte dat mijn belofte hem te trouwen onder valse voorwendselen was afgedwongen, en dat hij die verplicht was in te lossen, hoewel hem dat angstig maakte.

Uiteindelijk, omdat ik niets anders wist te bedenken, viel ook ik op mijn knieën en samen zaten we geknield in de viezigheid te midden van de nieuwsgierige kinderen die, aangemoedigd door onze geringe lengte, om ons heen dromden en met hun schoenen in de modder schopten. Ze wilden Henry maar al te graag om kleingeld vragen, waarvan ze wisten dat hij dat in zijn zakken bewaarde, maar werden op afstand gehouden door de emotie die van ons afstraalde, even sterk als een magnetisch veld dat pulserend oprijst uit het midden van de aarde, maar ook door hun verbijstering, want ik weet zeker dat ze volwassenen nooit eerder iets dergelijks hadden zien doen.

Henry's ogen stonden duister – ik zou ze nu vergelijken met de kleur van de zee, als er veel wolken opgestapeld boven hangen, maar natuurlijk drong die vergelijking zich op dat moment niet aan me op. Mijn gedachten waren leeg en angstig, niet in staat te doorgronden waarom mijn knappe en wereldwijze geliefde op zijn knieën in de modder zat: geen vruchtbare leem, ontstaan door generaties van natuurlijke processen, maar een combinatie van paardenmest, afvalwater, schraapsel van laarzen en keukenafval waarvoor zelfs de schooiertjes hun neus ophaalden. Toen besefte ik met een schok, die als een oervuur over leek te springen van Henry's brandende ogen op de mijne, dat ík de reden was dat Henry geknield op die smerige binnenplaats zat.

Ik strekte mijn armen uit, niet langer bang, hoewel ik niet zeker wist wat ik met mijn macht aan moest en zei: 'Ik heb mijn enige ware liefde gevonden.' Ik greep zijn warme handen met mijn koele en zei dat ik het niet erg vond dat hij tegen me loog, zolang hij daarvoor maar een goede reden had en dat ik erop vertrouwde dat dit het geval was. 'Ik denk niet dat ik het kan verdragen als je lichtvaardig tegen me liegt,' zei ik en ik probeerde hem een glimlach te ontlokken, maar hij leek eerder een toonbeeld van misère. Hij zag er breekbaar en ontwapenend uit, helemaal niet de wereldwijze bankier die ik in mijn gedachten van hem had gemaakt.

'Ik heb twee keer tegen je gelogen,' bekende Henry. 'Ik ben de stad niet uit geweest, maar dat is nog het minst erge. Het ergste is dat ik al verloofd ben en de verloving nog niet heb verbroken. Dat was ik wel van plan, maar toen ik erheen ging ...'

Ik wist natuurlijk dat hij verloofd was, maar dit nieuws, uitgesproken door zijn bloedeloze lippen, verraste me alsof ik het voor het eerst hoorde. 'Maar hoe kun je mij dan vragen ...' begon ik. 'En hoe kan ik dan ...' Ik was verlamd door het raadsel wie het onderwerp van de zin moest zijn en wie het lijdend voorwerp. Had hij mij iets verschrikkelijks aangedaan, of ik hem? En nu hij alles had opgebiecht, moest ik nu ook bekennen dat ik toneel had gespeeld? Dat wilde ik wel. Ik wilde met hem in de modder knielen en hem om vergeving vragen, want ik besefte met een schok dat ik, hoewel ik veel van Henry's status had gehouden, inmiddels méér hield van Henry zelf. Ik stond er niet bij stil of Henry zonder zijn status wel dezelfde persoon zou zijn, hoewel die vraag zich eventjes aan me opdrong – niet uit zelfzuchtige beweegredenen, maar omdat je je hetzelfde kon afvragen over mij: zou ik dezelfde Grace zijn als een of ander aspect van mij waar Henry op rekende opeens werd afgehakt en weggegooid?

Waar ik wel over nadacht, was dat Henry iets nodig had van mij, en wat hij nodig had, was dat ik sterk was. Ik dacht na over wat er met mijn familie was gebeurd toen mijn vader en moeder instortten, toen geen van beiden besloot voor zichzelf of hun thuis of hun kinderen te vechten. We hadden er allemaal onder geleden. Het was egoïstisch van hen om te zwichten en dat zou ik Henry noch mezelf willen aandoen.

Ik vertelde Henry dat ik altijd van hem zou houden, dat ik met hem over een huwelijk wilde praten als hij weer sterker was, want ik wilde geen misbruik maken van zijn ziekte of wat het dan ook was dat zijn zwakke toestand veroorzaakte; dus stuurde ik hem naar huis met een zoen en de belofte dat ik hem zou steunen, op dezelfde manier waarop hij, voor zover ik wist, mij zou steunen. 'Elke beslissing die je op je weg vindt is aan jou om te nemen,' zei ik. 'Ik zal je helpen, maar ik zal niet proberen je te beïnvloeden.' Ik trilde van de inspanning en hoewel ik wist dat ik praktisch moest blijven, zelfs in de verzengende hitte van het moment, besefte ik ook dat ik niet werkelijk wist wat zich in Henry's gekwelde hoofd afspeelde.

Nadat hij was weggegaan, ging ik naar mijn zolderkamertje en schreef ik een antwoord aan mijn toekomstige werkgever, met de mededeling dat ik de volgende week in Baltimore zou kunnen zijn. Ik had nog niet uitgezocht welke treinen ik daarvoor nodig had, noch andere overwegingen gemaakt, maar waar een wil is, is een weg, nam ik aan, terwijl ik aan mijn zus dacht, zwoegend in Chicago, en afwisselend zeker wist dat ik het ook zou kunnen, of toch niet. Ik schreef het adres op de envelop en legde die met een schietgebedje achter in de grote bijbel, die zelfs mijn moeder nu niet meer opensloeg en ik neem aan dat die brief daar nog steeds ligt.

Henry verscheen de volgende middag en zag er weer als de oude Henry uit. Ik aarzelde toen ik hem zag, wilde niet te veel op voorhand aannemen, maar wilde hem zeker houden aan alle beloftes die hij tegen mij had uitgesproken, en ik tegen hem. Op hetzelfde moment ging er een angstrilling door me heen. Ik dacht dat ik de situatie verkeerd had ingeschat en dat Henry's aandacht voor mij het gevolg was van de koudwatervrees die sommige mannen krijgen als ze op een kruispunt van hun leven aankomen. Ik overwoog ook de mogelijkheid dat hij werkelijk ziek was geweest, of tijdelijk in de war, dus in plaats van mijn vragen te stellen zweeg ik, want ik wist dat hém laten praten de enige manier was om achter de waarheid te komen.

Ik had een lichte jurk aangetrokken en mijn ogen opgemaakt, zodat ze groter leken in mijn lijkbleke gezicht. Het was geen kostuum of vermomming, maar een manier om te communiceren. Ik wilde dat Henry zou zien dat ik niet sterk genoeg was om hem kwijt te raken. Ik wilde dat hij zag dat ik, hoewel ik een waardevolle aanvulling zou betekenen voor zowel zijn privé- als zakelijke leven, niet koppig zou zijn, of moeilijk te overtuigen.

'Ik ben je een excuus verschuldigd; meerdere, in feite,' begon Henry formeel en met maar een flauwe schittering van de eerdere koorts in zijn ogen. 'Ik heb me misdragen en het zal niet meer gebeuren.' Hij wachtte even en ik was doodsbang dat dit het einde zou betekenen, dat hij weg zou gaan en zou trouwen op de datum die op mijn verfrommelde bladzijde uit *The New York Times* gedrukt stond. De trouwdag zou binnen vier weken plaatsvinden. Hij zou teruggaan naar zijn verloofde, nu hij was uitgeraasd, en ik zou op de trein naar Baltimore stappen met alleen de herinnering aan wat had kunnen zijn als ... Maar Henry keek me strak aan en wat ik zag verdreef alle kilte uit mijn hart. Ik durfde weer te fantaseren. Ik durfde te dromen. Ik wilde naar hem toe rennen om zijn weigerachtige woorden uit hem te schudden – hij moest hoe dan ook mijn lot onthullen. Ik bleef als een standbeeld staan en hoewel hij meer dan een meter van mij verwijderd was, voelde ik de warmte die van zijn lichaam afstraalde toen hij zei: 'Zelfs al ben ik voor altijd verdoemd om wat ik Felicity aandoe, ik wil dat jij mijn vrouw wordt.'

Henry vertelde dat hij zijn terugtrekking zorgvuldig moest voorbereiden, aangezien de families al lange tijd bevriend waren. Ik vond het niet erg dat hij mijn bestaan een tijd lang geheim moest houden, want dat maakte de gestolen momenten die we samen hadden des te zoeter. Ik vroeg hem niets over het meisje met wie hij verloofd was en misschien is het me te vergeven – of misschien niet – dat ik suggereerde dat ook zij wellicht een gevangene was van de verwachtingen en uiteindelijk de vrijheid evenzeer zou leren waarderen als hij, of ze zich daarvan nu al bewust was of niet. Hij zag eruit als een verwachtingsvol kind toen ik dit zei, alsof ik zijn favoriete tante was en een cadeautje achter mijn rug verborgen hield. Geen van beiden geloofden we er ook maar iets van, maar het was een nuttig verzinsel, waardoor Henry precies genoeg aan Felicity's motieven ging twijfelen om hem klaar te stomen voor de taak die hem wachtte.

DEEL 3

Negende dag

De volgende dag zag Lisette aan stuurboord iets in het water drijven. Het bleek Rebecca's hoedje te zijn en ik sloot mijn ogen, omdat het mogelijk was dat Rebecca als volgende langs zou drijven.

Mary Ann begon te huilen en te jammeren. Het was een erbarmelijk geluid en het zou hartverscheurend zijn geweest, als ik nog enig erbarmen had kunnen opbrengen en als het niet zo'n gunstige bijkomstigheid was geweest dat er nu twee mensen minder aan boord waren. Trouwens, we konden er toch niets meer aan doen. Wel voelde ik een diepe irritatie en de neiging Mary Ann te wurgen. Mevrouw Grant, die twee banken voor ons zat, kwam naar achteren, wurmde zich tussen ons in en sloeg haar arm rond de schouders van Mary Ann. Het duurde meer dan een uur – bijna twee keer wisselden de hozers van taak – voor ze eindelijk stil was en tegen mevrouw Grants onverzettelijke schouder in slaap viel, maar mijn irritatie bleef. Waarom werd zwakheid op deze manier beloond? Ik had ook wel op mevrouw Grant willen leunen, maar ik was ook een beetje bang voor haar en het was niet iets wat ik haar ooit zou vragen. Ze liet verschillende kanten van zichzelf zien aan verschillende mensen en ze had tot dusver geen enkele poging gedaan om mij te troosten.

Ik probeer eerlijk te zijn. Als ik terugdenk aan Mary Ann, voel ik hartenpijn. Ze was tenger en mooi. Haar verlovingsring draaide zinloos rond om haar dunne vinger. De blauwe aders op haar pols leken een subtiele kalligrafie op haar witte, perkamenten huid. Onder andere omstandigheden hadden we echte vriendinnen kunnen worden, maar in de boot voelde ik geen sympathie voor haar. Ze was zwak, de kans was klein dat ze het zou overleven of van nut zou kunnen zijn voor het overleven van anderen.

Ik denk dat Hannah en mevrouw Grant soortgelijke gedachten koesterden, want later zag ik hen met ernstige gezichten samen smoezen, terwijl ze af en toe naar Mary Ann keken. Ik had geen idee waarover ze praatten. Het zou een leugen zijn om te beweren dat ik dat wel had, maar ik schrijf hier nu dat ik de woorden 'de zwaksten' en 'strategie' opving. Vraag me niet er een betekenis aan toe te schrijven. Zelfs nu, met alle wijsheid achteraf, heb ik geen flauw benul waarover ze het hadden.

Het was onze eerste dag zonder eten. Er was geen kruimeltje scheepsbeschuit of hapje vis meer over, en toen Hardie onze rantsoenen water uitdeelde, was er amper één slokje voor ieder van ons in de beker. Mevrouw McCain vroeg zich hardop af of het water op was, maar meneer Hardie zei van niet. Hij stelde ons ook gerust en zei dat de boot niet lek was, dat het stijgende waterpeil onder de zitbanken allemaal water was dat over de rand was geslagen. Ik wilde hem wel geloven, maar deed dat niet. Alweer verdacht ik hem ervan iets te zeggen om paniek te voorkomen en hoewel dit op zichzelf een edel doel was, hield ik er niet van om belogen te worden. De enige keer dat Henry en ik ooit een meningsverschil hadden, was toen hij me had wijsgemaakt dat zijn familie volledig op de hoogte was van mijn bestaan. 'Ik weet dat jij het beste kunt bepalen hoe je het je familie moet vertellen,' had ik gezegd, toen we besloten te gaan trouwen, maar toen ik de ring eenmaal om mijn vinger droeg, wilde ik weten hoe het werkelijk zat, en uiteindelijk hadden we daarover ruzie gekregen. In de reddingsboot ervoer ik een soortgelijk verlangen om te begrijpen hoe we er precies voor stonden en wat we ertegen konden doen, hoewel het vanzelf spreekt dat ook meneer Hardie dat niet precies wist. Hij gokte naar eer en geweten en dat kon hij zeker beter dan ik. Toch verweet ik hem dat, en dat deden de anderen ook, alsof hij de waarheid kende en die voor ons verborgen hield – uit grilligheid, of om ons te straffen voor onze zonden.

Vreemd genoeg vond ik het leuk om te hozen. Ik voelde me er nuttig door, of misschien was het mijn vrouwelijke verlangen om orde te scheppen in mijn omgeving. Het gaf me iets anders te doen dan uitkijken over de angstaanjagend zwarte en lege zee. Als ik hoosde, bekeek ik de vloer van de boot, op zoek naar het lek waarvan ik wist dat het er was, maar dat ik nooit vond. Soms stelde ik me voor hoe ik het huis dat Henry en ik op een dag zouden kopen, schoonmaakte en die beelden vloeiden over in de fantasieën over het Winterpaleis. Ik stelde me een zonovergoten salon voor met de Louis Quinze-canapé van mijn grootmoeder, die ik als huwelijkscadeau gekregen zou hebben, als we niet alles hadden moeten verkopen. Henry hield van blauw, dus had ik voor de muren van de kamer roodborstjeseierenblauw gekozen – blauw genoeg om Henry tevreden te stellen, maar niet al te mannelijk of koud. Henry waarschuwde me dat we misschien niets van zijn moeder, die onze verbintenis afkeurde, zouden krijgen, maar ik had het volste vertrouwen dat ik haar na verloop van tijd wel voor me zou kunnen winnen.

Anya Robeson weigerde te hozen. Zij was de enige die geen enkele taak kreeg toebedeeld. Ze wilde de kleine Charlie geen moment alleen laten. Ze zaten bij elkaar, midden op de middelste roeibank, als het bewegingloze middelpunt van een gyroscoop. Ze was doodsbang dat haar rok nat zou worden, want als iets eenmaal doorweekt raakte, duurde het dagen voordat het weer was opgedroogd. Het was koud genoeg, maar hoe moet je het effect bepalen van angst en de wind, van natte stof op rauwe, zoute huid, van de ijzingwekkende wetenschap dat we op een of andere ondoorgrondelijke manier voor ons lot verantwoordelijk waren?

Mevrouw Grant wilde weer proberen te zeilen, maar we hadden al ervaren dat de wind in het dekzeil de boot zwaar deed overhellen, waardoor er water naar binnen stroomde. Met dat in gedachten werd haar suggestie niet serieus genomen, maar ik begreep dat ze probeerde met een oplossing op de proppen te komen, in plaats van alleen maar te zitten en te hopen. Haar voorstel werd beantwoord met een lange, gedeprimeerde stilte, die uiteindelijk door meneer Nilsson werd verbroken, toen hij zei: 'Dan gaan we maar roeien.'

Meneer Hardie stootte iets uit wat klonk als een lach en zei dat we met de grootste moeite net tegen de stroming in zouden kunnen roeien, waarop meneer Nilsson antwoordde: 'Ik bedoel niet dat we naar New York moeten roeien, zelfs niet als we het dichtst bij dat continent zijn. Ik bedoel dat we terug moeten roeien naar Engeland.' Daarna vertelde hij over twee Noren die enkele jaren eerder de Atlantische Oceaan waren overgestoken in een open skiff van ruim vijf meter lengte.

'Maar dat waren geoefende roeiers!' riep de kolonel uit. Het was waar: van de acht mensen die meneer Hardie bij toerbeurt liet roeien, leken alleen meneer Nilsson en de kolonel er enige aanleg voor te hebben.

'En ze waren in topvorm,' voegde de diaken toe.

'Het alternatief lijkt ronddobberen en wachten tot we doodgaan,' zei meneer Nilsson en na wat overdenkingen was Hardie dat met hem eens. 'We kunnen nog steeds een schip tegenkomen,' zei hij, waarop ik weer nieuwe hoop in mijn hart voelde, tot hij verderging met: 'Maar goed, dat kan ook niet gebeuren.' Hij vertelde dat de *Empress Alexandra* misschien van de juiste scheepvaartroute was afgeraakt of dat de oorlog van invloed was op het aantal schepen dat de oversteek maakte, en beide mogelijkheden verklaarden waarom we nog niet waren gered.

De kolonel en meneer Nilsson werden aangewezen om de rest van ons in de schone kunst van het roeien te onderwijzen, maar veel van de vrouwen en de oudere heer, Michael Turner, waren ofwel te zwak of anderszins ongeschikt voor die taak. De stemming klaarde op toen we eenmaal begonnen te roeien en zagen hoe de boot over het water gleed, met de wind in de rug, in plaats van dat we probeerden op dezelfde plek te blijven, in weerwil van krachten waartegen we niet waren opgewassen. Maar zelfs degenen die sterk genoeg werden geacht om te roeien, werden al snel moe. Al na tien minuten schoot de roeispaan van de kolonel uit de dol en viel in het water en het vergde kostbare energie om hem weer terug te krijgen. Hij, meneer Nilsson en mevrouw Grant kregen het voor elkaar het hun toegewezen uur te blijven roeien, maar de meesten van ons raakten het ritme al na een paar halen kwijt. We kregen blaren op onze handen, ondanks de handvatten die meneer Hardie uit reepjes deken had gemaakt, en toen meneer Preston de roeispaan van me overnam, doopte ik mijn hand in zee, hopend dat het water verzachtend zou zijn. Maar ik had niet op het zout gerekend en ik trok mijn hand snel weer terug, voor het eerst sinds de ondergang van de *Empress Alexandra* bijna in staat in huilen uit te barsten. Tegen de avond werd het duidelijk dat we geen kracht hadden om door te gaan. Meneer Nilsson en mevrouw Grant waren de laatsten en ze borgen de roeispanen zorgvuldig op onder het gangboord. De gelaatstrekken van mevrouw Grant gaven geen enkele emotie prijs, maar meneer Nilsson liet verslagen zijn hoofd hangen en gaf geen antwoord toen meneer Hoffman hem op de schouder sloeg en zei: ‘Toch was het een goed idee. Morgen doen we nog een poging.’

Mevrouw Grant zei dat we, als we Europa niet roeiend konden bereiken, er maar heen moesten zeilen, en meneer Hoffman haalde enkel zijn schouders op. Hij hoefde ons er niet aan te herinneren dat de boot te vol zat om te zeilen en haar optimistisch bedoelde opmerking sloot de dag af als een vals slotakkoord.

Nacht

De nachten waren koud en hoe uitgemergelder we raakten, des te minder onze lichamen in staat waren ons warm te houden. Toen ik de anderen bekeek, schrok ik van hun diepliggende ogen en holle wangen. De verandering was geleidelijk gegaan, maar in het kwijnende licht zag ik dat hun lippen vol kloofjes zaten en op het punt stonden te barsten, dat hun ogen glazig stonden en niets leken te zien en dat hun kleding los rondom hun onnatuurlijk uitstekende botten hing. Meneer Hoffman had een streep opgedroogd bloed in zijn haarlijn, van toen hij het uiteinde van een roeispaan tegen zijn gezicht had gekregen, maar hij leek dat niet te merken. Ongetwijfeld waren mijn gelaatstrekken evenzeer gehavend, maar voor mijn geestesoog was ik nog dezelfde als die laatste ochtend op het schip, toen Henry had toegekeken hoe ik mijn haar voor de spiegel opstak. Er klonken geen verhalen meer, alleen af en toe een zucht, of het droge gehoest van mevrouw Cook, dat een dag eerder was begonnen en steeds erger werd. Ik wist dat we ons allemaal in onze herinneringen hadden teruggetrokken om aan de wrange realiteit te ontsnappen.

Ik had gemerkt dat Henry in toenemende mate geagiteerd leek naarmate de *Empress Alexandra* dichter bij New York kwam. Hij en meneer Cumberland zochten elkaar regelmatig op, en ik denk dat dit iets te maken had met de bankzaken waarover Henry me had verteld, want vaak hadden ze het over 'onze speciale verantwoordelijkheden'. De vorige nacht was Henry lang opgebleven, drinkend en pratend met een man die hij kende uit de sociale kring van zijn familie, dus toen ik zijn gezicht in de spiegel zag, dacht ik dat zijn gekwelde blik aan vermoeidheid te wijten was. Pas later, toen hij mijn hand pakte en me naar een beschut hoekje aan dek trok, waar we van de zon konden genieten zonder last van de wind te hebben, begreep ik de reden van zijn bezorgdheid. 'Ik heb verschillende concepten opgesteld voor een bericht aan mijn ouders,' zei hij en dat wakkerde mijn nieuwsgierigheid en later mijn vermoeden aan dat hij nog geen telegram had gestuurd om hun te vertellen over ons huwelijk.

In het begin was ik geërgerd, want we hadden het hier al vaker over gehad en hij had mij verzekerd dat de kwestie geregeld was. Ook vond ik dat we op onze huwelijksreis niet met praktische zaken bezig moesten zijn. We hadden moeten lachen om frivoliteiten, zoals waarom mevrouw Forester altijd in tranen dreigde uit te barsten, of hoe ernstig en ongemakkelijk meneer Cumberland eruitzag in zijn nieuwe rol als rijke bankier, of we moesten genieten van lange stiltes terwijl we in elkaars ogen staarden, of we zouden gewichtige waarheden over elkaar moeten ontdekken, waarheden waarover we ons zouden verwonderen en die als basis voor ons groeiende vertrouwen zouden dienen. Ik wilde zeggen dat ik dacht dat de zaak al geregeld was, maar Henry legde een vinger op zijn lippen, tot een vrolijk stelletje dat aan dek een luchtje kwam scheppen ons was gepasseerd.

Toen we weer alleen waren zei Henry: 'Ik heb vanochtend een telegram van mijn moeder gekregen. Ze schreef dat ze Felicity meeneemt naar de haven.'

'Maar dat kan ze niet doen!' riep ik en een kilte maakte zich meester van mijn hart toen ik besefte wat Henry me werkelijk vertelde. 'Ze denkt dat Felicity je weer voor zich kan winnen!' zei ik met brekende stem, ergens tussen woede en verdriet in, want de enige reden dat zijn moeder zo'n misvatting kon koesteren, was omdat zij dacht dat haar zoon nog niet was getrouwd.

We keken even uit over de oceaan, die zich aan beide kanten uitstrekte – aan de ene kant lag Europa, waar ik zo gelukkig was geweest, aan de andere lag New York, waar me weet ik wat te wachten stond. 'Je hebt het al te lang uitgesteld,' zei ik. 'Het is niet eerlijk ten opzichte van Felicity en je moeder, en niet eerlijk tegenover mij.'

Henry zag eruit als een schooljongen die straf krijgt en kon het alleen maar met me eens zijn. Hij zei dat hij het meteen na de lunch zou rechtzetten, maar ik zei dat de lunch wel kon wachten en dat hij nu meteen een telegram moest sturen. Samen bedachten we een passende tekst en daarna bracht Henry me terug naar onze suite en ging er toen vandoor, vastberaden of opgelucht, ik kon niet besluiten welke van de twee. Toen hij weer terugkwam, moesten we haast maken om onze plaatsen aan de tafel in te nemen, dus bespraken we het onderwerp pas na de maaltijd. 'Ik heb het geregeld,' was het enige wat hij tegen me zei, want net toen ik hem wilde vragen hoe het precies was gegaan, sloeg iemand hem op zijn schouder. Het was meneer Cumberland, die iets dringends te bespreken had. Henry leek blij hem te zien en vroeg of ik zelf de weg terug naar onze hut kon vinden. Dat vond ik een rare vraag, want we zaten al vijf dagen op het schip. 'Natuurlijk,' zei ik, zonder me verder iets af te vragen over dat zinnetje, niet zoals ik me dat nu afvraag. Nu denk ik dat dit het bewijs was dat Henry zich nog steeds ergens zorgen over maakte, maar misschien maakte hij zich zorgen om de zakelijke kwestie, die nu zijn aandacht opeiste. 'Ik heb het geregeld,' had hij gezegd, maar terwijl ik naar het maanlicht op het water keek en mijn reddingsvest strakker om mijn lichaam trok om de snijdende wind tegen te houden, vroeg ik me af of hij dat werkelijk had gedaan.

Ik probeerde me te herinneren wat meneer Cumberland tegen Henry had gezegd, toen ze samen wegliepen. Het was iets over het marconiapparaat en hoe dat niet had gewerkt en hem had verhinderd een of andere transactie voor elkaar te krijgen en daar wilde hij Henry over spreken. Henry had geantwoord: 'Maar ik ben er net nog geweest en toen werkte het nog.' En toen wierp hij me over zijn schouder een blik toe en knikte naar me, voordat hij wegliep om wat het dan ook was te bespreken.

Toen ik naar de trap liep die naar onze hut voerde, sprong mijn hart op van blijdschap, want deze woorden, als ik ze goed had gehoord, leken te bevestigen dat Henry inderdaad zijn moeder een bericht had gestuurd; en net op tijd, want later die middag zonk de *Empress Alexandra*. Maar nu, in de reddingsboot, bedacht ik dat Henry's woorden misschien niet aan meneer Cumberland waren gericht, maar aan mij. Toen kamde ik mijn geheugen uit naar wat meneer Cumberland precies had gezegd, want als ik me zijn woorden precies herinnerde, betekenden die veel meer dan of Henry nu wel of niet zijn familie op de hoogte had gebracht van ons huwelijk. Namelijk dat het marconi-apparaat het misschien helemaal niet had gedaan tijdens de schipbreuk en als dat het geval was, was er dus ook nooit een noodsignaal verzonden. En als er geen noodsignaal was verzonden, dan was onze situatie al een hele tijd veel hachelijker dan meneer Hardie ons had willen doen geloven.

Ik zat lange tijd in het duister, met mijn ogen gesloten, verdoofd door angst en kou. Af en toe dompelde ik mijn ontvelde handen in het water tussen mijn voeten om te voelen hoe het zout in de wonden brandde. Ik wilde iets anders voelen dan de angst die me omsloot. Mary Ann lag uitgestrekt op mijn schoot en ik ging verzitten, niet alleen om een gemakkelijker houding te vinden, maar ook om haar wakker te maken, als ze licht zou slapen. Ze ademde diep in, maar verder bewoog ze niet. 'Mary Ann,' zei ik, over haar oor gebogen. 'Slaap je?'

'Wat is er?' zei ze, half slapend, en toen ze helemaal wakker was geworden: 'Is er iets mis?' Maar toen voelde ik al geen noodzaak meer haar te vertellen over wat ik had gedacht, dus zei ik: 'Er is niets. Ga maar weer slapen.'

Ik probeerde aan fijne dingen over Henry en onze tijd in Londen te denken, maar dat lukte me niet en het was al bijna weer ochtend toen ik eindelijk in slaap viel.

Tiende dag, ochtend

De tiende dag brak aan met windvlagen en kou. De zee rolde in enorme golven onder ons door. Ondanks de grootte van de golven braken ze niet en het lukte ons wonderwel de stand van het water op de vloer van de boot tot een paar centimeter te beperken. Mevrouw Grant ging door met haar stille geruststellingen en een- of tweemaal sprak ze haar spijt uit dat meneer Hardie ons niet het zeil liet hijsen, uit angst dat de boot zou vollopen, want ze wist zeker dat onze redding lag in het proberen een of andere verre kust te bereiken.

Meneer Hardie weigerde me aan te kijken, maar af en toe glimlachte ik in zijn richting om hem een hart onder de riem te steken. Ik weet niet of hij dit nodig had of niet. Ik was hem gaan zien als iemand die minder of juist meer menselijk was, zo weinig leek hij op de rest van ons. De meeste tijd richtte ik mijn aandacht evenwel naar binnen en probeerde het ene moment in het andere over te laten gaan, of dat nu iets goeds of iets slechts met zich mee zou brengen. Ik merkte maar weinig van wat er die ochtend in de boot speelde, afgezien van het enorme ongemak dat het zitten in vochtige kleding met zich meebracht, te midden van het niets dat tegelijkertijd alles was, of alles wat ertoe deed. Ik telde hoeveel tijd er verstreek tussen de aanvallen van rillingen die mijn lichaam deden schudden, of tussen het kloppen van mijn gekrompen hart. Ik peilde de kou van mijn borstkas en vergeleek die met de kou van mijn voeten. Ik probeerde uit te vinden of het hielp om mijn handen tussen mijn benen te klemmen, of dat het beter was ze onder mijn reddingsvest te stoppen en ze tegen mijn borstkas te duwen.

Ik herinnerde me dat ik me de avond ervoor zorgen had gemaakt over de noodsignalen en tweemaal opende ik mijn mond om er iets over te zeggen. Eenmaal probeerde ik Mary Ann erover te vertellen en later wendde ik me tot de diaken, die mijn blik had gevangen toen Hardie naliet de waterbeker rond te laten gaan. Maar woorden kwamen er niet en ik vroeg me bovendien af of het goed zou zijn om wantrouwen te zaaien tegen de enige man die ons kon redden. Trouwens, ik had geen hard bewijs dat het marconi-apparaat niet in werkende toestand had verkeerd. Terwijl ik mijn tumultueuze gedachten op een rijtje probeerde te krijgen, daalde mijn brein af naar een andere laag.

Meneer Hardie had aangegeven dat meneer Blake in de radiohut was geweest, tot het vuur iedereen dwong aan dek te komen, en dat Blake had bevestigd dat er noodsignalen waren verzonden. Inderdaad, ik herinnerde me dat ik meneer Hardie samen zag met een scheepsofficier – dat had Blake kunnen zijn – toen Henry en ik die middag aan dek kwamen, dus leek het redelijk ervan uit te gaan dat Blake Hardie op dat moment over de noodsignalen had verteld. Maar als het marconiapparaat kapot was geweest, dan had meneer Blake ofwel tegen meneer Hardie gelogen, of loog meneer Hardie nu tegen ons; en als Hardie loog, kon ik alleen maar aannemen dat hij dit deed om ons gerust te stellen. Toch leek ook meneer Hardie te geloven dat er noodsignalen waren verzonden, want waarom had hij anders zo vasthoudend geprobeerd om in de buurt van het scheepswrak te blijven, als hij wist dat het onwaarschijnlijk was dat andere schepen ons op die locatie zouden komen zoeken? Nu vroeg ik me af of meneer Blake en misschien ook meneer Hardie op een andere plek waren geweest na de explosie en dat meneer Hardie er alleen maar van uitging dat de noodsignalen waren verzonden door degene die zich in de radiohut bevond, wat de logische gang van zaken zou zijn geweest bij een scheepsramp. Als dat het geval was, loog hij niet over de noodsignalen, maar wel over wat hij en misschien ook Blake werkelijk hadden gedaan in die eerste paar minuten van de ramp. Maar hoezeer ik me ook concentreerde op de kwestie, ik kwam er niet achter wat dat was geweest.

In plaats daarvan oefende ik wat ik tegen Henry's familie wilde zeggen, toespraken over liefde en het noodlot en over hoe ik al mijn hele leven tantes, neven en nichten had willen hebben en hoe vurig ik hoopte dat de familie Winter me daarvan zou voorzien. Ik probeerde te zeggen hoe ik al van hen hield door wat Henry me over hen had verteld, maar ik kon het niet oprecht zeggen, dus besloot ik het helemaal niet te zeggen. Tijdens onze ruzie had Henry me verteld hoe dol zijn ouders waren op Felicity Close, dat ze Felicity van kinds af aan hadden gekend, dat Felicity's moeder de beste vriendin van zijn moeder was. 'Henry,' fluisterde ik tegen het water dat ons aan alle kanten omringde, 'laat me nu niet in de steek.' In al mijn fantasieën stond Henry me krachtig terzijde; ik wist niet hoe ik in hemelsnaam zijn moeder alleen onder ogen moest komen. Ik maakte me zorgen dat ze mij zijn dood zou verwijten, dat ze zou denken dat ik Henry mee naar Europa had genomen in plaats van andersom en dat ik het was geweest die ons had gedwongen de terugreis op de *Empress Alexandra* te boeken en niet een oorlog tussen landen waarover ik geen enkele zeggenschap had gehad.

Die ochtend begon het eindelijk te regenen. Eerst waren de druppels klein en fijn als mist en de hoeveelheid die iemand kon opvangen zou nog geen vingerhoed hebben gevuld, maar gaandeweg werden de druppels groter en al gauw waren we allemaal doorweekt. Het was deze regen waaraan ik die dag in Boston terug moest denken, toen meneer Reichmann zich afvroeg of ik gek was geworden. Om me heen hieven de mensen hun gezichten ten hemel om het water op te vangen. Mary Ann bleek weer eens een lastpak, want ze weigerde haar mond open te doen, dus moest Hannah haar een mep geven en haar neus dichtknijpen tot ze dat wel deed. Meneer Hardie wees in de verte naar iets wat niemand anders kon zien en zei dat het weer in een hel zou veranderen en dat ook wij daarheen zouden gaan, als we onze situatie niet snel onder ogen zouden zien. We waren al zo nat en koud dat we het moeilijk vonden te begrijpen wat hij bedoelde.

Mevrouw Cook kwam terug van de slaapzaal, waar ze had liggen slapen. 'Zorg dat je het zeil over je heen trekt, zodat de dekens niet nat worden,' zei ze. Ik dacht niet dat ik alweer aan de beurt was, maar niemand maakte bezwaar, dus ging ik naar voren en nestelde me tussen de muffe dekens, waar ik iets onderging wat niet zozeer slapen was, maar meer een nog dieper wegzinken in mijn in zichzelf gekeerde toestand. Daarbinnen waren warme plekjes – niet zozeer herinneringen, maar plekjes waar het leven minder grimmig en hard was. Misschien was het moedwillig dat ik alleen aan mezelf dacht, maar ik kon op dat moment niet geloven dat ik überhaupt een wil had. Ik had alleen een lichaam. Automatisch deed ik wat me werd gevraagd, alsof ik in de tranceachtige toestand verkeerde die ik ook bij mevrouw Cook had waargenomen. De kleinste gewaarwordingen werden me duidelijk en eisten mijn intense interesse op; maar wat er met de anderen gebeurde maakte weinig indruk op me. Toen Mary Ann me wakker schudde uit mijn verdoofde toestand en mijn plaats tussen de dekens wilde innemen, ging ik terug naar mijn plek en kwam erachter dat, terwijl ik had geslapen, mevrouw Cook zichzelf aan de zee had geofferd. Ik voelde niets, alleen een lichte nieuwsgierigheid naar de reden waarom ze dat had gedaan. 'Orders van Hardie,' fluisterde Hannah en Greta zei: 'Je weet toch dat mevrouw Cook alles deed wat je haar opdroeg.' Ik werd bang bij de gedachte dat je over mij hetzelfde zou kunnen zeggen.

Ik kan ontkennen noch bevestigen dat Hardie iets met de dood van mevrouw Cook te maken had. Mijn advocaten hebben me keer op keer ondervraagd op dit punt, maar het enige wat ik kon zeggen was dat ik had geslapen. Kennelijk heeft Hannah in haar verklaring gezegd dat ik al eerder die dag aan de beurt was geweest om te slapen, dat niemand extra tijd tussen de dekens kreeg tenzij diegene ziek was en dat ik tijdens het incident helemaal niet in de slaapzaal had gelegen. Mevrouw Cook, die had kunnen getuigen dat ze op mijn schouder had getikt en had gezegd dat ik naar voren kon, en Mary Ann, die na mij in de punt ging liggen, zijn beiden dood, en kennelijk herinnert niemand zich mijn kleine aandeel in het incident. Ik weet niet wat het zou bewijzen, zelfs al was ik wakker geweest, wat ik niet was. Meneer Reichmann zei dat de advocaten van Hannah en mevrouw Grant probeerden te bewijzen dat we reden hadden om meneer Hardie te vrezen, dat het incident met mevrouw Cook ons een geldig motief had gegeven voor wat er later gebeurde; maar hoeveel vragen meneer Reichmann ook op me afvuurde, ik zei dat ik, als mijn beurt zou komen om te getuigen, naar waarheid zou antwoorden dat ik geen motieven van dien aard koesterde en dat ik niets had gehoord van wat meneer Hardie mogelijkerwijs tegen mevrouw Cook had gezegd.

Hoe dan ook, toen ik onder het druipende zeil vandaan kroop, zag ik de hoteleigenaresse mevrouw Hewitt zitten, handenwringend en huiverend, in traanloze huilbuien. Ze zei dat zij de laatste was geweest die met mevrouw Cook had gesproken en ik had geen reden aan haar te twijfelen, totdat sommigen fluisterden dat meneer Hardie haar daarna nog had gesproken. Meneer Hardie sprak gewoonlijk niet met de vrouwen afzonderlijk, dus ik dacht dat het verhaal tijdens het doorvertellen was veranderd, of dat Hannah of Greta het had aangedikt of ronduit had verzonnen. Aangezien ik er niets van had meegemaakt, gaf ik geen commentaar op wat zich had afgespeeld. Hoewel mevrouw McCain de reisgezel van mevrouw Cook was geweest, weigerde ze ook maar enige emotie te tonen. 'We kunnen er nou immers niks meer aan doen, of wel soms?' zei ze.

Het begon minder hard te regenen en de ochtend verstreek. Ik kan me er weinig meer van herinneren, behalve dan dat meneer Hardie ergens voor het middaguur een lijn in de verte aanwees, waar de kleur en structuur van het water plotseling waren veranderd en zei: 'Rolwolk.' Een minuut verstreek voordat hij verderging: 'We hebben tijd om te beslissen wat we gaan doen tot ie hier is.' Ik keek om me heen, naar de overgebleven zesendertig mensen, ik keek naar het water dat rondom mijn enkels klotste en ik zag met een soort onthechte angst hoe uit de verte het door de wind opgestuwde water langzaam op ons afkwam, alsof ik me de angst herinnerde, meer nog dan die voor het eerst te voelen. Toen de onweersbui (volgens Hardie) nog vijftien minuten van ons verwijderd was, vielen zijn peilloze ogen uiteindelijk op mij. Ons lot ligt in uw handen, probeerde ik hem met een blik te vertellen. Zeg maar wat we moeten doen. Hij staarde me lang aan. Dat greep me aan, ik putte er hoop uit. Voor het eerst in dagen voelde ik me warm. Ik wist dat meneer Hardie ons zou redden, als hij dat kon.

Er sloegen nu zo vaak golven over de zijkant van de boot dat het niemand meer opviel, maar de kleur van de lucht was veranderd in een groenachtig geel dat we nog niet eerder hadden gezien. Hardie zei: 'Zeg maar alvast jullie gebedjes,' en mijn hoop van even daarvoor werd onmiddellijk de bodem ingeslagen. Om me heen werkten de hozers driftig door, maar het was zinloos. 'O, geef het toch op!' riep ik, want het waterpeil steeg overduidelijk, ondanks hun inspanningen. 'We verdrinken toch!' Ik zag geen enkel alternatief meer. Ik sloeg mijn armen strak om mijn borstkas, snakkend naar adem. 'Er is geen hoop meer,' schreeuwde ik tegen de anderen, of misschien alleen tegen Mary Ann. 'Zien jullie dan niet dat we zullen sterven?'

'Maar natuurlijk is er hoop,' zei meneer Hoffman kalm. 'Daar hebben we het al eerder over gehad. Sommigen van ons kunnen overboord springen en zo de last verlichten.' Hij wachtte even, liet de woorden bezinken en ging toen verder: 'Dat is de enige optie.' Ik keek hoe Hardie hierop reageerde, maar hij keek strak naar de lijn in de verte. Kolonel Marsh schreeuwde: 'Is dat waar, meneer Hardie?' en Hardies starende blik gleed als een zoeklicht over onze verwachtingsvolle gezichten. 'Aye, da's waar genoeg, tenzij jullie allemaal willen verzuipen.' Het was alsof met deze woorden de deur van een kooi werd opengezet en toen het beest eenmaal los tussen ons liep, kon ik weer ademen. 'Maar natuurlijk,' zei ik, ijzig kalm. Mijn angst was volledig verdwenen. Ik voelde me als een man die een rationele inschatting van zijn investeringen maakt, gebaseerd op een grootboek vol cijfers en kansberekeningen.

Mary Ann leek met ontzetting vervuld. 'Uit de boot springen?' vroeg ze. 'Doelbewust?'

'Natuurlijk doelbewust!' Ik had niet tegen haar willen schreeuwen, maar plotseling leek deze actie me niet om sterven maar om leven te gaan. Het kwam niet bij me op dat ik me misschien zelf zou moeten opofferen. Tot mijn vaders faillissement waren alle deuren altijd voor me opengegaan en serveerden knappe jonge vrouwen als Mary Ann mij mijn maaltijden. Dat moet ze aangevoeld hebben, want haar gezicht vertrok van angst en walging.

Het leek mij dat een van de zwakkeren, zoals Mary Ann of Maria, de meest voor de hand liggende keuze zou zijn, maar een van de mannen – was het meneer Nilsson? – wees ons erop dat mannen in deze omstandigheden nuttiger waren dan vrouwen en dat als er iemand opgeofferd moest worden, het een vrouw zou moeten zijn. Dat vervulde me met ontzetting, maar ergens was ik het wel met hem eens. Misschien verzetten we ons zo tegen dit idee omdat het waar was. Toen Mary Ann tegen me aan kroop en bijna flauwviel van angst, streek ik het haar van haar oor weg en fluisterde: 'Waarom niet, Mary Ann? Je zou jezelf een hoop lijden besparen door in zee te springen. Je gaat hoe dan ook dood, en ik heb gehoord dat het een stuk plezieriger is te verdrinken dan te sterven van de honger of dorst.'

Is mij dit te verwijten? We vragen bepaalde ideeën niet onze gedachten binnen te dringen en andere weg te blijven. Ik geloof dat iemand verantwoordelijk gehouden kan worden voor zijn daden, maar niet voor zijn gedachten, dus misschien ben ik er schuldig aan dat ik die gedachten heb verwoord. Ik kan alleen maar zeggen dat ik degene was die naast Mary Ann moest zitten. Ik was de eerste tot wie zij zich wendde met haar gejank en geklaag. Hoe dan ook, toen ze weer bedaard was, zei ze dat ze een levendige droom had gehad, waarin ze ons allemaal wist te redden door zelf in zee te springen.

'Tien minuten!' riep meneer Hardie. Ik telde tot zestig en zei: 'Negen,' meer in mezelf dan tegen Mary Ann. 'De mannen!' schreeuwde meneer Preston geagiteerd. 'Alle mannen moeten zich hierachter verzamelen.'

'Waarom?' vroeg meneer Nilsson en mevrouw Grant zei: 'Ik weet zeker dat er een andere manier is.' Maar daarna was ze stil en ging ze druk in de weer met een hoosvat dat ze van iemand anders had afgepakt.

'Hardie heeft gelijk! Wij mannen moeten strootjes trekken om te zien wie er overboord moet,' zei meneer Preston met een hoge, bevende stem, net op het moment dat Hardie 'Acht' riep. Een hevige angst kolkte door mijn hele wezen, maar die hoorde eigenlijk niet echt bij mij. Ik kon hem bekijken, op de manier waarop ik naar mijn klapperende tanden kon kijken, naar de stortvloed van regendruppels die tegen mijn gezicht kletterde, naar het gestage stroompje water dat via mijn kraag wist binnen te dringen en langs mijn nek naar beneden kroop, naar het onregelmatige bonzen van mijn hart.

Nilsson zei: 'Waarom de mannen? Waarom alleen de mannen?'

Mary Ann vroeg: 'Hoe zit het met de vrouwen? Denken ze er nog steeds over om een van ons overboord te sturen?'

'Natuurlijk niet,' zei ik, 'wat denk je wel niet? Maar ik betwijfel of ze een vrouw zullen tegenhouden, als die zich vrijwillig meldt.' Het viel me op dat moment niet op hoe we allebei geloofden in het concept van 'zij', de alwetende besluitvaardigen die een plek in de machtsstructuur boven ons hadden verworven; 'zij', die alle besluiten namen en er met de buit vandoor gingen of, als ze het mis hadden, moesten lijden onder de consequenties. Het viel me echter wel op dat Mary Ann enorm opgelucht reageerde toen ze hoorde dat niemand een heldendaad van haar verwachtte en ze legde haar nutteloze kleine hand vol vertrouwen in de mijne.

Hardie hield zijn vuist omhoog, met daarin een bosje splinters die als door magie voor deze gelegenheid waren opgedoken. 'Alleen de mannen,' zei hij. 'Twee zijn er kort, zes lang. De korte hebben verloren.' Ik weet niet waarom we dachten dat twee mensen minder het verschil tussen leven of dood zouden betekenen, maar we trokken dat niet in twijfel. Als Hardie zei dat twee het magische getal was, dan was dat zo. We gingen ervan uit dat Hardie het 't beste wist.

Er verstreek een minuut of zo. De zwarte muur van water was nu nog maar vijfentwintig of dertig bootlengtes van ons verwijderd. In de verte schoot de bliksem in vurige vorken door de loodgrijze lucht.

'Ik wil niemand dwingen,' zei Hardie. Toen trok hij zelf een van de splinters. Hij keek er zonder al te veel interesse naar, maar ik kon aan de gezichten van de mensen die dicht bij hem zaten zien dat het een lange was. Meneer Nilsson trok als volgende en afgaande op de glazige blik in zijn ogen kreeg ik het gevoel dat hij zich niet helemaal bewust was van wat hij deed.

Kolonel Marsh leek stoïcijns en afwezig toen het zijn beurt was, maar Michael Turner maakte er een grapje bij en zei: 'Als ik deze loterij win, is dat de eerste keer van mijn leven dat ik iets gewonnen heb.' Hij was een van degenen die het zonder zwemvest moesten stellen en daardoor zag hij er dunner en minder imposant uit dan hij was. Meteen nadat hij getrokken had stond hij op, lachte als een waanzinnige en sprong uit de boot. Er waren nog vier splinters over en een daarvan was kort. Ik keek hoe meneer Preston trok en opgelucht zuchtte, maar de diaken zag er paniekerig uit toen hij naar voren kroop voor zijn beurt. Hoffman haalde alleen maar zijn schouders op en trok, terwijl hij Hardie voortdurend recht aankeek; alweer had ik het gevoel dat er een geheim tussen hen beiden speelde. 'God helpe ons,' zei de diaken. Hij knielde op de vloer van de boot, met zijn gezicht naar Hardie en zijn rug naar ons gericht en hief zijn gevouwen handen op naar de gewelddadige lucht. 'O, mijn God,' jammerde hij, 'ik wil mezelf wel degelijk opofferen voor uw lieve kinderen, maar waarom is dat zo moeilijk?' Hij keek vol smart uit over de golven, als een huiverende incarnatie van de angst zelf en misschien met het beginnende besef dat 'lieve kinderen' niet de meest passende omschrijving voor zijn medepassagiers was. Ik stopte mijn oren dicht, zodat ik hem niet hoefde te horen en greep Mary Ann steviger beet dan ooit tevoren. De naakte essentie van onze natuur kwam boven. We waren geen cent waard, geen van allen. We hadden elk fatsoen verloren. Ik zag dat er, als voedsel en onderdak eenmaal waren verdwenen, niets goeds of edelmoedigs in ons overbleef.

De diaken keek diepbedroefd in de richting van meneer Sinclair en pakte toen allebei de overgebleven splinters. 'Ik vraag me af of dit als zelfmoord geldt,' hoorde ik hem zeggen. 'Ik vraag me af of mijn plekje in het paradijs nu voor altijd verloren is.' Hij draaide zich om, gaf meneer Sinclair een schouderklopje en opende zijn hand, waaruit de splinters onmiddellijk in zee werden geblazen. Langzaam kwam de diaken overeind en zei: 'God zegene en behoede jullie.' Toen trok hij zijn reddingsvest uit, wierp dat meneer Hardie toe, dook in het water en verdween direct. Meneer Sinclair riep hem na: 'Kom terug! Dat was mijn lot!' maar niemand schonk daar enige aandacht aan; en toen meneer Sinclair zichzelf aan zijn uitzonderlijk sterke armen optrok en naar de rand sleepte, deed niemand een poging hem tegen te houden. Het treurigste aan het offer was dat het werd gebracht voor mensen zoals wij. Ik dacht hierover na, maar werd onmiddellijk afgeleid, want op dat moment kwamen we in de onweersbui terecht.

Tiende dag, middag

Nu wist ik waarom meneer Hardie had gezegd dat de wind tot op dat moment niet veel meer dan een briesje was geweest, al denk ik niet dat zelfs hij was voorbereid op wat ons te wachten stond. De kleine boot werd als een notendopje opgetild door golven zo hoog als oceaanstomers. Ik dacht aan de diaken en meneer Sinclair, en hoe Hardie had kunnen voorkomen een moordenaar te worden – ja, dat was het woord in mijn gedachten – want het exacte aantal mensen in de boot deed er volgens mij weinig tot niets toe. We zouden allemaal binnen een paar seconden sterven en wat ik het meest betreurde, was dat ik zou doodgaan met een gehavend idee van de menselijke natuur. Ik was in staat gesteld de eerste tweeëntwintig jaren van mijn leven te geloven in de aangeboren goedheid van mensen en ik had gehoopt dat ik dat geloof mee zou kunnen nemen in mijn graf. Ik wilde graag geloven dat eenieder kon hebben wat hij wilde, dat er geen inherent conflict bestond tussen wedijverende interesses en dat, als er tragedies moesten voorvallen, menselijke wezens daar geen echte invloed op konden uitoefenen.

Ik overdacht dit alles, maar niet op een coherente manier, niet die middag. De boot deinde en schommelde, klom omhoog tot de schuimende toppen van de golven en gleed daarna weg in de helse dalen, waardoor we aan vier kanten omringd werden door zwart water. Het was meer dan angstaanjagend. Meneer Hardie en meneer Nilsson pakten beiden een roeispaan, de kolonel en meneer Hoffman worstelden met een derde. Samen deden ze een dappere poging om de voorsteven in de wind te houden. We konden alleen maar hopen dat het snel overdreef en we grepen elkaar vast zoals ik me vastklampte aan mijn laatste restjes geloof. Mevrouw Grant en meneer Preston deden wat ze konden met de laatste roeispaan, maar ze waren geen partij voor de woedende storm. Toch was ik dankbaar voor hun inspanning en ik bewonderde hoe ze met de lange roeispanen worstelden. Ondanks hun gebrek aan effectiviteit, gaf geen van beiden op. Ik greep mijn zitbank met één hand vast, zodat ik er niet als een ruiter van een paard af zou worden geworpen, en met de andere hield ik Mary Ann vast, die naast me zat en met beide handen naar me klauwde, alsof ik een drijvend stuk wrakhout was.

Wat onze angst nog aanwakkerde, was de regen die op ons neerkletterde en de grillige bliksemschichten die de lucht in stukken scheurden. We konden amper het uiteinde van de boot zien, dus als ik zeg dat de golven zes tot negen meter hoog waren, is dat niet meer dan mijn eigen speculatie. Later zei Hardie dat de golven wel twaalf meter hoog waren geweest, maar hoe hij dit wist kan ik niet zeggen. Soms bleef de boot even hangen, boven op een golf, voordat hij als een slee over een besneeuwde helling naar beneden gleed. Onze magen draaiden zich om als dit gebeurde, maar soms hadden we niet zoveel geluk en sloeg een golf stuk op onze schouders en kwam er nog meer water in de boot. Dat stond nu al tot onze knieën, maar nog altijd zonk de kleine kotter niet.

In de minuten voordat we in de rolwolk terechtkwamen, had meneer Hardie Hannah en Isabelle de lege scheepsbeschuitblikken gegeven, die er meteen furieus mee begonnen te hozen. Daarna haalde hij de deksel van twee van de vaatjes, die hij zo achterdochtig had bewaakt dat je zou denken dat er nog steeds water in zat, en gaf die aan kolonel Marsh en meneer Hoffman. Ze hadden moeite het glibberige hout vast te houden, terwijl ze de vaten vulden en over de rand leeggooiden. Al die tijd deed Hardie moedige pogingen de punt van de boot recht op de golven te houden, terwijl de roeiers hun best deden hem te helpen. De boot deinde zo woest dat maar een op de vijf pogingen om de vaatjes leeg te gooien slaagde, maar ze bleven doorgaan, idioot en heroïsch, en ik vroeg me af wat we zonder deze vijf sterke mannen hadden moeten beginnen. Wat als kolonel Marsh een korte splinter had getrokken, of meneer Nilsson, of Hardie zelf? Michael Turner was verreweg de oudste van de mannen geweest en de diaken was mager en zwak geweest; en hoewel meneer Sinclair indrukwekkend gespierde armen had gehad, kon hij zich niet met behulp van zijn benen verplaatsen in de boot. Met een huivering van afgrijzen besefte ik dat dit resultaat niet aan geluk te wijten kon zijn, hoewel ik de vingervlugheid waaraan dit te danken was niet had opgemerkt. Hardie had niets aan het toeval overgelaten, maar had gekozen wie zou leven en wie moest sterven. Ik kon de gedachte dat het kwaad aan boord was gekomen en dat de duivel zelf me in leven hield, niet van me afzetten.

Het duurde niet lang of meneer Hoffman liet zijn vaatje uit zijn handen schieten, dat onmiddellijk in de kolkende zee verdween. Hardie zei niets, maar wierp Hoffman zijn roeispaan toe en trok de deksel van het derde en laatste vaatje. Deze keer hoosde hij zelf, hij duwde het vaatje in het water en gooide dat over de rand, maar pas nadat ik had gezien dat er geen regenwater in het vaatje zat, maar een klein doosje dat Hardie haastig onder zijn jas stopte. Dat maakte op dat moment geen indruk op me. Ik dacht alleen maar dat Hardie er goed aan had gedaan om zo lang met de voorraad water te doen.

Er is maar één andere gebeurtenis die me is bijgebleven

tijdens die vreselijke storm. De donkere dag veranderde in een nog donkerder nacht. De regen hield niet op. Het was alsof de zee en de lucht samen waren gevloeid. Onophoudelijk bleef de boot de golven beklimmen en donderde dan weer naar beneden of boorde zich in de top van een brekende golf. Ondanks het misselijkmakende gevoel dat het vallen in een bodemloze put met zich meebracht, dankte ik God en meneer Hardie voor elke keer dat ons een stortvloed van water op onze hoofden bespaard bleef.

Ik sprak net een dankgebedje uit voor alweer een veilige glijvlucht naar beneden toen er een harde klap klonk, gevolgd door een uitbarsting van onverstaanbaar geschreeuw van degenen die aan stuurboord zaten. Hardie hield even op met hozen om te vragen wat er aan de hand was. 'We hebben iets geraakt!' luidde het antwoord, of: 'Iets heeft ons geraakt!' – niet dat de precieze bewoordingen er ook maar iets toe doen. Of het nu het verloren vaatje was of wrakstukken van de *Empress Alexandra* of iets wat God op ons pad had gebracht om ons te laten zinken, we wisten het niet.

Uiteindelijk ging de wind wat liggen en werden de monsterlijke golven gewoon enorm groot, hoewel het tot diep in de nacht bleef regenen. Meneer Hardie duwde de twee overgebleven vaatjes tussen de romp van de boot en de stapel doorweekte dekens en droeg degenen die er dichtbij zaten op om het regenwater, dat zich op het dekzeil verzamelde, in de vaatjes te laten lopen. Ik zou daar niet aan hebben gedacht of als ik dat wel had gedaan, geen actie hebben ondernomen. Ik begreep wat voor een optimist die Hardie moest zijn, of misschien waren het gewoon handelingen uit een reflex, van een schepsel dat vastbesloten is om te overleven.

Nacht

Die nacht werd mevrouw Forester, die zo stil en waakzaam was geweest, gek. Ze begon te ratelen over haar echtgenoot, die een borrel was gaan drinken op de dag van de schipbreuk en waarschijnlijk was overleden. 'Als je me deze keer ook maar met één vinger aanraakt,' zei ze, 'dan steek ik je vannacht met je eigen mes dood.' Pas nadat ze kolonel Marsh, die recht tegenover haar zat, begon aan te spreken met 'Collin' en steekbewegingen naar hem begon te maken, besloot iemand haar in bedwang te houden. Een vrouw die Joan heette en twintig jaar lang haar dienstmeisje was geweest, greep haar vast en smeekte haar rustig te blijven. 'Dat is Collin niet, m'vrouw,' zei ze kalm. 'Collin is er nu niet.'

'Arme vrouw,' zei Hannah in een uitbarsting van medelijden, maar elke poging mevrouw Forester aan te raken en te troosten werd krachtig afgeweerd. Uiteindelijk raakte ze buiten bewustzijn en lukte het Joan om haar, met hulp van meneer Preston en mevrouw Grant, naar voren te slepen en zo comfortabel mogelijk neer te leggen op de natte dekens, waardoor niemand anders meer in de gelegenheid was om te gaan rusten of slapen. Meneer Hoffman was er helemaal voor om haar over de rand te kieperen, maar Hannah en mevrouw Grant beschermden haar en zeiden dat ze zo was geworden door mannen en dat de mannen er nu verdomme maar mee moesten leren leven.

Ik sliep onrustig. Als ik niet nadacht over de gebeurtenissen van die vreselijke dag, droomde ik er wel over. Ik schoot met een ruk overeind als ik dacht dat ik overboord viel, en soms viel ik ook daadwerkelijk, maar alleen maar tegen Mary Ann aan, of tegen meneer Preston, die tussen mij en de rand zat.

Wat me vooral bezighield die nacht, was het idee dat er hoogstzelden gekozen moet worden tussen goed of fout, of tussen het goede en het kwade. Ik zag heel duidelijk dat de mens meestal voor troebeler afwegingen wordt gesteld en dat er geen duidelijke wegwijzers staan die hem naar het goede pad leiden. Had meneer Hardie het juiste gedaan door de mannen strootjes te laten trekken? Ik kon alleen maar vaststellen dat goed of fout niet meespeelde. Terwijl ik dit overdacht, krabbelde er iets wat op de eerste dag was gebeurd aan de deur van mijn bewustzijn en toen ik die opende, verscheen het incident met het jongetje dat we hadden laten verdrinken.

Ik weet niet hoe moeilijk het zou zijn geweest om bij hem te komen. Het ene moment was ik ervan overtuigd dat we hem zonder al te veel moeite hadden kunnen redden, het volgende moment herinnerde ik me een oceaan vol gevaarlijke obstakels tussen onze boot en het jongetje. Ik vraag me nog steeds af of mijn verbeelding de gevaren om hem te kunnen redden groter of kleiner heeft gemaakt, maar nu denk ik dat als ik en de anderen in de reddingsboot ergens voor terecht zouden moeten staan, het daarvoor zou moeten zijn.

Misschien waren het mijn doorweekte kleren of misschien die vreemde schuldgevoelens over het jongetje die me wakker hielden, maar terwijl ik over hem nadacht, merkte ik dat mevrouw Grant, die aan de andere kant van Mary Ann zat, naar de nachtelijke hemel keek, waarin nu een paar sterren zichtbaar waren. Omdat Mary Ann op mijn schoot lag en er dus niemand tussen ons in zat, merkte mevrouw Grant dat ik wakker was en voor de eerste en laatste keer boog ze zich naar mij toe en pakte ze mijn hand. Ik vertelde haar dat ik nadacht over het jongetje en ze zei: 'Dat heeft geen zin. Gedane zaken nemen geen keer.' Toen ratelde ik het verhaal over het marconiapparaat af en vertelde over mijn vermoeden dat meneer Hardie misschien had gelogen, toen hij ons over de noodsignalen had verteld. Ze bedankte me dat ik dit had verteld en zei toen ietwat cryptisch: 'Als we dit hadden geweten, dan ...' Maar ze zei niet aan welke consequentie ze dacht. Als we het hadden geweten, dan wat? Hadden we dan anders gehandeld die eerste paar dagen? Afgezien van eerder mensen uit de boot gooien en een zeil hijsen, of naar Europa roeien zolang we nog de kracht ervoor hadden, weet ik niet wat we hadden kunnen doen.

Al snel na zonsopgang bleken de twee zussen, die stilletjes achter in de boot hadden gezeten, spoorloos verdwenen. Niemand had ze overboord zien springen en hoewel Mary Ann hen zelfs nooit had gesproken, was ze behoorlijk aangedaan. Omdat ze van onze leeftijd waren, vatte ze het misschien op als een aanwijzing voor wat ook ons zou kunnen overkomen. Ze keek me verwilderd aan en vroeg: 'Denk je dat we zullen sterven?' Op dat moment twijfelde ik er niet aan dat we het leven zouden laten en ik overwoog haar dat te vertellen. Ik was net zo geschokt door de gebeurtenissen van de vorige dag als Mary Ann, maar ik nam het haar kwalijk dat ze verwachtte dat ik een antwoord had, of kracht kon bieden. Ik kon wel schreeuwen: 'Maar natuurlijk gaan we dood! Die zussen hebben geluk gehad, voor hen zit het erop!', maar dat deed ik niet. Ik legde mijn hand op haar schouder, op de manier waarop ik hoopte dat iemand zijn handen op mijn schouders zou leggen, en sprak een soort bezwering uit. Ik denk dat ik zei: 'God zal ons behoeden,' maar ik kan ook gezegd hebben: 'Meneer Hardie doet wat hij kan. Ik zou hem nog niet afschrijven.'

Toen we onze situatie verder in ogenschouw namen, zagen we dat wat ons dan ook had geraakt, een vuistgroot gat in de romp had geslagen, net onder de rand aan stuurboordzijde. Er stroomde gestaag water naar binnen en dat had meneer Hardie gedurende de nacht proberen te stelpen; dus op dit punt waren we niets opgeschoten.

Elfde dag

Als je de twee zussen meetelde, maar niet mevrouw Forester, die nog twee dagen lag weg te kwijnen op de dekens, waren we acht personen van de oorspronkelijke negenendertig kwijt. 'We hadden meneer Turner en de diaken en meneer Sinclair dus helemaal niet hoeven vermoorden!' gilde Mary Ann. 'We hadden gewoon een dag langer kunnen wachten.'

'Hou je kop, idioot!' schreeuwde meneer Hardie terug. 'We zijn afgelopen nacht op een haar na gezonken, of heb je dat niet gezien? Zie je niet dat er nog steeds water binnenkomt door het gat? Dat betekent dat de boot nog steeds te vol zit. En we hebben in plaats van te weinig eten helemaal geen eten meer.' Het viel me op dat Hardie er kleiner uitzag. Hij zag er uitgemergeld uit en leek op het punt van instorten te staan. Voor het eerst zag hij er moe uit en soms zat hij doodstil. Hij hield zijn linkerhand tegen zijn zij geklemd, alsof hij in het tumult van de afgelopen nacht gewond was geraakt. Ik zag hem niet graag zo, maar Hannah leek er krachtiger door, terwijl ze door de boot bewoog om orde op zaken te stellen. Hardie bekeek haar zoals een gewonde hond naar een wilde, hongerige kat kijkt.

Ik wist dat we doodgingen. Het enige verrassende was dat we niet al dood waren. Die hele dag voelde ik me diep verbonden met de talloze mannen en vrouwen door de eeuwen heen die op enig moment tot dit besef waren gekomen: dat het leven een onafwendbare neergang is, dat uiteindelijk iedereen tot zijn lippen in het water staat en dat het vermogen om dit te beseffen hetgeen is wat ons van de beesten onderscheidt.

Met andere woorden: het was op dag elf dat ik me intens

levend begon te voelen. Ik kon eindelijk mijn lege maag en natte voeten vergeten. Ik geloofde niet langer dat een schip ons zou redden of dat Henry op me zou wachten als ik weer aan land kwam. Ik keek naar mijn ontvelde en geschaafde handen en dacht op een andere manier over God die diegenen helpt die zichzelf helpen. Maakte God wel deel uit van dat rekensommetje? Dat vroeg ik me af. Konden mensen niet sterk en goed zijn, zónder altijd maar weer hun kracht en goedheid aan God toe te schrijven? Gedurende de nacht had het hard genoeg geregend om de voorraad water weer aan te vullen en, dankzij Hardies vooruitziende blik, hadden we allemaal genoeg te drinken.

De dag begon helder en hoewel er een stevige bries stond, waren de golven bescheiden en ze rolden onder ons door zonder te breken. Doordat we met minder mensen waren, konden we het gewicht in de boot beter verdelen om het overhellen te compenseren, dus besloot Hardie, nadat hij het gat zo goed mogelijk had gedicht, het dekzeil nogmaals aan de roeispanen te binden en al snel gleden we over het water. Meneer Nilsson stond aan het roer en de rest spreidde beurtelings de dekens uit over onze benen, zodat ze konden drogen in de zon, die ons eindelijk wist op te warmen, hoewel onze huid erdoor scheurde als papier. Er waren korsten op mijn blaren gekomen en ik verwonderde me over het vermogen van ons lichaam om zichzelf te genezen, om levenskracht op te brengen, zelfs al werd het geconfronteerd met een gewisse dood. Voor het eerst hadden we genoeg te drinken, maar we hadden geen voedsel en we beseften allemaal dat we langzaam verhongerden. Ik vroeg meneer Preston hoe lang iemand zonder voedsel kon overleven en hij vertelde me dat het ergens tussen de vier en zes weken lag. 'Ervan uitgaande dat je genoeg water hebt,' zei hij.

'Dan hebben we dus nog even,' zei ik en hij antwoordde dat dit inderdaad zo was, maar hij keek er zo moedeloos bij dat ik zei: 'Ik denk dat we het wel gaan redden,' hoewel er een grote kans was dat dit niet zou gebeuren.

Toen vertelde meneer Preston me iets wat hij ooit van een dokter had gehoord. 'Sterven van de honger is niet alleen iets lichamelijks,' zei hij. 'Het is ook afhankelijk van de geest. Mensen die zich ertegen verzetten hebben een grotere overlevingskans dan degenen die hun wilskracht zijn kwijtgeraakt.'

'Dan moeten we ons ertegen verzetten,' zei ik, maar ik voelde mijn hart samentrekken, terwijl ik het zei.

'Ik denk aan Doris,' vertelde hij. 'Doris is de bron van mijn kracht.' Ik nam aan dat Doris zijn vrouw was, hoewel hij dit niet zo expliciet zei. 'Zelf kan 't me niet zoveel schelen, maar ik moet overleven voor haar!'

'Maar wilt u dan niet leven, hoe dan ook?' vroeg ik, verbaasd over zijn hartstocht. 'Wilt u niet voor uzelf in leven blijven?'

Zijn zere lippen waren gebarsten en opgezwollen tot tweemaal hun oorspronkelijke grootte en ik zag dat zijn handpalmen in een bloederige brij waren veranderd door het gezwoeg aan de roeispaan tijdens de storm. Hij hield zijn handen tot vuisten gebald en de enige keer dat ik ze zag was toen de boot schommelde en hij een hand uitstak om zich schrap te zetten. Hij haalde zijn schouders even op, maar zijn iele stem klonk vast toen hij me vertelde dat hij elke dag naar een onverwarmde loods ging, waar hij in het halfduister lange rijen cijfers in een grootboek noteerde; als hij dat kon, dag na dag, jaar na jaar, zodat hij en Doris te eten hadden en een goede plek om te wonen, dan kon hij alles. Ik dacht aan mijn zus Miranda en hoe ik me niet had kunnen voorstellen dat ze zo sterk zou zijn. Ze leek een combinatie van meneer Preston en Mary Ann en ik vroeg me af hoe het haar was vergaan als zij in de reddingsboot terecht was gekomen, in plaats van mij.

Nadat we het grote huis hadden verkocht, wist Miranda me over te halen om er nog een keer te gaan kijken. We keken vanuit een zijstraatje naar onze achtertuin, met zijn keurige buxusstruiken en hekjes, maar daarna werd Miranda brutaler en kuierden we langs de voorkant, in een poging nonchalant te lijken. Plotseling bleef Miranda staan, precies tegenover de voordeur en gilde: 'Hoe hebben ze ons ons huis kunnen afpakken!' Ik antwoordde dat ze het niet hadden afgepakt, maar dat wij het af hadden moeten staan. Miranda's emotie raakte me diep vanbinnen, maar dat kwam vooral tot uiting in irritatie tegenover mijn zus, niet als woede jegens de mensen die meer succes in het leven hadden gehad dan mijn familie.

Terwijl wij daar als zwervers rondhingen op straat, opende een jonge vrouw de deur en stapte naar buiten, gevolgd door een man die wellicht haar vader was. We waren verder gelopen en werden deels door struiken aan het oog onttrokken, dus ik denk niet dat ze ons heeft gezien, maar haar aanwezigheid leek Miranda weer tot rede te brengen. Het lukte me haar te bewegen mee te komen, maar niet voordat ze de nieuwe eigenaren van het huis een kwade blik had toegeworpen. Ik stond er anders tegenover. Voor het overgrote deel had ik bewondering voor hen en toen ik de jonge vrouw zag, gekleed in een lange witte jurk versierd met blauwe linten, gaf me dat een vreemd gevoel van hoop.

Iets in het gesprek met meneer Preston had me weer rustig gemaakt. Ik weet niet of het aan het idee lag dat ik zelf over mijn motivatie om te leven beschikte, of dat hij in mij een gevoel van competitie had aangewakkerd, een vastbeslotenheid me er niet onder te laten krijgen door de omstandigheden. Ik keek om me heen, naar de anderen in de boot en griste toen het dichtstbijzijnde hoosvat uit de handen van wie er op dat moment mee bezig was en begon te hozen alsof mijn leven ervan afhing. En misschien was dat ook zo.

We hadden besloten naar Europa te zeilen, hoewel het verder weg lag dan Amerika. Af en toe schreeuwde meneer Hardie: 'Reven!' of 'Scherp lijwaarts,' waarmee hij bedoelde dat de koers van de boot ten opzichte van de wind moest veranderen. Dan wisselden we snel van zitplaats om de kracht van de wind in het zeil te compenseren. Tijdens een van deze manoeuvres kwam ik tegenover Mary Ann te zitten, die een plaatsje tussen Hannah en mevrouw Grant had gevonden. Haar ogen schoten heen en weer tussen de twee vrouwen en ik hoorde haar zeggen: 'Hij heeft zelf toch ook risico gelopen? Ook hij heeft een splinter getrokken.'

Hannah antwoordde cynisch: 'Denk jij soms dat hij niet wist welke splinter hij moest trekken? Hij had het allemaal in de hand. Wat zouden we gisteren hebben gedaan zonder meneer Nilsson, meneer Hoffman of kolonel Marsh? Zelfs meneer Preston is sterker dan de meeste vrouwen. We zijn alleen de zwakste mannen kwijtgeraakt. Denk jij dat dat louter toeval is?' In een flits herinnerde ik me dat ik de vorige dag precies hetzelfde had gedacht, maar dit weer helemaal was vergeten. 'Als hij het zo geregeld heeft,' waagde ik, 'dan was het om de rest te redden.'

'Goed,' zei Hannah kil, 'jij keurt moord goed, zolang jij maar gered wordt?'

Ik wist niet wat ik moest antwoorden. Ik wist niet waarom Hannah plotseling een hekel aan me leek te hebben, maar mevrouw Grant bekeek me van top tot teen met die taxerende blik van haar en zei: 'Maak je maar geen zorgen om

Grace, Hannah. Grace komt ons vast nog van pas.'

Mary Ann kwam later naast Greta te zitten, de jonge Duitse vrouw die zo opkeek tegen mevrouw Grant, en ik zag dat ze hun hoofden bij elkaar staken en ernstig praatten. Zo werd het zaad van wantrouwen gezaaid en gevoed. Later die dag ondervroeg mevrouw Grant Hardie over zijn richtinggevoel. 'We zeilen in rondjes,' zei ze. 'Eerst gaan we de ene kant op, dan weer de andere.' Hardie antwoordde spottend: 'En wat weet jij daar helemaal van?' Alweer viel me op dat hij gewond moest zijn geraakt tijdens de storm, want hij had het zwemvest dat de diaken hem had gegeven uitgetrokken en zijn linkerarm tegen zijn borstkas gebonden. Maar ik was blij te zien hoe hij het wateroppervlak afspeurde naar een vis, zijn mes in de aanslag. Dit was de oude Hardie. Misschien vielen zijn verwondingen mee.

Hannah zei: 'Ik dacht dat we hadden besloten pal naar het oosten te varen, om gebruik te kunnen maken van de wind en de stroming, maar nu zijn we op een of andere manier op weg naar het zuiden.' En inderdaad, nu de zon over zijn hoogtepunt heen was, bleek de overwegende richting waarin we voeren maar al te duidelijk. Mary Ann barstte in gejammer uit. We raakten allemaal van streek door dit gesprek, of het nu iets betekende of niet. Hardie zei: 'En ik zou jou weleens pal tegen de wind in willen zien zeilen. Als je er ook maar iets van zou snappen, zou je weten dat dat niet kan.'

'Maar ik dacht dat de wind vanaf de kant van Amerika waaide,' zei Hannah.

Daarna weigerde Hardie stijfkoppig om nog iets te zeggen en wierp zich op de vele kleine taken waarmee hij voortdurend bezig was; toch ontging het me niet dat hij onze koers bijstelde, zodat we naar het oosten leken te varen. Mevrouw Grant noemde ons 'liefje', op haar ernstige manier, en verzekerde ons dat nog niet alles verloren was, dat we vroeg of laat zeker Engeland of Frankrijk zouden bereiken, als we maar oostwaarts voeren. Het schisma tussen mevrouw Grant en Hardie woedde al een tijdlang onder de oppervlakte, maar nu besefte ik hoe zij vanaf die eerste dag, toen ze zich had opgeworpen om het jongetje te redden, allerlei situaties in haar voordeel had uitgespeeld. Ze had als eerste voorgesteld te gaan zeilen, wat ons een goed idee leek, hoewel de boot daarvoor te vol zat. Toen had ze hardop het hele idee van lootjes trekken bekritiseerd, zonder er op zo'n manier tegenin te gaan dat het niet was gebeurd. We hadden er allemaal baat bij dat de mannen overboord waren gesprongen, maar mevrouw Grant was als moreel superieur uit het incident gekomen.

Terwijl Hardie naar een vis speurde, neigden zijn schouderbladen naar elkaar en daardoor leek hij nog meer op een dier. Zijn ogen lagen diep in hun kassen en af en toe bekeek hij ons allemaal met nauwverholen achterdocht. Instinctief wist ik dat hij niet meer zeker was van zijn leiderschap. Hij was ook fysiek zwakker geworden – net als wij allemaal – en zijn uitspraken, die ons in het begin zoveel moed hadden gegeven, waren minder krachtig dan voorheen. De vrouwen wendden zich voor voorspellingen net zo vaak tot mevrouw Grant als tot meneer Hardie en eenmaal, toen hij in een diepe slaap was weggezonken om het gebrek aan nachtrust van de vorige nacht te compenseren, inspecteerde mevrouw Grant onbeschaamd de vaatjes met onze watervoorraad. 'Er is niet zoveel als ik had verwacht,' antwoordde ze op onze vragen; en toen fluisterde ze Hannah iets toe, wier ogen tot katachtige spleetjes waren samengeknepen. 'Hij denkt dat we niet in staat zijn ook maar iets te begrijpen,' zei Hannah en toen Hardie weer wakker werd, vroeg ze hem recht op de man af hoeveel water er nog in de vaatjes zat. 'Genoeg voor ten minste vier dagen,' zei Hardie, maar we vermoedden nu dat dit een leugen was, want mevrouw Grant had zojuist zelf in de vaatjes gekeken.

'Lieg niet tegen ons,' schreeuwde Greta. 'We zijn geen kinderen!'

Hardie reageerde verbaasd, maar hij bleef bij zijn verhaal.

'Maak de vaten dan open en laat het ons zien,' zei Hannah.

'We leven hier niet in een democratie,' antwoordde Hardie en hij ging weer aan de slag met het bepalen van de hoek die de zon maakte. De wind was afgezwakt tot een gestage bries en we gleden over het water met een lekker gangetje, maar het incident met de watervoorraad en de navigatiefout van die ochtend hadden zijn autoriteit ernstig aangetast. En met drie mannen minder aan boord was hij ook belangrijke, natuurlijke bondgenoten kwijtgeraakt. Misschien had hij zijn positie kunnen behouden, als hij het ons allemaal op een heldere manier had uitgelegd, maar hij was bars van wal gestoken over ware wind en vaarwind en ontbrekende kompassen en chronometers en mensen die te veel geld hadden en te weinig verstand, wat bewees hoe warrig zijn gedachten waren. Wij dachten dat zeilen iets was wat je kon of niet. We wilden niets horen over atmosferische storingen of gangbare stromingen of verandering van windrichting of goddelijke ingrepen.

Die avond gingen mevrouw Grant en Hannah, met Mary Ann kruipend in hun kielzog, naar de achterplecht en eisten weer dat Hardie de vaatjes zou openmaken, zodat we zelf konden beoordelen hoe ernstig de situatie was. Alweer weigerde Hardie dit. Ik kon maar af en toe een glimp van zijn gezicht opvangen, omdat er drie vrouwen in mijn blikveld stonden. Mijn gehoor en ook mijn gezichtsvermogen hadden de neiging af en toe weg te vallen, als gevolg van ondervoeding of het blootgesteld zijn aan de elementen, waardoor ik maar moeilijk kon doorgronden wat er zich precies afspeelde, hoewel – terugkijkend op de gebeurtenissen van die dagen – sommige stukjes inmiddels wel op hun plek zijn gevallen. Aan de ene kant wilde ik Hardie wel geloven dat er voldoende water voor de nabije toekomst was, een tijdvak dat al was ingekrompen tot hooguit een dag of twee, want ik wist zeker dat we binnen twee dagen allemaal dood zouden zijn. Aan de andere kant had ik een intellectuele interesse in de waarheid. Ik was me er evenwel van bewust dat ik net zo kwaad was op mevrouw Grant en Hannah, die een nieuw soort spanning in de boot veroorzaakten, als op Hardie, om de leugens, welke dan ook, die hij ons had verteld of de vergissingen die we hadden begaan. Maar nog het meeste van alles wilde ik niet de angst zien die eventjes in zijn ogen flakkerde. Ik wilde geen greintje zwakheid bij hem zien, want ik had mijn hoop op overleven op hem gevestigd. Ik voelde ook bij de anderen dezelfde weerzin tegen wat voor krachtmeting dan ook. Mevrouw Grant mag dan gelijk hebben gehad met haar eisen, wij klampten ons liever vast aan onze illusies of wat daar nog van over was.

Twaalfde dag

Op de twaalfde dag in de reddingsboot viel er onverklaarbaar een zwerm vogels uit de lucht.

'Dat betekent dat we het zullen overleven,' juichte mevrouw Hewitt.

'Het betekent dat we doodgaan,' schreeuwde Mary Ann, die inmiddels regelmatig ten prooi viel aan paniek.

'Maar natuurlijk gaan we dood,' antwoordde Hardie vrolijk op vragen daarover uit verschillende delen van de boot. 'Het is alleen de vraag wanneer.'

'Het is een geschenk van God,' zei Isabelle, onverminderd ernstig en godvruchtig, waarop Maria een kruis sloeg. Meneer Hoffman en meneer Nilsson trokken met hun roeispanen de vogels dichter bij de boot, zodat wij ze aan boord konden halen.

De aanklager heeft meneer Reichmann verteld dat hij dit voorval tijdens het proces als bewijs wilde aanvoeren, om aan te tonen dat we elkaar niet hadden hoeven vermoorden, want wie wist wanneer God het weer vogels zou laten regenen? 'Hoe konden we zoiets verwachten,' vroeg ik verbijsterd, 'als geen van ons ooit eerder zoiets had gehoord?'

We kibbelden de hele dag over wat voor vogels het waren. Hannah, die de taken van de diaken op zich had genomen en nu het voedsel zegende en uitspraken deed over God en de voorzienigheid, hield vol dat het duiven waren, al was het maar symbolisch, omdat alle vogels en boodschappers ofwel duiven of haviken zijn; en aangezien we maar wat graag dachten dat we in de buurt van land waren, gingen we er stilzwijgend mee akkoord ze duiven te noemen, al rukten we intussen lachend hun geelbruine veren uit en knaagden we het rauwe vlees van hun dunne botjes.

Het was Hardie die de sfeer verpestte door te zeggen: 'Die vogels zijn niet in onze schoot gevallen omdat we dicht bij land zijn. Het is omdat we niét in de buurt van land zijn dat ze dood zijn neergevallen. Pure uitputting, daaraan zijn ze bezweken.'

We hoorden hem. We begrepen hem zelfs, maar we wisten al dat we midden op de oceaan dreven, ver van de vaste wal en alles wat we kenden. We wilden er niet aan herinnerd worden tijdens deze geweldige zegening. Toen we genoeg hadden gegeten, stelde mevrouw Grant voor om wat van het overgebleven vlees te drogen, zodat we de volgende dag nog iets te eten zouden hebben. 'Het is niet alsof er nog eens zo'n wonder zal gebeuren,' zei ze, dus gingen we aan het werk en al snel zaten we allemaal onder het dons en slachtafval, als werklieden in een walgelijke slachterij. Mevrouw McCain, die vanaf het begin een stijve indruk had gewekt en geen enkel gevoel voor humor leek te hebben, verraste iedereen door te zeggen: 'Als mijn zus me nou eens zou kunnen zien.' We moesten lachen, omdat zo'n serieus persoon iets zei wat alleen als grapje opgevat kon worden.

De vogels smaakten naar olie en lichtjes naar vis. Ik kreeg even een visioen van mezelf als roofdier, totdat ik om me heen keek en me realiseerde dat we allemaal roofdieren waren, en het altijd al waren geweest. Maar wat me vooral bezighield, was wat meneer Preston me had verteld, over hoe lang het menselijk lichaam kon overleven zonder voeding. We hadden de kans gekregen de hongerdood nog een dag of twee voor ons uit te schuiven en dat leek me de grootste zegen waarop we hadden kunnen hopen. Als ik terugdenk aan die dag, besef ik dat we waren opgehouden met hopen dat we gered zouden worden en alleen nog dachten dat onze verlossing lag in het redden van onszelf. Ik was niet de enige die een vreemde sympathie voelde voor alles wat me omringde: de lucht, de zee, de boot vol mensen, bij wie nu allemaal het bloed langs de kin droop en die aten met gebarsten lippen, die scheurden en bloedden als ze het waagden te glimlachen.

Nacht

Misschien was het een vergissing geweest om zoveel te eten, want sommigen van ons kregen last van darmkrampen en de hele nacht klonken de gedempte geluiden van mensen die hun menselijke behoeften deden. Ik had geen problemen op dat vlak en zodra het licht verdween, werd het vreemde gevoel van rust en sympathie voor mijn medemens, dat ik die middag had gevoeld, nog sterker. Ik weet niet hoe ik het gevoel dat aanzwol in mijn borstkas anders moet noemen dan optimisme, en toen Mary Ann haar kleine handen om mijn schouders legde en me voor een omhelzing naar zich toe trok, omhelsde ik ook haar.

Omdat meneer Hardie ons op de eerste dag naast elkaar had gezet, had Mary Ann de gewoonte opgevat om mij om raad te vragen. Ik denk dat dit ook iets te maken had met de kille, onbenaderbare houding van meneer Hardie – je had bijna een afgevaardigde nodig om bij hem op audiëntie te mogen komen – samen met het feit dat Hannah en mevrouw Grant vaak om raad werden gevraagd, en ik niet. Eerder die avond, toen de zon brandend aan de horizon verdween, werd de boot ondergedompeld in een warme gloed, waardoor we met onze met bloed besmeurde gezichten wel een stel duivels leken. Hannah had een lap in zee gedoopt en ging rond om het bloed van alle gezichten te wassen. Mary Ann leek opeens te beseffen hoe angstaanjagend ze eruit moet hebben gezien, al was het alleen maar omdat ook alle anderen in de boot onder de veren en het bloed zaten. 'Grace,' fluisterde ze met haar gezicht verborgen in haar handen, 'heb je misschien een lapje?'

‘Waar heb je dat voor nodig?’ vroeg ik.

‘Ik wil mijn gezicht wassen! Ik zie er afgrijselijk uit, toch?’

Ik zei dat ik geen lapje had, maar dat Hannah er een had en haar gauw zou helpen, net zoals ze alle anderen hielp.

‘Maar ik wil het zelf doen!’ huilde ze. ‘Ga je dan met me mee naar de rand? Dan kan ik overboord leunen en mezelf in zee wassen.’ Ze wees een lege zitplaats aan naast meneer Preston, dus liet ik haar op mij steunen terwijl ze daarheen ging, maar ze liet me niet los en drong aan: ‘Nee, jij moet ook meekomen. U vindt het toch niet erg om even van plaats te wisselen met Grace, meneer Preston?’

Op dat moment trok Mary Ann me naar beneden, zodat ik op hem terechtkwam en zat er voor hem weinig anders op dan op te schuiven. Toen we eenmaal zaten, zei Mary Ann: ‘Nu kunnen we elkaar wassen. Ik ben jouw spiegel en jij de mijne.’ Intussen was de zon al voor de helft achter de horizon verdwenen. Het zou snel donker zijn. ‘Over een minuut kunnen we helemaal niets meer zien,’ zei ik. ‘Je hebt niet veel aan een spiegel in het donker.’

‘Daarom moeten we ook opschieten,’ zei Mary Ann.

Ik dacht dat ze zich misschien zorgen maakte dat het, tegen de tijd dat Hannah bij haar was, te donker zou zijn om haar gezicht goed schoon te maken. Het kon ook zijn dat Mary Ann last had van darmkrampen en alleen maar een excuus zocht om dicht bij de rand te zitten, zodat ze niet later de aandacht op zich zou hoeven vestigen. Pas toen Hannah een halfuur later bij ons kwam en vroeg of we hulp nodig hadden bij het wassen, ontdekte ik de werkelijke verklaring waarom Mary Ann zo had aangedrongen dat we elkaar zouden wassen. De reden die me te binnen schoot, terwijl ik opkeek naar Hannah en haar hoorde zeggen: ‘Goed. Jullie zien er al netjes uit,’ was jaloezie. Mary Ann had kennelijk de blikken gezien die Hannah en ik hadden uitgewisseld, hoe weinig het er ook waren, en wilde ons de kans op nog zo'n uitwisseling ontnemen. Ik was verontwaardigd dat ze me zo had gemanipuleerd.

Ik kan het natuurlijk mis hebben gehad. Als ik een rationele verklaring voor het gedrag van Mary Ann probeer te vinden, laat ik de talloze andere keren waarin haar daden met geen mogelijkheid te verklaren waren en alleen toegeschreven konden worden aan iemand in diepe emotionele nood, buiten beschouwing. Ik kan maar met moeite al mijn eigen daden in de reddingsboot verklaren, dus is het niet echt eerlijk om verklaringen te zoeken voor het gedrag van iemand die duidelijk mentaal in de war was. Toch was dit wat ik op dat moment dacht en dus heb ik het, omwille van de eerlijkheid, opgeschreven. Ik beschrijf dit incident ook om aan te tonen hoe we probeerden greep te krijgen op onze situatie, tijdens die eindeloze uren waarin we maar weinig te doen hadden, net zoals mensen altijd proberen greep te krijgen op hun situatie.

Later die nacht baadde de boot in het koude licht van de maan. Ik wist dat mensen in de oudheid de maan hadden aanbeden omdat ze die niet konden verklaren en zonder erbij na te denken deed ik een schietgebedje, waarin ik vroeg gered te worden. Ik vroeg me af of mijn gebed alleen gehoord zou worden bij volle maan en niet bij de tanende sikkel die op deze nacht zichtbaar was. Daarna bad ik voor Henry, vol schaamte omdat ik de laatste tijd zo weinig aan hem had gedacht.

Ik weet vrijwel zeker dat Mary Ann die nacht tussen mij en de rand van de boot zat, maar ik hield me daar op dat moment niet zo mee bezig, dus helemaal zeker weten doe ik het niet. Hoe dan ook, toen de zon de volgende ochtend opkwam, was ze teruggegaan naar haar plek op de roeibank en zat dus dicht naast meneer Preston, die nog steeds op mijn gebruikelijke plaats zat. Ze waren beiden wakker en leken iets te bespreken met elkaar, maar vergrootten hun afstand toen Mary Ann omkeek en mij naar haar zag kijken. Ik herinnerde me hoe ze er de vorige avond op had gestaan dat ik met haar meeging naar de rand van de boot, wat mijn interpretatie van die gebeurtenis veranderde. Nu vroeg ik me af of het hele toneelstukje meer te maken had met haar wens om een privégesprek met meneer Preston te voeren dan met Hannah en mij, maar ik vermoedde ook dat mijn fantasie met me aan de haal ging. De mensen in de boot begonnen zich te roeren en de gebeurtenissen in de volgende dagen zouden al mijn gedachten over Mary Anns onbenullige motivaties uitbannen.

Dertiende dag

De dag na de vogelregen dook een van de andere reddingsboten weer op in de verte. We konden niet zeggen of het een van de twee boten was die we eerder hadden gezien of een andere, hoewel Hardie overtuigd leek dat het een van de eerdere twee was. Meneer Hoffman, die de taak had om uit te kijken over het noordoostelijke kwadrant, zag hem als eerste, maar de boot verdween meteen weer uit zicht, dus moesten we hem op zijn woord geloven, tot later die dag. Nieuwtjes van deze aard werden inmiddels toegeschreven aan hallucinaties en veroorzaakten niet langer grote opwinding. Er bleef natuurlijk wel hoopvolle interesse, maar niets wat op daadwerkelijk geloof leek.

Door het gat in de boot verkeerden we in een gevaarlijke situatie en er heerste een onuitgesproken angst dat we, als we weer in zwaar weer terechtkwamen, meer ballast overboord moesten gooien. 'Kunt u het niet dichtstoppen, meneer Hardie?' vroeg mevrouw Grant, zodra de zon boven de horizon was gerezen. 'U kunt toch wel íéts bedenken!' Maar hoe hij ook probeerde het gat met dekens te dichten, het water bleef naar binnen sijpelen. 'Het is geen simpel rond gat,' zei Hardie. 'Je kunt zelf ook zien dat het hout versplinterd is.' Maar af en toe herhaalde mevrouw Grant: 'U kunt toch wel íéts bedenken, een man met uw ervaring en doorzettingsvermogen.' Ten slotte raakte hij geïrriteerd en schreeuwde: 'Stop het zelf dan dicht! Neem zelf de leiding over deze hele klotezooi!'

Ik was geschokt over de driftbui die zo'n kleine provocatie teweegbracht, vooral omdat we de dag ervoor genoeg te eten hadden gehad en we ons konden verheugen op een ontbijt van reepjes vlees die op het dekzeil te drogen lagen. Ik zond Hannah een vragende blik, maar ze leek zich niet bewust van haar omgeving, totdat mevrouw Grant haar vroeg ieder van ons twee reepjes vogelvlees te geven. Op de meeste dagen verdeelde meneer Hardie het water, maar nu gromde hij iets tegen meneer Hoffman, die vervolgens die taak op zich nam en het water in metalen drinkbekers uitdeelde. Onze monden waren zo droog dat we het vlees met moeite door konden slikken en ik vroeg me af of we wel de moeite hadden moeten doen om het te drogen. Ik zag Isabelle haar reepje in zee dopen en wist dat, hoewel het vlees door het zeewater gemakkelijker te kauwen en door te slikken was, het extra zout haar lichaam nog sneller zou laten uitdrogen en haar dorst erger zou maken.

De golven kwamen als heuvels in een hypnotiserend patroon op ons af. De op- en neergaande beweging was even regelmatig als een uurwerk en meestal ondergingen we die stil en bewegingloos, afgezien van de hozers, die het water opschepten en zo goed mogelijk over de rand gooiden. We waren verdoofd door de lichamelijke en geestelijke inspanningen, vol verlangen maar bijna in slaap gewiegd door de ritmische bewegingen, totdat opeens beide reddingsboten als door een wonder tegelijkertijd werden opgetild door de golven. En daar tekende de boot zich af, als een silhouet tegen de lucht, op een afstand van vele honderden meters, voordat we weer weggleden in een glazig groen dal tussen twee golven.

Deze keer werd de boot door verschillende mensen gezien. 'Aan de riemen!' schreeuwde de kolonel, die als eerste de verbijsterde stilte verbrak. 'Op naar die boot!' Het gonsde van de activiteit toen dit nieuws tot de mensen doordrong en ze het afwogen tegen de steeds korter wordende lijst van zekerheden en de steeds langer wordende lijst van dingen waarop ze slechts konden hopen. Met veel geduw en gekletter werden de roeispanen onder het gangboord vandaan getrokken, waar ze sinds de storm ongebruikt hadden gelegen, maar Hardie kwam overeind, spreidde zijn armen als Jezus aan het kruis en zei vermanend: 'Het is de boot van Blake! Verdomd als 't niet waar is! Haal die riemen weer binnen!'

'Het kan me niet schelen, al is het de duvel zelf!' zei de kolonel. 'Klaarmaken om te roeien!'

Op dit moment ging Hannah op weg naar de achterplecht, gebukt en zich vastklampend aan alles wat voorhanden was om te voorkomen dat ze haar evenwicht verloor. Meneer Hardie had alleen aandacht voor andere dingen en hij leek haar pas op te merken toen ze een van de twee vaatjes in haar handen had.

'Ga terug naar je plaats, verdomme!' schreeuwde Hardie, die te laat was om te voorkomen dat ze de deksel eraf trok. Hij deed een uitval naar haar en riep: 'Je brengt ons allemaal in gevaar!', maar Hannahs hand verdween in het vat en haalde een houten kistje tevoorschijn, dat stevig met touw was dichtgebonden.

'Jij, bang voor niemand ... je gedraagt je alsof je bang voor Blake bent,' riep ze. 'Is dit misschien de reden waarom?' Ze leek te hebben geweten dat het kistje in het vat zat, dus moet mevrouw Grant het hebben ontdekt toen ze de vaatjes had geïnspecteerd en het Hannah hebben verteld.

'Leg dat terug,' zei Hardie. 'Je weet niet wat je doet.' Maar Hannahs vingers peuterden aan het touw, in een poging de knoop los te maken. Even waren we de andere boot vergeten, die schuilging achter de hoge golven die ons ritmisch op en neer wiegden, alsof de wetmatigheden van de aarde zich niet lieten verstoren door de talloze kleine drama's van mensenlevens, en het was gemakkelijk om te geloven dat de boot er nooit was geweest. 'Pak zijn mes!' riep mevrouw Grant. 'Meneer Hardie,' beval ze, 'geef haar uw mes.'

Hardie liet zijn blik over ons glijden, met uitpuilende ogen in zijn uitgemergelde gezicht. Zijn hand vond de schede aan zijn middel en verscheen met het mes, maar in plaats van het aan Hannah te geven of het te gebruiken om het touw door te snijden, hield hij het op een overduidelijk dreigende manier voor zich en zei: 'Goed dan, als jullie me niet willen geloven, geef dat kistje hier.'

Voordat mevrouw Grant bezwaar kon maken werd de boot weer door een enorme golf opgetild en gleed langs de steile rug naar beneden en toen, hoog boven ons en op het punt boven op ons te vallen, verscheen opeens de andere boot. 'Aan de riemen!' schreeuwde Hardie, terwijl de boten elkaar op een paar centimeters naderden. Hardie en Hannah vielen tegen elkaar aan, waarbij het mes, per ongeluk of niet, diep in de zijkant van Hannahs gezicht sneed. Ze gilde, liet het kistje vallen en viel in Hardies armen. Hij kon haar op een of andere manier vastgrijpen en alweer per ongeluk of niet, viel het mes over de rand en ook het kistje moet in zee zijn gevallen, want het werd niet meer gezien op de boot en het was aan Gods genade te danken dat Hardie en Hannah er niet achteraan gingen. Hardie bezwoer ons – en dat kan best waar zijn geweest – dat hij niet zowel het kistje als Hannah had kunnen redden, maar hem werd zoveel macht toegedicht dat vrij algemeen werd gedacht dat hij de gebeurtenis zo had gearrangeerd dat welk geheim er dan ook in het kistje te vinden was, verloren zou gaan.

Hardie duwde Hannah op de vloer van de boot, rukte de roeispaan uit meneer Hoffmans handen en begon, ondanks zijn gewonde arm, te roeien in een poging weg te komen bij de andere boot. 'Denken jullie nog steeds dat we erbij in de buurt moeten blijven?' schreeuwde Hardie, maar dit was natuurlijk een retorische vraag. 'Denken jullie nog steeds dat we de boten gezellig zij aan zij, als een knus paartje, moeten vastbinden?'

Mijn herinneringen aan de mensen in de andere boot zijn gebrekkig. Velen van hen zaten bewegingloos onderuitgezakt en het was moeilijk te zeggen of ze dood, gewond of ziek waren. Slechts vier, vijf mensen in de boot vertoonden een teken van leven en hun mond ging wijd open van angst toen het erop leek dat we op elkaar zouden botsen. Een vrouw strekte haar armen naar ons uit en een man riep iets, maar het was onmogelijk te verstaan wat hij zei. Eén ding was voor ons allemaal glashelder geweest: er was genoeg ruimte in die andere boot.

Toen Hardie de roeispaan van meneer Hoffman had gegrepen, was meneer Preston naast me geschoven om het gewicht in de boot te verdelen. Nu leunde hij tegen me aan en zei gedempt: 'Wat er in dat kistje zat was vast veel waard.'

'Iedereen koestert zijn persoonlijke bezittingen,' zei ik. 'Ik denk dat dat nergens méér geldt dan in een situatie als deze, waarin de meesten van ons alles zijn kwijtgeraakt.'

'Maar doen wij daar dan zo geheimzinnig over? Ik vraag me af waarom meneer Hardie ons niet gewoon vertelt wat er in het kistje zit. Misschien moet iemand het hem op de man af vragen als de rust is weergekeerd, in plaats van hem te dwingen zijn geheim te onthullen.'

'Maar dit is geen geschikt moment!' zei ik. En ik voegde eraan toe: 'De man is nu eenmaal gewend om tussen allerlei soorten mensen te verkeren. Het is niet vreemd dat hij niet weet wie hij kan vertrouwen.'

'Dat is waar,' zei meneer Preston en alweer had ik het gevoel dat hij iets achterhield, dat hij meer over het kistje wist dan hij liet blijken.

Nadat we op grotere afstand van de andere boot waren gekomen, beval meneer Hardie om de roeispanen weer binnen te halen. 'Het is zij of ik,' zei hij en hij wees met zijn goede arm naar mevrouw Grant. 'Jullie willen dat zij de leiding heeft, óf dat ik die heb. Jullie kunnen maar beter een keuze maken.' Hij zei dat het kistje van hem was geweest en dat het niemand iets aanging wat erin zat en daarna wilde hij er niets meer over zeggen. Ik herinnerde me dat ik hem tijdens de storm een kistje onder zijn jas had zien stoppen en wist wel zeker dat het hetzelfde kistje was geweest. Als dat het geval was, dan deed hij wel erg veel moeite het te verbergen, maar deze conclusie hield ik voor me.

Mevrouw Grant keek iedereen aan en gaf ons allemaal de kans ons hart te luchten. Door zelf als eerste te spreken, zette ze de toon. Ze zei dat het haar overtuiging was dat meneer Hardie zijn macht had misbruikt en ons had weggehouden bij de andere boot door een persoonlijke animositeit met de man die Blake werd genoemd. Dit zou al dan niet levens hebben gekost, omdat we niet de mogelijkheid hadden onderzocht om sommigen van onze passagiers over te brengen naar de andere boot, toen we daar de kans voor hadden. Toen beschuldigde ze hem ervan dat hij met zijn loterij verantwoordelijk was voor het verlies van drie levens en misschien zelfs meer, maar ze ging verder door te zeggen dat ze meer geïnteresseerd was in onze mening. De kolonel ging staan en zei dat meneer Hardie ons inderdaad allemaal in gevaar had gebracht door zijn weigering de derde boot te benaderen tijdens die eerste dagen en dat hij, door zijn handelingen en verkeerde inschattingen, het vertrouwen had verloren van diegenen die door God of het noodlot onder zijn hoede waren geplaatst: 'Het moge dan dwaasheid zijn om een andere boot te naderen tijdens zo'n zware golfslag als vandaag, maar we hadden het moeten doen toen we daar de kans voor hadden.' De kolonel rondde bijna heroïsch af, omdat hij aandacht vroeg voor 'die arme zielen die we zojuist hebben gezien, die ongetwijfeld geholpen zouden zijn met onze vroegtijdige bemoeienis en hulp'.

Alleen meneer Hoffman nam het op voor meneer Hardie en wees erop dat wij zelf maar acht passagiers waren kwijtgeraakt. Er waren er nog eenendertig over en, afgezien van mevrouw Forester, die later die dag ongemerkt zou sterven, verkeerden we in relatief goede gezondheid; en hoewel de meningen verdeeld waren over het feit of de boot die we zojuist hadden gezien die van Blake was of onder gezag stond van de bebaarde man, was het duidelijk dat zijn passagiers ernstiger ziek en verzwakt waren dan wij. We wisten dat een van de boten al vanaf het begin overvol was geweest, dus als dat degene was die we zojuist hadden gezien, leek de kans op overlijden op die boot veel groter dan op de onze. Meneer Hoffman verkeerde in de onwankelbare overtuiging dat dit te danken was aan meneer Hardies superieure vaardigheid om diegenen die hem waren toevertrouwd in leven te houden. Meneer Nilsson zat er stilletjes naast en zei geen woord.

Meneer Hardie gromde dat ongeacht welke boot we ook hadden gezien, er nu genoeg plek aan boord was. 'Als sommigen van jullie daar je geluk willen beproeven, kan er vast wel iets geregeld worden,' zei hij, maar mevrouw Grant zei dat als iemand van ons naar de andere boot overgebracht zou moeten worden, het meneer Hardie zelf moest zijn. Bij deze suggestie verwrong meneer Hardies gezicht en ik dook van schrik weg bij meneer Preston toen ik zag dat iemand zulke tegenovergestelde persoonlijkheden in zich kon herbergen. Hoe dan ook, de boot was op dat moment nergens meer te bekennen, dus zelfs als er een praktische manier zou bestaan om meneer Hardie over te plaatsen, was de hele kwestie voorlopig academisch.

Lisette vroeg de aandacht en vertelde een verhaal dat al sinds de derde dag werd rondgefluisterd, toen we hadden gehoord dat meneer Blake twee mensen uit zijn boot had gegooid. Ik had dit verhaal verschillende keren gehoord en elke keer bevatte het nieuwe details, die ofwel feitelijke toevoegingen van betrouwbare toeschouwers waren, of pure verzinsels, ontsproten aan onze steeds levendiger wordende fantasie. Lisette poneerde de mening dat de boot van meneer Blake raar in het water lag omdat hij iets zwaars vervoerde, iets wat gestolen was uit de kluishut van de *Empress Alexandra*.

Greta, die helemaal in de ban was van Hannah en mevrouw Grant en die een irrationele weerzin tegen meneer Hardie had ontwikkeld, suggereerde toen dat Hardie en Blake in onderlinge samenzwering opereerden en dat Hardie op een of andere manier Blake hielp door onze boot bij de zijne weg te houden. 'Maar welk bewijs heb je daarvoor?' riep ik, voordat ik zelfs ook maar doorhad dat ik iets wilde zeggen, maar de kolonel onderbrak me en zei: 'Als die aantijging onterecht is, zal meneer Hardie ons dat wel vertellen.' Mevrouw Grant, die Greta evenzeer welgezind was, zei: 'Greta heeft het recht gehoord te worden, net zo goed als alle anderen.' Toen wendde ze zich tot meneer Hardie en vroeg: 'Wilt u zich nog verdedigen?'

Hardie antwoordde: 'Als Blake en ik iets hadden gestolen, iets wat anders naar de bodem van de oceaan zou zijn gezonken, waar het voor alle eeuwigheid in de modder was terechtgekomen, dan zou ik zeggen: wat weten jullie nou helemaal? Jullie, die altijd alles hebben gehad? Armoede is net als schipbreuk! Het is heel gemakkelijk om moreel hoogstaand te leven als in al je basisbehoeften wordt voorzien. En als we niets zouden hebben gestolen, zou ik zeggen: ik zou willen dat we dat wel hadden gedaan.'

'U wordt niet alleen van diefstal beschuldigd, of het nu om dat kistje ging dat u voor ons verborgen hield, of om iets groters dat zich in de andere boot bevindt,' zei mevrouw Grant. 'Wat hebt u te zeggen op de beschuldiging dat u ons bij de boot hebt weggehouden en daardoor mogelijk de kans op onze redding kleiner hebt gemaakt?'

'Hoezo "kleiner gemaakt"? Ik verwacht niet dat jullie naar Hoffman daar luisteren, maar het bewijs van zijn stelling dobbert daar nog steeds rond, net zo goed als wij.'

Toen het haar beurt was om te spreken, schudde Mary Ann haar hoofd om aan te geven dat ze niets te zeggen had, maar daarna leunde ze naar mij toe en fluisterde: 'Ik blijf steeds denken aan wat mevrouw Fleming zei, over hoe jouw echtgenoot meneer Hardie heeft betaald om je aan boord te krijgen. Misschien is dat wat er in dat kistje zat. Misschien heeft hij het van jouw man gekregen en helemaal niet gestolen. Kwam het kistje je bekend voor? Heb je het goed kunnen zien? Als dat het geval is, zou je het echt moeten zeggen!'

Ik antwoordde dat mevrouw Fleming aan waandenkbeelden had geleden en dat mijn echtgenoot niet het soort man was dat voor iets betaalde als hij het voor niets kon krijgen en dat alleen een schurk zich op een zinkend schip zou bekommeren om zoiets frivools als diamanten en goud.

'Maar ze waren al bezig de boot te water te laten, en toen pas kwam jij aan boord,' zei Mary Ann. 'Ze zijn voor jou gestopt. Dat weet ik zeker. En toen kwam ook Hardie aan boord. Het is mogelijk dat je man hem heeft betaald en dat jij het gewoon niet hebt gezien.'

'Ik ben onder de indruk dat je het je zo duidelijk weet te

herinneren, Mary Ann. Zelf was ik volslagen in paniek. Ik kwam in een reddingsboot terecht en ben blij dat het zo gelopen is, maar ik kan me met geen mogelijkheid herinneren hoe het allemaal is gegaan.'

Nacht

Die nacht sliep ik helemaal niet, of als ik dat al deed, dan was het beter te omschrijven als buiten bewustzijn raken en weer bijkomen, waarbij het grensgebied tussen de ene toestand en de andere weids was, en met meer geestelijke activiteit en fysieke bewegingen gevuld dan wanneer ik wakker was. Ik denk dat we allemaal bang waren om in onze slaap overboord gegooid te worden, wat tot gevolg had dat mensen plotseling wakker schrokken of dingen riepen, als ze het waagden de grens met de slaap te overschrijden. Meneer Preston, die weer op het gangboord was gaan zitten, was nog dichtbij genoeg om me een vuistslag te geven toen hij wakker schrok, waarbij hij schreeuwde: 'Ik kan alles uitleggen!' Een andere keer mompelde hij: 'Het kan niet mijn kistje zijn geweest! Ik ben immers maar een accountant – waarom zou ik juwelen bij me hebben?'

Ik schudde hem wakker, bang dat hij zichzelf iets zou aandoen in zijn slaap. 'Meneer Preston,' riep ik. 'Rustig maar!' Maar mijn eigen gedachten waren net zo verward. Op het ene moment stond ik met Miranda voor ons oude huis en bezwoer ik haar dat ik het terug zou krijgen en op een ander moment hield ik Henry vast, terwijl hij onder de golven verdween. Op weer een ander moment, nadat ik urenlang had geprobeerd rechtop te blijven zitten, voelde ik hoe ik weggleed, maar niet van de roeibank op de natte planken van de bodem, maar van het dek van de *Empress Alexandra* in een zee die vergeven was van wrakstukken en lichamen. Een kind keek me aan en strekte zijn armpjes naar me uit, maar toen ik hem probeerde vast te pakken, werden zijn ogen rood van de vlammetjes en lachte hij een kinderlijke, maar demonische lach.

Onze angsten die nacht waren zeker toe te schrijven aan de spanningen die onder de oppervlakte hadden gesluimerd, maar nu expliciet waren verwoord. Mevrouw Grant had uitgesproken wat velen in de boot al dachten: dat meneer Hardie niet langer in staat was ons te leiden, dat hij verschillende beslissingen had genomen die waren gebaseerd op zijn eigen, onuitgesproken belang, en dat er onschuldige mensen waren gestorven die misschien gered hadden kunnen worden, als hij het anders had aangepakt. Of mevrouw Grant terecht vermoedde dat meneer Hardie uit zelfzuchtige motieven had gehandeld of niet, toen die twijfels eenmaal waren geuit, konden ze niet meer worden teruggenomen. Wat de waarheid dan ook was, onze situatie was nu gevaarlijker dan ooit tevoren, want we voelden ons niet alleen bedreigd door natuurkrachten, maar ook door de mensen met wie we de boot deelden.

De nacht duurde maar voort. De maan verschool zich achter de wolken, waardoor er een dikke deken van duisternis over de boot viel, waarin het onmogelijk te zien was wie zich bewoog, of wie schreeuwde. Ik vermoed dat mevrouw Grant enkelen van de mensen die bij meneer Hardie in de buurt zaten opdracht had gegeven hem in de gaten te houden en net voor de dageraad, toen een van de vrouwen die bij hem zaten een ijzingwekkende gil slaakte, wist ik zeker dat ze werd vermoord. Even later hoorde ik geritsel en voelde hoe de boot bewoog en toen kwam de troostende stem van mevrouw Grant, die tegen degene die had gegild zei dat het maar een droom was geweest. Uiteindelijk wierp de zon zijn grijze ochtendlicht op ons en met bijna onwaarneembare stapjes werd onze waterige wereld steeds lichter; maar elke hoop die we die nacht hadden gekoesterd dat een nieuwe morgen het drama van de vorige dag zou uitwissen, stond op het punt om verbrijzeld te worden.

Veertiende dag

Iedereen gedroeg zich merkwaardig kalm toen mevrouw Grant, nadat het eenmaal helemaal licht was geworden, opriep om te stemmen of meneer Hardie overboord gegooid moest worden. Ik kan deze gelatenheid alleen maar verklaren op basis van het vertrouwen dat was ontstaan tussen mevrouw Grant en de andere passagiers en dat ik al eerder heb beschreven, of misschien was het te wijten aan de dag die windstil, grijs en rustig begon. Alleen Anya Robeson gaf blijk van een geschokte aandacht, alsof ze nu pas doorkreeg wat zich rondom haar afspeelde. 'En die andere reddingsboot dan?' vroeg ze, met haar handen zorgvuldig over de oren van haar zoon geklemd. 'Als jullie hem niet in deze boot willen hebben, kan hij dan niet naar die andere?'

Als ik eraan terugdenk, moet ik Anya de eer geven dat zij probeerde een compromis te vinden, maar op dat moment leek de suggestie hoogst onrealistisch, bijna alsof die ontsproot aan een waandenkbeeld. Om te beginnen was de andere boot nergens te bekennen, dus was er ook geen reële mogelijkheid hulp in te roepen. Verder denk ik dat we er zo gewend aan waren geraakt onszelf te zien als afgesneden van welke menselijke maatschappij dan ook, dat het idee van hulp van buitenaf allang niet meer bij ons opkwam. Mevrouw Grant antwoordde vriendelijk; ik kan me haar toon herinneren, maar niet haar exacte woorden. 'Ja stemmen betekent dat hij doodgaat,' voegde Hannah eraan toe, dus er kon geen twijfel over het doel van de stemming bestaan. Mary Ann keek me echter verwilderd aan en siste: 'Wat? Wat vraagt ze nu?'

Ik gedroeg me steeds meedogenlozer tegen Mary Ann, die leek aan te nemen dat iedereen wel voor haar zou zorgen, ondanks haar beschuldigingen en emotionele instabiliteit. Al de hele tijd had ik moed geput uit haar timide besluiteloosheid, maar ik kon haar er niet om prijzen dat ze me iets gaf. Ze nam alleen maar. Als de situatie uitzichtloos leek, zou ik haar daarvoor niet afschermen. Het lag niet in mijn aard om metaforen te bedenken die zij kon begrijpen of accepteren, zoals Hannah wellicht gedaan zou hebben. Ik vond haar vragen onzinnig en overbodig, maar omdat ze zo desperaat hoopte dat een van ons de antwoorden had, hing ze aan mijn lippen. Vaak had ze, nadat ze mijn aandacht had gevraagd, helemaal niets te zeggen, of ze hoopte dat ik een antwoord klaar had, zonder dat zij eerst de vraag hoefde te stellen. Ook ik had behoefte aan absolute waarheden en op sommige dagen was het alleen aan Mary Anns wanhopige gevraag te danken dat ik uitsteeg boven de neiging om me net zo kinderachtig te gedragen. Als meneer Hardie zei: 'De wind is naar het westen gedraaid,' dan zei zij: 'Het westen? Zei hij nou "het westen"?'

'Ja,' antwoordde ik dan, of 'Nee', als dat het geval was en meestal vertelde ik haar de waarheid.

'Wat betekent dat dan?' vroeg ze dan, of: 'Welke kant is het westen?'

Ik gebruikte dan wat ik wist over onze positie om haar de feiten te vertellen: 'Het betekent dat we worden teruggeblazen naar Engeland,' zei ik in die eerste dagen, toen we wanhopig probeerden op dezelfde positie te blijven. 'Maar bekijk het eens van de zonnige kant,' ging ik dan verder, 'als we ver genoeg teruggeblazen worden, kun je een gloednieuwe trouwjurk uitzoeken.' Hannah daarentegen beantwoordde haar vragen met vergelijkingen als: 'Denk maar aan een wip,

Mary Ann. Die moet ook altijd weer naar beneden komen.'

Nu werd ons gevraagd een moeilijke beslissing te nemen over Hardies schuldvraag en de daaruit voortvloeiende straf, maar ik deed alsof Mary Anns gebrek aan evenwicht het probleem was. 'Och, kom op nou,' zei ik. 'Je kunt niet blijven doen alsof we een spelletje in de badkuip spelen. Het spijt me als je de keuzes niet prettig vindt, maar het is een feit dat meneer Hardie een gevaar is geworden voor de rest van ons. Hij is zijn autoriteit kwijt en heeft de vaardigheid om verstandige besluiten te nemen verloren. Ofwel hij gaat overboord, of we verzuipen allemaal, zo simpel is het.'

Zelfs terwijl ik ze uitsprak, betwijfelde ik of mijn woorden waar konden zijn. Ik wist het eerlijk niet, toen, en nu al evenmin. Toen ik die morgen naar meneer Hardie keek, kon ik in hem maar moeilijk de bovenmenselijke figuur ontdekken die hij die eerste dagen was geweest. Als meneer Hardie nog iets goddelijks had, dan was hij een god in de gedaante van een mens en we weten allemaal wat er met zulke goden gebeurt. Misschien was hij veranderd, of misschien waren wij dat, of misschien was het alleen de situatie die iets nieuws vereiste. Maar of meneer Hardie nu veranderd was of niet, mevrouw Grant was alleen maar méér datgene geworden wat ze al eerder was geweest: solide, volhardend en eindeloos capabel. Maar zelfs meer nog dan deze twee mensen was het de overheersende sfeer aan boord die moest worden vastgesteld; en terwijl ik Mary Ann afwimpelde met wat me ook maar te binnen schoot, bestudeerde een dieper liggend deel van mijn bewustzijn de gezichten om mij heen en probeerde hun gedachten te ontcijferen.

Wist ik van tevoren in welke volgorde we zouden stemmen? Het geval wilde dat Mary Ann eerder werd gevraagd dan ik. Voor iemand die aan een bureau zit en de feiten optekent, was dit volstrekt voorspelbaar: als we de taken van meneer Hardies rooster afwisselden of de waterbeker rondgaven, begonnen we altijd met de klok mee, gezien vanaf de achterplecht, waar meneer Hardie zat, gingen dan langs één roeibank naar rechts en weer naar links over de volgende, dus was het vanzelfsprekend dat we nu een vergelijkbaar patroon zouden volgen, waardoor Mary Ann, die rechts van mij zat, de kans kreeg haar stem vóór mij uit te brengen. Natuurlijk had meneer Hardie de leiding over de taken, maar nu bepaalde mevrouw Grant wat er moest gebeuren, en hoewel er geen echte reden was om aan te nemen dat ze dezelfde werkwijze zou volgen, waren we het als een gewoonte gaan zien. Als ik er een paar keer lang over na zou hebben gedacht – en ik weet niet zeker of ik dat nog kon, gezien mijn verzwakte toestand – dan had ik de conclusie getrokken dat mevrouw Grant de gang van zaken zo normaal mogelijk wilde houden, om ons er op die manier van te overtuigen dat dit gewoon een van de vele routineklusjes was die iedereen die in een reddingsboot terechtkomt gevraagd kan worden te doen.

Hoe dan ook, Mary Ann stemde voordat ik dat deed. Na wat ik tegen haar had gezegd – ik zei ook iets als: 'Denk toch niet altijd zo aan jezelf. Denk eens aan je Robert. Denk eens aan óns, of denk maar eens aan jezelf, spartelend in het zwarte water in de hoop je leven nog een zinloze minuut of twee te kunnen rekken, niet omdat je er iets aan hebt, maar omdat het gevecht tegen de dood nu eenmaal in de aard van het beestje zit' – verschool Mary Ann haar gezicht en mompelde pathetisch: 'Ik ben geen beest,' voordat ze haar hand opstak en knikte als teken van goedkeuring.

Toen was ik aan de beurt om te stemmen. Mary Ann hield haar ogen verborgen achter haar gebalde vuisten. Haar haar viel voorover, door de war en vol klitten. Er waren al genoeg stemmen uitgebracht om de resolutie uit te voeren, dus toen mevrouw Grant en Hannah mij aankeken, fluisterde ik: 'Ik onthoud me van stemming. Jullie hebben mijn stem niet nodig. Doe maar wat je wilt.' Ik weet niet zeker of Hardie me kon horen, maar ik schudde ook mijn hoofd, in de hoop dat hij zou denken dat ik tegen had gestemd. Ik voelde me nog steeds verplicht tegenover de man – tegenover mannen in het algemeen – en natuurlijk tegenover God, van wie ik altijd had aangenomen dat hij een man was, alhoewel ik me hem nu voorstelde als iets vloeibaars, dat zich grillig ophief en telkens dreigde ons te overspoelen, maar ons in leven hield om nog meer grillen en dreigementen te ondergaan.

Hannah siste iets, binnensmonds. Haar uitgemergelde gezicht vertrok tot een grimas. De wond vormde een lange, rode spleet op haar wang. Ik kon haar niet verstaan, maar tot op de dag van vandaag zie ik haar lippen, gebarsten en bloedend, alsof er nóg een wond in haar gezicht was gekerfd, net boven haar uitstekende kin. 'Lafaard,' leek ze te zeggen, maar mevrouw Grant wist haar met een aanraking te bedaren en wierp een moment haar ondoorgrondelijke blik op mij en dat troostte me enigszins, want ook ik was ten dele door haar betoverd. Mevrouw Grant had de gave om iemand het gevoel te geven dat ze diegene begreep. Op de andere vrouwen had ze dit effect sterker dan op mij. Ze wisselden serene blikken met haar uit en sommigen van hen werden er zo door aangemoedigd dat ze Hardie zelf zonder angst aan durfden te kijken.

Als je de Italiaanse vrouwen meetelde, die met hun handen ten hemel geheven jammerden, hoewel niemand kon zeggen of ze begrepen wat er rondom hen besloten werd, stemden alle vrouwen, afgezien van Anya en ik, zonder aarzeling ervoor om meneer Hardie te vermoorden, maar alle mannen stemden ervoor hem te sparen. Ik weet nog altijd niet hoe ik gestemd zou hebben als ze me tot een keuze hadden gedwongen. Ik wierp een blik op meneer Hardie. Hij keek me strak en boosaardig aan, en op dat moment kon ik ze allemaal wel naar de hel wensen, iedere man en vrouw, ieder ellendig hoopje mens.

Ik herhaal nog maar eens dat we zwak waren. Zelfs ik kan me maar moeilijk herinneren hoe zwak, en ik was erbij. De functionarissen van de rechtbank lijken niet in staat onze omstandigheden te bevatten, maar hoe kunnen ze dat ook? Ik neem ze alleen maar kwalijk dat ze niet in staat zijn te bevatten dat ze dit niet kunnen bevatten. Mijn gezichtsvermogen leek te resoneren, alsof het een echo had. Primaire beelden werden verstoord door secundaire beelden, met rode en gele lichtflitsen, en gezichten en gelaatskenmerken gingen waterig over in de gedempte glinstering van de zon op zee. 'Resolutie aangenomen,' zei mevrouw Grant. De Italiaanse vrouwen keken leeg maar gretig, alsof de weg naar onze redding openlag. Mary Ann zat naast me te fluisteren, met kleine, spastische snikjes. Ik haatte haar op dat moment. 'Hou op!' schreeuwde ik. 'Wat hebben we dáár nu aan? Is het niet erg genoeg dat we naar het gehuil van de wind moeten luisteren?' Maar toen werd ik overspoeld door de uitzichtloosheid van onze situatie, alsof het een van de onophoudelijke groene golven was en ik sloeg mijn armen om haar heen en zo hielden we elkaar vast, haar blonde, verwarde lokken tegen mijn wangen, op dezelfde manier als die waarop mijn donkere, verwarde lokken tegen haar wangen vielen.

Dus meneer Hardie moest dood. Het probleem was nu nog hoe we hem uit de boot moesten krijgen. Hij zat ineengedoken op de achterplecht als het mormel dat hij was, hapte met zijn gele tanden naar de lucht. 'Jullie hebben me nog niet te pakken, nog niet te pakken,' blafte hij en als er op dat moment gestemd had moeten worden, zou ik luid hebben geroepen: 'Laat dat schurftige mormel doodgaan.'

Meneer Hardie had de deksel van een van de watervaatjes getrokken en hield die als een schild voor zich. Hannah was naar hem toe gekropen en probeerde de deksel weg te duwen, maar daarvoor ontbrak het haar aan kracht. Toen ze naderde, duwde meneer Hardie de deksel naar voren, ogenschijnlijk om haar ermee te slaan, maar dat kreeg hij met zijn gewonde arm niet voor elkaar en hij viel achterover tegen de zijkant van de boot.

'Grace! Mary Ann!' riep mevrouw Grant. 'Ga Hannah helpen!' Tot op de dag van vandaag weet ik niet waarom ze mij uitkoos, maar ze keek me aan op die bekende, taxerende manier en riep kalm mijn naam, alsof ze niet twijfelde aan mijn loyaliteit. Ik was de enige die niet had gestemd en het is bij me opgekomen dat dit haar manier was om mij medeplichtig te maken, om mij door mijn daden alsnog – woordeloos – te laten stemmen. Haar violetkleurige ogen waren op ons gericht als banen paars licht, terwijl ik achter Hannah aan kroop door het klotsende water op de vloer van de boot, waarin nog steeds de vogelbotjes ronddreven die we hadden bewaard voor het merg, samen met verdwaalde veren en de laatste stukjes rottend vlees. Ik sloot mijn ogen en probeerde mijn gedachten op orde te krijgen. Ik was tot op het bot verkleumd, nu Mary Ann niet meer vlak naast me zat. Meneer Hardie zei: 'Jullie krijgen me toch niet te pakken, ha! Niet als ik jullie eerder kan pakken!'

Hannah zei: 'Hij is gek geworden! Hij zal ons allemaal vermoorden! We moeten onszelf zien te redden! Grijp 'm!'

Ik deed mijn ogen weer open, niet alleen om het evenwicht te hervinden dat ik zonder hulp van mijn gezichtsvermogen was kwijtgeraakt, maar ook om me te kunnen verdedigen. Ik denk dat ik, als meneer Hardie me recht had aangekeken, of mijn naam had geroepen of ook maar een blijk van herkenning had gegeven, naast Greta was gaan zitten en hem niet verder was genaderd. Maar het was Hannah die me aankeek en het was mevrouw Grant die mijn naam riep, gevolgd door zachte aanmoedigingen. Terwijl ik dichterbij kwam, ineengedoken en me vastgrijpend aan de schouders van de anderen opdat ik mijn evenwicht niet zou verliezen in de schommelende boot, beukten de geluiden van de Italiaanse vrouwen in mijn oren, die achter me jammerden en krijsten. Ik hield mezelf vast aan de kolonel, die ineendook alsof hij niet ontdekt wilde worden. Aan de rand van mijn blikveld klapperde iets groots en zwarts. Ik dacht dat het de engel des doods was, maar het was helemaal niet duidelijk wie die engel in het vizier had. Pas toen Hardie uithaalde naar Hannah strompelde de engel naar voren en nam de vorm aan van een van de Italiaanse vrouwen, die probeerde een vogelvleugel in Hardies ogen te steken. Ik denk dat ik Hardies naam riep, alsof ik hem nog een laatste kans wilde geven voor zichzelf op te komen. Zijn blik gleed over mij, maar zijn ogen waren niet meer dan glazen knikkers en hij leek niet meer in staat normaal te kunnen praten.

Plotseling stond mevrouw Grant naast me en haar solide aanwezigheid gaf me kracht. Het moment zwol aan en de tijd kwam stil te staan, waardoor ik de doffe schittering van de zon op de metalige watervlakte in me op kon nemen. Het leek wel alsof je, als je op die ijzige toendra terecht zou komen, gewoon op kon krabbelen en weg kon lopen, opgelucht dat je de boot en de stinkende mensheid daarin achter je kon laten. Ik weet niet wat de anderen deden – het was alsof ik alleen de touwtjes van het lot in handen had. Ik weet nu wel dat de gedachte dat ik nog enige macht had, het toppunt van egoïsme was, maar op dat moment wist ik zeker dat ik voor het goede vocht. Ergens hoorde ik zelfs een zangerige stem, die van mevrouw Grant geweest kan zijn, zeggen: 'Goed gedaan,' maar ik durf niet te zweren dat ze iets zei. Ik weet alleen dat ik meerdere secondes, die afgesneden leken te zijn van de rest van de dag, zonder hulp oog in oog stond met meneer Hardie en geen enkele menselijkheid meer in hem zag.

Toen gingen de radertjes weer draaien en tikte de tijd weer verder. Ik kan niet zeggen wat ik dacht, óf ik dacht. Ik weet alleen dat alle gevaren waaraan we waren ontsnapt samensmolten tot iets groters en eindeloos meer bedreigends, en het leek alsof ik degene was die een besluit moest nemen: niet of meneer Hardie zou blijven leven of moest sterven, maar of de rest van ons zou blijven leven. Hannahs gezicht zag er vreselijk uit: wit weggetrokken, afgezien van de vuurrode snee waar het mes haar had gesneden, met kleurloze ogen en strengen zwart haar die rondom haar hoofd kronkelden. Hannah en mevrouw Grant hadden ieder een van Hardies armen vast en Hannah schreeuwde: 'Grace, grijp die klootzak bij zijn nek!'

Dat deed ik. Ik sloeg mijn handen rond Hardies nek. Die was koud als een vis, hard en pezig als kale botten. Vlak voordat ik mijn handen samenkneep, voelde ik zijn adem op mijn gezicht. De geur leek het bewijs dat hij alleen nog uit dood en verderf bestond. Ik kneep zo hard ik kon; ik voelde de stuiptrekkingen van zijn luchtpijp onder mijn vingers, voelde zijn adamsappel kloppen als een kwijnend hart.

'Harder knijpen, liefje,' zei mevrouw Grant op een vreemde, troostende toon. Ze had niet de kille woede van Hannah of de hysterische gekte van de Italiaanse vrouw, die Hardies gezicht weer te lijf ging met de harde vogelvleugel. Er lag een verdwaasde blik in meneer Hardies ogen en ik was bang hem los te laten, want als ik dat deed, zou hij me zeker vermoorden.

Hannah stond naast me, groot en rechtop, waardoor Hardie leek te krimpen. Ik voelde hoe een golf van kracht door mijn ledematen trok. Tot op de dag van vandaag kan ik dat gevoel oproepen, maar zonder de kracht die er toen mee gepaard ging. Op de een of andere manier lukte het ons ons evenwicht te bewaren in de wild schommelende boot. Ik weet niet of het door de golven of door de worsteling kwam dat de boot zo instabiel was, maar het leek alsof die twee dingen slechts verschillende aspecten van dezelfde levenskracht waren, die pas ophoudt te bestaan als menselijke wezens stoppen met ademhalen. Meneer Hardies spookachtige gezicht kwam dichterbij, terwijl ik hem samen met Hannah overeind trok. Ik voelde hoe zijn baard langs mijn gezicht schuurde, rook zijn adem boven de stank van de rottende vogels uit, boven mijn eigen geur van verrotting uit. De Italiaanse vrouwen zongen en gilden achter ons en iemand stond gebogen over Mary Ann, die was flauwgevallen, en streelde haar haar en kuste haar wang. Ik zag dit, dus moet ik Hardie even uit het oog hebben verloren en ik draaide me pas weer om toen mevrouw Grant mijn naam riep, net op tijd om een klap te ontwijken die me zeker over de rand had geslagen. 'Schop 'm tegen zijn benen!' schreeuwde Hannah en we schopten hem allebei, alsof we één persoon waren. Hardie viel voorover, zijn gewicht kwam op onze schouders terecht. Hij was verrassend licht, of ik was sterker dan ik dacht, hoewel de bron van mijn kracht nu haperde; mijn kracht kwam in kleine uitbarstingen, sputterde en stokte. Ik zag kans in zijn jas te zoeken naar het kistje, waarvan ik dacht dat hij het nog steeds verborgen hield, maar zoals ik later ook mijn advocaten heb bezworen, hij had het niet meer. Toen, met vereende krachten, gooiden we de enige van ons die verstand had van boten en stromingen in de kolkende zee.

We bleven minutenlang naar hem kijken. Hij spartelde wild, zonk en kwam weer boven, meer dan eens, spoog water en tierde, elke keer als hij weer bovenkwam. Hij vervloekte ons. Ik denk dat zijn woorden waren: 'Ik hoop dat jullie als honden creperen,' waarna hij gorgelend verdween in de zuigende zee. We staarden naar het gat in de oceaan, totdat er een grote golf overheen spoelde. Ons bootje werd opgetild, omhoog naar het kwijnende licht van een vroegtijdige schemering, maar we bleven naar de plek staren, bevangen door de gemeenschappelijke behoefte om te weten wat we hadden gedaan, of misschien om het te rechtvaardigen of het te vergeten; en dat deden we misschien ook. Misschien keken we hoe het met Mary Ann ging, misschien zongen we mee met de Italiaanse vrouwen, die nu een soort aria of hymne zongen, of misschien zeiden we tegen elkaar dat de lucht wel wat lichter leek te worden in het – was dat het oosten? – kon het nog steeds ochtend zijn? – waar de wolken goudomrand opstegen uit de grauwheid, als meneer Hardie niet opnieuw was opgedoken, met zijn hoofd en armen dobberend op het water, dichtbij genoeg om te zien hoe het water uit zijn mond stroomde, langs de gele grafzerkjes van zijn tanden. Als hij al langgeleden was opgehouden menselijk te lijken, leek hij nu nog het meest op de helse schepselen die in oude, religieuze teksten staan afgebeeld, met het doel om kinderen zo bang te maken dat ze deugdzaam worden.

En toen, godzijdank, verdween hij weer en wendden we ons weer tot elkaar. Terwijl we dat deden, leken onze persoonlijkheden zich af te scheiden van onze doelbewustheid. Mevrouw Grant verdween in een zakelijke rationaliteit; Hannah bekommerde zich ostentatief om de aanwezigen in de boot – we hadden immers zojuist iemand vermoord voor hen. Bewees dat niet dat we om hen gaven? Maar ik wilde met niemand praten of zelfs maar nadenken over wat we hadden gedaan. In plaats daarvan begon ik de rottende stukjes vogel op te ruimen en gooide die overboord.

Er is een ander moment dat me nog haarscherp is bijgebleven. Het vond plaats nadat Hardie kopje-onder was gegaan, maar voordat hij opnieuw opdook. Ik keek naar de plek waar Hardie was verdwenen en even later weer zou opduiken, en ik was vervuld van opwinding en afschuw over wat we hadden gedaan. Hannah stond dichtbij, links van mij, en geleidelijk werd ik me bewust van de krachtige aanwezigheid van mevrouw Grant aan mijn rechterkant, waardoor ik werd geschraagd door twee onwrikbare pijlers; in dezelfde positie waarin ik andere vrouwen had gezien in die voorgaande weken en waarnaar ik had gehunkerd, maar die mij nooit ten deel was gevallen. Ik wierp voorzichtig een blik op Hannah, een beetje bang dat ik me haar aanwezigheid had ingebeeld en dat ze zou verdwijnen zodra ik naar haar keek en een beetje bang dat ik zou schrikken van wat ik zag. Maar de snijwond zat aan de andere kant van haar gezicht. Ze had haar haar in een lange, nette streng gedraaid en het vuur in haar ogen was gedoofd, vervangen door een koele en bijna heilige gloed. Ze wierp me een soort glimlach toe, dacht ik, maar het leek meer alsof ze haar lippen samenkneep dan glimlachte. Het leek goedkeuring of acceptatie te betekenen en op dat moment voelde ik me zoals een man zich misschien voelt, als hij de vijand die zijn stad bedreigde heeft overwonnen. Mijn zintuigen verkeerden in een toestand van verhoogde intensiteit – bijna het omgekeerde van de gevoelloosheid die ik enkele minuten daarvoor had ervaren, toen ik op meneer Hardie af was gegaan. Zelfs terwijl ik naar Hannah keek, werd ik me op een of andere manier ook bewust van een goedkeurende blik van mevrouw Grant, maar hoe ik tegelijkertijd zowel naar links als naar rechts kon kijken, weet ik niet. Ik voelde hun krachtige handen op mijn schouders en ik wist dat ik elk moment omhelsd kon worden, opgewarmd kon worden, zoals ze ook de meeste andere vrouwen op enig moment hadden omhelsd en opgewarmd; en op dat moment begreep ik wat de anderen van hen wilden, wat Hannah en mevrouw Grant te geven hadden, want ik had het eindelijk voor mezelf. Een golf van opluchting overspoelde me toen de lichte druk van hun handen toenam en bijna zo sterk werd dat ik mijn evenwicht dreigde te verliezen, wat me een beetje bang maakte, maar toen kwam Hardies hoofd voor de laatste keer boven het wateroppervlak uit en schrokken we wakker uit de toestand waarin we dat korte moment samen verkeerden.

We kweten ons koortsachtig van onze huishoudelijke taken. We maakten schoon, we hoosden, we trokken de kettingen van de dollen recht, rolden de rafelige uiteinden op van de touwen die we met het zeil hadden gebruikt en borgen de reddingsboei zo goed mogelijk op. Ik weet niet of we eraan toe waren om dezelfde worsteling te herhalen met meneer Hoffman, maar op het moment dat ik me afvroeg waar hij was en om me heen keek, was hij verdwenen. Toen ik ernaar vroeg, door te gebaren naar de mannen en te doen alsof ik telde, jammerden de Italiaanse vrouwen en keken ze angstig naar de zee. Meneer Preston en de kolonel zwegen en keken ontzet, en zeiden daarna ook niets meer. En meneer Nilsson, die bevriend was geweest met meneer Hoffman, zag eruit alsof hij een jager was die in zijn eigen, vergeten val was getrapt.

Terwijl we de orde op de boot herstelden, maakte mevrouw Grant een inventarisatie van onze voorraden. Net toen ze aankondigde dat we geen water meer hadden, slaakte Hannah een blije kreet en trok ze een opgerolde oliejas onder de achterplecht vandaan, waar meneer Hardie had gezeten. Ze gaf de jas meteen aan mevrouw Grant, die hem openvouwde en tussen de stof verschillende stukken gedroogde vis ontdekte. Ze ging op Hardies plaats zitten en gaf ons allemaal een portie. Ze begon achterin en ging zo met de klok mee, langs alle zitbanken. 'Hij hield dus tóch eten achter!' zei Greta en dat bleek de heersende mening te zijn, maar ik vroeg me af of hij het voor eigen gebruik had achtergehouden, of voor het moment waarop we het 't meest nodig zouden hebben. Sommige vrouwen vervielen in een vreemde hilariteit, alsof we ons van een tiran hadden bevrijd, of een stap dichter bij onze redding waren gekomen. Ik voelde me stilletjes optimistisch, maar nog ver voordat het donker werd had onze uitbarsting van bovenmenselijke kracht ons weer verlaten.

Hannah ging ons voor in een gebed, maar zonder de diaken om de woorden te legitimeren, leek het een ontegenzeggelijk heidens ritueel, een gebed om de zee tevreden te stellen, waaraan we zojuist een bloedoffer hadden gebracht. Maar de slaap van de geredden is dezelfde als de slaap van de verdoemden. Toen de ochtend aanbrak was de zeespiegel kalm, de horizon helder, en nadat we het lek hadden gedicht met de oliejas, wisten we het meeste water uit de boot te krijgen.

DEEL 4

Gevangenis

Op dit moment zit ik op mijn gevangenisbrits, omringd door drie grijze muren. De vierde bestaat uit een traliehek, dat uitzicht biedt op de cel aan de overkant van de gang, waarin een vrouw zit die Florence heet en die haar kinderen liever liet stikken dan ze bij hun mishandelende vader te laten wonen. 'Waarom konden ze niet gewoon bij jou komen wonen?' riep ik op een dag naar haar, om een gesprek aan te knopen. 'Ze woonden bij mij, maar hoe moest ik eten op tafel krijgen?' riep Florence kwaad terug en ze ging verder: 'De rechter zag er geen been in mij de voogdij te geven, maar was niet van zins me iets van het geld van mijn man te geven. "Zo is de wet nu eenmaal," zei hij in al zijn keizerlijke grootsheid. "En wie schrijft die wetten, denkt u?" vroeg ik hem, maar hij liet slechts zijn hamer neerkomen en vroeg me of ik mijn kinderen wilde of niet.' Ze was woedend, maar had geen spijt en toen ik haar vroeg of haar kinderen jongetjes of meisjes waren geweest, kreeg ze een ijzingwekkende lachstuip en zei: 'Meisjes, natuurlijk! Ik had natuurlijk weer de mazzel om alleen maar meisjes te krijgen!' Telkens als ik sindsdien met haar praat, vraagt ze: 'En wie denk je dat die wetten schrijft?', dus negeer ik haar nu maar. Zelfs als ze achter haar tralies staat en naar me staart, doe ik alsof ik haar niet zie. Mijn eigen geestelijke toestand is zo fragiel dat ik die niet verder in gevaar wil brengen door te praten met dat soort mensen.

De ontmoeting met Florence was ook op een andere manier verontrustend. Haar gepraat over geld drukte me met de neus op de realiteit van mijn eigen situatie, waarvoor ik een oplossing moet vinden als het me lukt de rechter van mijn onschuld te overtuigen. Een week geleden brachten mijn advocaten een brief van mijn schoonmoeder mee en die gaf me reden tot hoop, maar geen aanwijzing omtrent hoe ik ontvangen zal worden, mocht ik vrijgesproken worden van de aanklachten tegen mij. Noch verklaarde ze waarom het zo lang had geduurd voordat ze contact opnam, zodat ik alleen maar kan gissen dat ze eerst onafhankelijk bewijs van mijn huwelijk wilde zien. Ik dacht weer na over het telegram dat Henry haar had gestuurd. Uit de bewijsstukken die bij aanvang van de rechtszaak zijn gepresenteerd, is gebleken dat de scheepstelegraaf van de *Empress Alexandra* kapot was ten tijde van de schipbreuk, maar of dat al zo was voordat Henry zijn bericht probeerde te sturen, daar kwam ik niet achter. Ik ontdekte ook dat degene die het toestel bediende niet in dienst was van de rederij, maar direct voor de Marconi Company had gewerkt, waaruit ik opmaakte dat meneer Blake helemaal niet bezig was geweest noodsignalen te zenden op het moment van de explosie. Hier dacht ik verder niet lang over na. Waar ik wél over nadacht, was dat als Henry niet in staat was geweest het telegram te sturen, mevrouw Winter geen flauw vermoeden had gehad dat haar zoon was getrouwd, totdat ze de lijst van overlevenden in de krant zag staan. Ondanks de implicaties van de situatie, kon ik alleen maar lachen toen ik me voorstelde hoe haar kille, hautaine gezicht – want zo stelde ik me haar voor – van schrik was vertrokken.

Mijn schoonmoeder onthulde weinig van wat ze dacht in haar brief, stelde alleen voor dat mijn advocaten een ontmoeting zouden regelen. Ik antwoordde haar via meneer Reichmann dat ik haar niet wilde lastigvallen zolang het proces een schaduw over mij wierp, want ik wilde niet dat die schaduw ook op haar of iemand van haar familie zou vallen. Ik moet toegeven dat ik ook deels aan mijn eigen belang dacht, want ik wilde niemand van Henry's familie onder ogen komen met gebogen hoofd, noch het gevoel krijgen dat zij verwachtten dat ik ook maar een greintje schuldgevoel of schaamte zou voelen. Ik voel geen van beide, maar ik wil niet dat er enige twijfel over mijn onschuld bestaat tijdens onze eerste ontmoeting. Als ze voor mijn verdediging betaalt en ik neem aan dat zij dat doet, dan ben ik haar zeer dankbaar, maar ik wil niet dat dankbaarheid de enige pijler is voor de verhouding die tussen ons kan ontstaan. Van mijn eigen familie lijkt alleen Miranda zich bewust van mijn omstandigheden. Ze schreef me dat het, gezien de fragiele toestand van mijn moeder, uitgesloten was om haar in te lichten over mijn penibele situatie. Ik zal haar ooit wel terugschrijven, maar voorlopig is het een opluchting om geen familieverplichtingen te hebben.

Meneer Reichmann kwam vandaag langs en ik gaf hem de schriften met daarin mijn verslag van onze dagen in de reddingsboot. Hij bedankte me en gaf me meteen een nieuw, leeg schrift en een voorraad inkt. Ik was verrast en blij, want ik merk dat ik ernaar uitkijk om rustig te zitten en me de dingen te herinneren, zoals Aristoteles het genoemd zou hebben. Ik herinner me niet meteen alles, maar de ene herinnering leidt tot de andere en op die manier heb ik me al veel meer herinnerd dan ik voor mogelijk had gehouden toen ik op verzoek van meneer Reichmann was begonnen met schrijven. Toen hij het nieuwe schrift naar me toe schoof over de tafel waaraan we zaten, raakten onze vingers elkaar en daar leek hij zo van te schrikken dat hij zijn handen opeens terugtrok en probeerde de aandacht van het incident af te leiden door me te vertellen wat ik kon verwachten als mijn zaak voor de rechtbank wordt behandeld. 'Het recht krijgt maar langzaam zijn beloop,' zei hij, waarop ik antwoordde: 'Als het al bestaat.' Ik zorgde dat mijn stem streng en zeker klonk en daar leek hij alweer van te schrikken. Toen lachte ik, om de ernstige indruk die ik had gewekt te verjagen en werd beloond met een vluchtige schaduw die over zijn gezicht trok, waaruit bleek dat deze erg zelfverzekerde man nog niet in alle opzichten zeker van zichzelf was. Het gelach leverde ons een misprijzende blik op van de vrouwelijke cipier, die zich in de hoek van de kamer had geposteerd en daarop moesten we allebei hard lachen, waardoor de gelaatsuitdrukking van meneer Reichmann weer normaal werd. Het is ongetwijfeld ongepast om enig gevoel voor humor te tonen in een gevangenis, maar ik kon er niet over uit hoe idioot het is om volwassenen te behandelen als kinderen, hen te tuchtigen en op te sluiten, en te proberen een verhaal te construeren waardoor hun daden keurig netjes te categoriseren zijn in deugden en misdaden.

Natuurlijk, er gaat geen dag voorbij zonder dat ik aan de reddingsboot denk en ik vraag me soms af of ik nog liever daar was dan hier, maar het is geen dwangmatige gedachte of een morbide obsessie, iets wat dr. Cole goed van pas zou komen. Ik betreed die blauwe, gewelfde kamer in mijn geheugen zoals je een kerk zou binnengaan: eerbiedig, met ontzag in mijn ziel. De kerk is bovendien gevuld met licht – niet het gebruikelijke bonte licht dat naar binnen schijnt door de kleurrijke beeltenissen van Christus aan het kruis, maar zeelicht, troebel en groen en koud als het hart van de duivel.

Kun je over licht schrijven zonder te weten wat het is? Henry zou nee hebben gezegd en meneer Sinclair zou begonnen zijn me te onderwijzen, dus heb ik meneer Glover, een van meneer Reichmanns assistenten, gevraagd me boeken over dit onderwerp te brengen. Helpt het te weten dat licht slechts een onderdeel is van een ononderbroken spectrum van golflengtes, zoals de wetenschappers nu beweren, of dat licht zich zowel pulserend als in golven verplaatst? Golven kenden we inmiddels wel. Ze torenden boven ons uit. Ze tilden ons hoog op en vanaf hun kruin konden we, kortstondig, de grootsheid van de uitgestrekte, desolate zee zien. Dan gleden we weer weg in de golfdalen en botste ons blikveld op muren van water.

Toen ik het licht noemde in een brief aan Greta Witkoppen, het Duitse meisje dat al zo snel voor mevrouw Grant was gevallen en dat haar verblijf in Amerika heeft verlengd om het proces bij te kunnen wonen, schreef ze me terug: 'Je mag me niet over zulke dingen schrijven! De advocaten zeggen bovendien dat ik je helemaal niet moet schrijven, omdat het anders misschien lijkt alsof we samenzweren. Zeg maar tegen mevrouw Grant dat ze zich geen zorgen hoeft te maken. We weten allemaal precies wat we moeten doen! En wat het licht betreft: dat probeer ik te vergeten, maar ik denk niet dat me dat ooit zal lukken. Griezelig, dat was het. Iedereen dacht dat het een teken van God was, maar ik denk eerder dat het iets was wat Hannah had opgeroepen. Heb jij ooit het gevoel gehad dat ze een heks is?' Ze refereerde, zo wist ik, aan die vreemde stroken licht die op de zestiende dag verschenen en die in het holst van de nacht over het water gleden. Ook ik zal dat nooit vergeten, evenmin als ik het hoofd van Hardie zal vergeten, dat omhoogkwam toen we dachten dat hij voor de laatste keer kopje-onder was gegaan. We waren als betoverd, konden onze ogen maar amper geloven; maar onderling waren we het erover eens. We zagen die stroken licht allemaal, maar we twistten verbeten over wat ze betekenden. 'Dit is het soort licht dat je ziet voordat je doodgaat,' zei Mary Ann.

'En hoe kun jij dat nou weten?' vroeg Isabelle, die mevrouw Fleming had verteld dat een jong meisje tegen haar hoofd was geraakt toen onze reddingsboot te water werd gelaten. Isabelle was naast Anya Robeson gaan zitten, die nu vermanend zei: 'Jullie mogen niet over zulke dingen praten! Dat is niet goed voor de jongen.' Maar we negeerden haar en Mary Ann zei: 'Mijn moeder is ooit bijna verdronken en ze zei dat het helemaal niet leek alsof ze in water verdronk; het was geweest alsof ze in licht verdronk. Als moeder niet is gered na de schipbreuk, hoop ik dat het echt zo is geweest voor haar.'

'Nou, we verdrinken nog niet,' zei mevrouw McCain, 'of vind jij soms van wel, Lisette?' En Lisette, die haar plichten kende, was het onmiddellijk met haar werkgeefster eens.

De golven licht waren als plassen op het water en bewogen afzonderlijk van elkaar over de zwarte leegte. Ze vlogen met hoge snelheid over het water, naar het oosten (volgens Hannah); en schoten toen zonder duidelijke aanleiding naar het westen, zo snel dat elke vlek de boot maar een ogenblik verlichtte. We hadden ons al eerder verbaasd over hoe het licht zich manifesteerde, maar dit leek volstrekt onverklaarbaar. Het hele schouwspel duurde ongeveer een halfuur. En toen hield het plotseling op.

Mevrouw Grant zweeg tijdens de hele episode, maar Hannah zei dat het licht een metafoor voor begrip was en dat deed me aan de diaken denken, die een diepgeworteld wantrouwen koesterde tegen het concept 'begrip'. Hij had gezegd dat het niet aan ons was om te begrijpen en vergeleek alle aardse zaken met ijsbergen, die we ook nooit ten volle konden bevatten. Hij vertelde me ooit dat je moest geloven zonder naar een verklaring te vragen, want verklaringen veronderstelden dat je het begreep, en begrip bleef gereserveerd voor God alleen.

Maar de diaken was er niet meer en we hadden alleen Hannah nog, die eruitzag als een hogepriesteres toen ze opstond en haar handen ophief naar de stroken licht en datgene waarin ze dan ook geloofde vroeg ons te zegenen. Ik wilde het niet uitspreken, maar mijn eerste gedachte bij die stroken licht was dat we midden in een vlucht engelen waren beland, dat er inderdaad engelen waren gezonden om ons mee te nemen naar boven, naar de hemel, en dat Mary Ann gelijk had, toen ze zei dat we doodgingen. Dus toen ze begon te roepen: 'Hier! Hier zijn we!' wist ik zeker dat ook zij dacht dat het engelen waren, totdat iemand iets zei over zoeklichten van een boot die naar ons op zoek was. 'We zijn gered! We zijn gered!' riep Mary Ann telkens opnieuw. Ze schreeuwde opgewonden en sprong bijna in het water, zoveel haast had ze om aan boord te komen van het schip dat in haar verbeelding op ons af stoomde.

Ik was het hysterische gedoe van Mary Ann zat. Niemand kon haar tot rede brengen en toen ze haar jurk openscheurde en dreigde in zee te duiken om zelf naar haar denkbeeldige reddingsboot te zwemmen, probeerde niemand, zelfs mevrouw Grant niet, haar tegen te houden. Ze moet tijdig van gedachten zijn veranderd, maar die nacht lag ze woelend op de natte vloer van de boot en kermde ze hartverscheurend. Haar lokken zaten als zeewier tegen haar gezicht geplakt, haar lippen waren blauw van de kou, haar wangen rood van de koorts. Haar gekerm was ondraaglijk en uiteindelijk kwam Hannah op het goede idee om haar buiten westen te slaan. Niemand verroerde een vin. Het ontbrak ons zelfs aan kracht om iets nuttigs te doen, waarom zouden we ons dan bekommeren om iets waaraan we niets konden doen?

Vanuit de gang sijpelt een geelachtig licht mijn cel binnen, en hoog in de muur zit een smal raam. Het zit te hoog om naar buiten te kunnen kijken, maar ik weet dat het op het oosten is gericht, want 's ochtends word ik wakker met een felle, schuine straal zilverachtig licht als het buiten zonnig is.

Als het niet zonnig is, is de straal wat meer gedempt. Het is allemaal voorspelbaar en geruststellend, en op dit moment in mijn leven stemt het me gelukkig om gerustgesteld te worden. Het licht neemt nu af en het zal niet lang meer duren voordat ik de letters op deze bladzijde niet meer kan onderscheiden.

Dr. Cole

Dr. Cole is een psychiater die mijn advocaten hebben ingehuurd om een beeld te krijgen van mijn geestelijke toestand en ik ben elke week naar hem toe gegaan, hoewel ik niet precies weet met welk doel. Ik neem hem niet half zo serieus als hij zichzelf neemt, maar de bezoekjes geven me de kans mijn cel te verlaten, dus kijk ik ernaar uit. Ik heb overwogen of wat ik vertel wel zo strikt vertrouwelijk zal zijn als dr. Cole me wil doen geloven, en het is voor mij een spel geworden om erachter te komen wat hij met zijn vragen wil en er dienovereenkomstig op te antwoorden. Sommige van zijn standaardreacties lijken het antwoord dat hij wil horen in zich te dragen. Hij roept bijvoorbeeld graag: 'Dat moet een angstig moment zijn geweest!' dus dan ben ik het natuurlijk altijd met hem eens dat dit het geval was. Het duurde een paar weken; toen dacht ik dat hij het spelletje wel erg gemakkelijk maakte, dat zelfs een man met zo'n dik gezicht en dikke brillenglazen wel wat ervaring met vrouwen moest hebben. Eerst vermoedde ik dat hij zich van de domme hield om mij om de tuin te leiden, maar toen besloot ik dat hij niet overdreven slim was, totdat ik op een dag op het antwoord stuitte. Ik besefte dat hij me op mijn gemak probeerde te stellen, in de hoop dat ik op een bepaald moment een detail zou prijsgeven dat de sleutel zou zijn tot de rest van mijn psyche. Ik vertelde hem wat ik dacht en zei toen: 'Mijn psyche is geen beveiligde burcht, dr. Cole. Er zijn geen verborgen schatten of diepe, duistere geheimen. Als u een meer traditionele ondervragingstechniek zou hanteren, dan zou ik mijn best doen om eerlijk te antwoorden en weet ik zeker dat u alles te weten zult komen wat u weten moet.'

'Aha, een open boek!' riep hij uit. Hij leek verrukt bij dit idee en stelde voor dat we het over mijn ouders zouden hebben. Ik vertelde hem over de tegenspoed die mijn familie was overkomen, hield niets achter. Het duurde even voordat ik hem alle details had verteld, hoe mijn vader uit de gratie was geraakt en mijn moeder was weggezonken in een waanwereld. Ik was nog maar net over mijn zuster Miranda begonnen, toen hij op zijn horloge keek en zei: 'Het spijt me, maar onze tijd is om,' maar zijn toon verraadde geen greintje spijt. Het leek alsof deze doorbraak gewoon een van de vele heerlijke gebeurtenissen was waaruit zijn dag bestond. Ik vroeg me af waar hij vervolgens naartoe zou gaan en wie hij zou ondervragen, maar toen riep ik mezelf tot de orde, omdat het opwekken van mijn nieuwsgierigheid vast deel uitmaakte van de valstrik en besloot ik vast te houden aan mijn voornemen om de gebeurtenissen in mijn leven methodisch te presenteren.

Bij onze volgende sessie stak hij van wal met een boude uitspraak: 'Dus mevrouw Grant betekende de ideale moeder voor u?'

'Ik ben een getrouwde vrouw, dr. Cole. Ik heb geen behoefte aan een moeder.'

'Maar uw eigen moeder stelde u teleur.'

'Ik neem aan van wel, ja, maar het leven zit vol teleurstellingen, of niet soms? En rond die tijd was ik volledig in staat voor mezelf te zorgen.'

'En hoe deed u dat?'

Ik vertelde hem hoe ik via onze advocaat een huurhuis had gevonden, hoe ik de verkoop van onze bezittingen had geregeld en hoe Henry uiteindelijk met me was getrouwd.

'Ah,' zei dr. Cole en ik wachtte op wat ging komen, maar hij zweeg. Was het zijn overtuiging dat vrouwen er beter van werden als ze trouwden? Dat zal ik nooit weten, want toen hij weer sprak, zei hij: 'Laten we het over uw zuster hebben,' en we sloegen allebei mentaal een bladzijde om. 'Was er iemand in de boot die u aan haar deed denken?'

Ik vond zijn poging om de passagiers van de reddingsboot met mijn familieleden te vergelijken amusant en ik nam aan dat hij het over Miranda had, die irrelevant leek, om vervolgens bij meneer Hardie uit te komen en te suggereren dat hij me aan mijn vader had doen denken. Ik lachte vanbinnen om de absurditeit hiervan, maar zag geen reden om het spelletje niet mee te spelen. En trouwens, ik begreep al lang voordat dr. Cole het suggereerde, dat Miranda en Mary Ann op veel punten op elkaar leken. Mary Ann was natuurlijk veel emotioneler dan Miranda, maar ik was tot de conclusie gekomen dat in Mary Ann de ziel van een gouvernante schuilging. Ik zei: 'Ik denk dat als iemand me aan mijn zus deed denken, het Mary Ann zou zijn. Ik hield van haar, maar ze maakte me ook kwaad, net zoals Miranda dat deed. Ik wilde méér voor mijn zus dan ze voor zichzelf eiste. Wat Mary Ann betreft: ze trouwde niet met Robert om iets groots te bereiken, maar om iets kleins voor zichzelf zeker te stellen, precies zoals Miranda liever de zekerheid van iets kleins had dan te gokken op de hoofdprijs.'

'Bent u een gokker?' vroeg dr. Cole, waarom ik hard moest lachen.

We praatten nog wat over Mary Ann en hoe ik, omdat ze me aan Miranda deed denken, dacht te weten hoe ze op dingen zou reageren. Ik dacht te weten wat ze zou zeggen als ik haar vroeg of ze van kinderen hield, of ze wilde dat die bij haar op schoot zouden zitten en of ze hun graag wilde voorlezen. Ik zat er niet ver naast: haar ogen begonnen te gloeien met een afwezige, gelukkige glans en ze zei: 'Robert en ik willen wel graag kinderen ...' Maar haar stem haperde toen ze besefte dat dit misschien wel nooit zou gebeuren. Ik wist natuurlijk dat ze zich zorgen maakte dat ze op zee zou overlijden, maar ik koos ervoor om haar verkeerd te begrijpen en haar opmerking op te vatten als bezorgdheid dat Robert niet op haar zou wachten of haar, na onze beproeving, om wat voor reden dan ook niet meer zou willen trouwen. Ik antwoordde: 'Je kunt altijd nog gouvernante worden. Dan heb je ook een hoop kinderen, in zekere zin,' maar ze keek me raar aan, terwijl een traan een spoor trok over haar zoute wang. Later vroeg ze me of Henry en ik geen kinderen wilden en ik antwoordde dat we dat natuurlijk wel wilden. Maar ik wilde een kind zoals een koningin een kind wil: als erfgenaam, niet als een speeltje.

Ik vertelde dr. Cole dat ik wist dat ik gemeen was geweest, maar dat Mary Ann me daartoe had geprovoceerd en dat we aan het eind van ons kunnen waren, waardoor we uiting gaven aan irritaties die we onder normale omstandigheden hadden onderdrukt.

'Welke irritaties onderdrukt u normaal gesproken dan?' vroeg hij en dat vond ik, om de een of andere reden, een hoogst irritante vraag.

'Ik ben nu wel geïrriteerd, denk ik,' zei ik, 'en als u me er niet naar had gevraagd, had ik de neiging onderdrukt om te zeggen dat u me aan mijn vader doet denken, die in staat was geld te verdienen zolang hij werd gesteund door zijn zakenpartners, maar die uiteindelijk niet opgewassen bleek tegen hun achterbakse kuiperijen.'

Ik weet niet wat ik wilde zeggen met dit geplaag, want de helft ervan kwam voort uit het feit dat ik onze sessies als een spelletje zag, niet als een manier om het mysterie van het zelf te kunnen doorgronden. Maar mijn sessies met de psychiater zorgden dat de dagen sneller voorbijgingen en ik keerde altijd weer verkwikt naar mijn cel terug, blij dat ik de kans had gehad om met iemand anders dan Florence te praten, die inmiddels dacht dat het volledige justitiële systeem was bedacht met maar één doel: haar in de val te lokken. Ze fluisterde dan dingen als: 'Het spijt me dat jij erbij betrokken bent geraakt, maar je ziet toch ook wel wat er gebeurt? Ze deinzen nergens voor terug. Je begrijpt toch hoe ze me van meet af aan te pakken wilden nemen?'

Op een keer vroeg ze mij of ik iemand had vermoord en ik zei dat ik dacht van wel. Meestal negeerde ik haar, maar er waren dagen dat ze urenlang met haar gezicht tegen de tralies gedrukt stond en fluisterend vertelde over haar kinderen of haar echtgenoot of over de rechter die zich over haar zaak boog; en af en toe wekte iets wat ze zei mijn interesse. Toen ik terugkwam uit het badhuis en de cipierster de deur achter mij op slot deed, dacht ik dat ik Florence iets hoorde zeggen over dr. Cole. Mijn aandacht was onmiddellijk gewekt en ik vroeg me af of ik iets moest antwoorden en, als ik dat deed, wat ik moest zeggen. Uiteindelijk riep ik: 'Sorry. Zei u iets?', maar nu had ze het weer over verminderd toerekeningsvatbaar zijn en overgeplaatst worden naar een gekkenhuis. Ik aarzelde om haar specifieker te ondervragen en dat kan het effect hebben gehad dat ik haar daarmee meer over mezelf vertelde dan ik van plan was. Er trok een kilte door me heen en ik begon te vermoeden dat Florence in de cel tegenover mij was gezet om informatie van me los te krijgen en die door te geven aan dr. Cole. Ik was ervan uitgegaan dat dr. Cole alleen ten bate van mij was ingehuurd, maar nu besefte ik dat hij misschien ook andere gevangenen bezocht en dat Florence, als hij ook met haar sprak, hem wellicht over mij vertelde.

Dat was een ijzingwekkende gedachte en een uur lang probeerde ik me te herinneren of ik iets tegen Florence had verteld dat me mogelijk zou kunnen belasten, maar ik werd pas echt bang toen ik het idee dat Florence een informante was losliet en tot de logische gevolgtrekking kwam dat dr. Cole haar misschien instrueerde om gedachten in mijn hoofd te planten die me uit mijn evenwicht zouden brengen, waardoor ik meer zou onthullen tijdens onze sessies dan ik wilde. Die gedachte hield me die hele nacht wakker en bezorgde me een in zweet gedrenkte nachtjapon. Op hetzelfde moment dat ik dit overdacht, besefte ik ook dat ik gek was om het te overdenken. Maar als ik gek was om het te denken, was ik dan bezig mijn verstand te verliezen? Het was het soort cirkelredenering waarbij de ene gedachte tot de andere leidde, telkens weer, totdat je weer bij het begin aankwam en de hele cirkel opnieuw begon.

Terwijl ik wakker lag en naar de holle galmgeluiden van de gevangenis luisterde, deed ik een poging rationeel te denken en daardoor begon ik te overdenken welk effect gevangenschap op je gedachten heeft, net zoals het verblijf in de reddingsboot een effect daarop had. Tot dat moment had ik blij de datum waarop ik vrijgelaten zou worden afgewacht, want ik had me nooit voorgesteld dat de aanklacht tegen mij een permanente verandering van mijn omstandigheden zou betekenen, dat ik geëxecuteerd zou worden of zou worden opgesloten tot mijn dood. Ik herinnerde me dat ik Miranda eens had verteld dat het leven een spel was en ik herinnerde me hoe amusant ik het had gevonden om plagerig heen en weer te praten met dr. Cole, maar nu was ik behoorlijk over mijn toeren. Toch is het nooit een goed idee om 's nachts snelle, harde conclusies te trekken – een les die ik had geleerd tijdens de tegenspoed van mijn familie en daarna nog eens, op de reddingsboot – en de volgende ochtend had ik mijn oude gemoedsrust vrijwel geheel hervonden. Daarna hoefde ik evenwel maar naar Florence te kijken of ik begon na te denken over wat er van me zou worden als ik mijn zaak zou verliezen. Voor het eerst dacht ik serieus na over mijn moeder en vroeg me af of zich ergens in mijn psyche een genetische aanleg voor kwetsbaarheid schuilhield.

Ik werd ook voorzichtiger met wat ik dr. Cole vertelde. Ik was van plan meer over Florence te weten te komen van hem, en nadat ik hem iets over haar had verteld, vroeg ik of zulke mensen altijd labiel waren geweest, of dat ze dat door hun omstandigheden waren geworden.

'En wat zijn de omstandigheden van deze Florence?' vroeg hij, zonder ook maar te laten blijken of hij haar al dan niet kende.

'Ze zit in de gevangenis omdat ze ervan wordt beschuldigd dat ze haar kinderen heeft vermoord!' schreeuwde ik, misschien te hard, want ik had dit al aan hem uitgelegd en wilde het niet nog eens doen.

'Dus haar omstandigheden lijken wel wat op die van u,' mijmerde hij. Zijn ogen waren bijna geheel gesloten, wat de indruk wekte dat hij ontzettend hard peinsde en, in feite, in zichzelf praatte. Hoewel ik tegenover hem geen emoties wilde tonen, stak ik mijn handen uit onmacht omhoog. Maar zo gaat het nu eenmaal bij dr. Cole. Er is geen onderwerp dat niet vroeg of laat bij mij uitkomt.

Het rechtsstelsel

Vandaag was ik aanwezig op een hoorzitting, waarop drie groepen advocaten rechter Potter probeerden te overtuigen de aanklachten tegen ons te laten vallen. Mevrouw Grant, Hannah en mij wordt moord met voorbedachten rade ten laste gelegd en dat vereiste niet alleen dat we iemand hadden vermoord, maar ook dat die moord het resultaat van een moedwillig plan was. Elke partij had al een stevig pleidooi ingediend, dat tegen dan wel vóór vervolging pleitte, en waaraan de rechter refereerde terwijl hij de advocaten ondervroeg. Ik zat met Hannah en mevrouw Grant op een soort kerkbankje, van waaruit we de handelingen mochten bekijken, maar niet mochten spreken.

Er ontspon zich een lange discussie over de vraag of een man die zich vastklampt aan een plank om zo zijn hoofd boven water te houden, beschuldigd kan worden van moord als hij een andere man wegduwt die dreigt de plank van hem af te pakken. Was het moord als de tweede man erin slaagde de eerste van de plank weg te duwen? Leidt een dergelijk scenario onvermijdelijk tot een aanklacht voor moord, aangezien de mannen zichzelf natuurlijk willen redden en de plank maar één man drijvende kan houden? Is de overlevende gedoemd de rest van zijn dagen in een gevangenis te slijten, als hij wordt gesnapt en er getuigen zijn?

‘Uiteraard niet,’ zei meneer Reichmann. ‘In dit geval is er geen lichamelijk letsel toegebracht en de verliezer heeft een kans om een andere plank te vinden.’

‘Ik denk dat het recht van de eerst aanwezige relevant is,’ zei Hannahs advocaat, een broodmagere, bleke man die eruitzag alsof hij de zon nooit te zien kreeg.

'En wat als er wel lichamelijk letsel wordt toegebracht?' De advocaat van mevrouw Grant was het tegenovergestelde van die van Hannah. Hij was zo stevig dat de knopen van zijn jasje onder zware druk stonden. Hij had een vrolijk, blozend gezicht, maar hij glimlachte veel te vaak, zeker gezien de ernstige aanklachten tegen ons.

'Maar we hebben het niet over een plank, of wel soms?' wierp de aanklager tegen, die te jong was om veel levenservaring te hebben en te onbezonnen om dat te weten. 'Vergeleken bij een plank is een hele boot een luxe. Ze kunnen amper met elkaar worden vergeleken. In het geval van de plank bevinden beide mannen zich in het water, wat het gevecht op leven en dood veel urgenter maakt dan voor mensen in een boot. U zegt dat de verliezer de kans had om een andere plank te vinden, maar heeft iemand die uit een reddingsboot wordt gegooid de kans om een andere boot te vinden? Ik denk van niet.'

'Er was overigens wel een andere reddingsboot in de buurt,' zei meneer Reichmann, 'reddingsboot 14 had er bijna een aanvaring mee gehad, slechts een paar uur voordat meneer Hardie overboord werd gegooid.' Zelf had ik hier niet aan gedacht en ik moet meneer Reichmann en zijn compagnons de eer geven dat zij in staat waren om zonder emoties zelfs de meest troebele invalshoek en het kleinste detail van de zaak te overdenken. Ik probeerde zijn blik te vangen om hem duidelijk te maken hoezeer ik dit waardeerde, maar slaagde er alleen in een blik te wisselen met Hannahs advocaat, die zijn bloedeloze, ovale gezicht telkens mijn kant op draaide, waarbij hij zijn lange nek zo bizar boog dat het leek alsof zijn hoofd aan een scharnier was bevestigd. Gezien de mate van zijn interesse in mij vroeg ik me af wat Hannah hem over mij had verteld.

'Trouwens,' ging meneer Reichmann verder, 'we weten dat ten minste tien reddingsboten met succes te water zijn gelaten. Meneer Hardie had een kans, al was het dan een kleine, om aan boord van een van die boten te komen. Is de kans op een andere plank, zoals in het eerste scenario, zoveel groter? En hoe kunnen we vanuit deze rechtszaal de kans van beide scenario's vaststellen? Wat we willen weten, komt neer op deze vraag: is het de enige manier voor iemand in een overvolle reddingsboot die niet schuldig bevonden wil worden om te besluiten dat ze met z'n allen moeten verdrinken of overleven? Mag diegene geen enkele actie ondernemen iemand te redden, te beginnen bij zichzelf? En is een dergelijke passiviteit niet in tegenspraak met de menselijke natuur en ons overlevingsinstinct?'

'Ik kan me voorstellen dat sommige mensen edelmoedig genoeg zullen zijn om de reddingsboot vrijwillig te verlaten,' zei de aanklager, terwijl hij zijn puntige kin agressief naar voren stak.

'Mogen ze vragen om vrijwilligers?' vroeg de advocaat van mevrouw Grant.

'Dat mogen ze vragen, denk ik, maar ze kunnen zoiets niet afdwingen,' zei de aanklager. 'Er mag in het geheel geen druk worden uitgeoefend, geen dwang.'

Daarna vroeg de rechter of het vragen ernaar al dwang met zich meebracht en of er een speciale verplichting verondersteld kon worden tussen een zeeman en een passagier, en iedereen was het erover eens dat die bestond. 'Maar een dergelijke verplichting bestaat niet tussen de passagiers onderling,' zei de advocaat van mevrouw Grant.

'Of waar het de passagiers ten opzichte van de bemanning betreft,' voegde meneer Reichmann er ernstig aan toe. 'Maar ik blijf terugkomen op het idee dat de vraag die gesteld moet worden niet is: "Moeten sommigen sterven?" maar "Mogen sommigen leven?" Als je er voetstoots van uitgaat dat sommigen of allen zullen overlijden als er geen actie wordt ondernomen, moet er dan geen actie worden ondernomen om enkelen te redden? Dat is, denk ik, de juiste vraag en ik zie niet in hoe mijn cliënte verweten kan worden dat zij die vraag met ja heeft beantwoord, los van het feit dat iemand anders die vraag misschien redelijkerwijs met nee zou hebben beantwoord.'

De aanklager zei: 'U gaat ervan uit dat er vastgesteld kon worden dat enige actie levens zou redden. Het is veel waarschijnlijker dat het leven eerder verlengd zou worden dan onmiskenbaar gered. Wie kon immers voorspellen wanneer ze gered zouden worden? Kon die redding niet net zo gemakkelijk een uur na een onherroepelijk besluit plaats hebben gevonden dan na een dag of een week?'

'U vergeet de storm,' zei de advocaat van mevrouw Grant, die lichtvaardig sprak en vergeleken bij de anderen minder goed voorbereid leek. 'Daardoor ontstond de noodzaak op één bepaald moment. Ten eerste was er geen kans tijdens de storm gered te worden, want zelfs al was er een schip in de buurt geweest, dan had het de reddingsboot kunnen zien noch naderen op de ruwe zee. Ten tweede was het waarschijnlijk, zo niet zeker, dat de overbeladen boot de storm niet zou overleven. De storm bracht de situatie in de reddingsboot terug tot die van de twee mannen en de plank, met een gevecht op leven en dood, alsof de opvarenden al in het water spartelden.'

'Dat moge dan het geval zijn geweest of niet, maar we hebben het nu niet over de daden van meneer Hardie,' zei de aanklager en hij wees daarmee op een logische denkfout van de advocaat die zelfs ik evident vond. Tot op dat moment had ik medelijden gehad met Hannah, omdat zij de advocaat met de scharniernek had getroffen, maar nu had ik medelijden met mevrouw Grant, want haar advocaat was vergeten dat de storm al was gaan liggen op het moment dat we meneer Hardie vermoordden en inderdaad, de aanklager ging verder met: 'Meneer Hardie had nog de leiding ten tijde van de storm. Of het te rechtvaardigen was dat hij die loterij organiseerde staat nog te bezien, maar dat is niet de vraag waarvoor deze rechtbank bijeen is geroepen.'

'Helemaal correct,' zei Hannahs advocaat. Zijn veel te lange vingers doorzochten een stapel papier en haalden een document van onder op de stapel tevoorschijn. Hij hield het in het licht en zijn bleke, langwerpige gezicht kreeg even een berekenende uitdrukking. 'Maar als meneer Hardies daden te verdedigen zijn, dan is er ook aanleiding om de daden van de vrouwen te verdedigen, die niet veel meer deden dan doorgaan conform het precedent dat iemand anders had geschapen. Vergeet niet dat de reddingsboot tijdens de storm beschadigd was geraakt en dat er nog steeds veel water naar binnen stroomde.'

'Ik denk niet dat vastgesteld kan worden hoeveel water er naar binnen stroomde,' zei de aanklager.

'Mijn punt is dat, áls er een noodsituatie bestond in het geval van de storm en in het hypothetische geval van de plank, waardoor extreme acties geboden waren, een dergelijke situatie ook bestond ná de storm, op grond van de beschadiging aan de boot en de veranderde verhoudingen tussen meneer Hardie en de rest van de groep. Omdat hij aantoonbaar bereid was opvarenden op te offeren, was meneer Hardie een acute bedreiging gaan vormen.'

Ik had mijn mening over Hannahs advocaat inmiddels volledig herzien, want hij had de foutieve logica van de advocaat van mevrouw Grant omgebogen ten gunste van ons allemaal. Ik kon zijn vermogen om verschillende zetten vooruit te denken des te meer bewonderen omdat ik de discussie alleen maar kon volgen, in de hoop dat ik niet verdwaalde in een of ander zijstraatje van de logica of de rechtspraak. De man bewoog evenwel langzaam en leek van stopverf gemaakt te zijn en ik was blij dat meneer Reichmann, met zijn onverzettelijke postuur, alerte gelaatstrekken en stoet assistenten mij vertegenwoordigde. De bleekscheet kwam langzaam op stoom en ondanks zijn fletse en in feite ziekelijke voorkomen, werd zijn betoog steeds gloedvoller. Zijn afgetrokken gezicht begon te gloeien en de zwarte pupillen in het rozige oogwit leken op smeulende kolen van een innerlijk vuur. Hij rondde af met: 'En kan het doden van meneer Hardie dan niet worden gezien als het omverwerpen van de kwaadwillende leider – een despoot, zo u wilt – van een klein vorstendom, een tirannieke autocraat die de levens van zijn onderdanen in gevaar bracht?'

De aanklager antwoordde: 'Maar liet meneer Hardie niet zijn tegenzin blijken, weigerde hij zelfs niet absoluut om de vrouwen op te offeren? Als dat het geval is, hoe konden zijn bemoeienissen met de loterij dan als een impliciete bedreiging worden opgevat?' waarop mijn eigen meneer Reichmann antwoordde: 'En mevrouw Cook dan? Was het niet meneer Hardie die met zijn opmerkingen en suggesties haar zelfmoord veroorzaakte? En duurde het niet erg lang voordat hij Rebecca Frost redde? Zette hij daarmee niet ook de vrouwen op de lijst van mensen die in direct levensgevaar verkeerden, omdat hij nu eenmaal aan boord was?'

De aanklager was een behendig spreker, die zijn woorden snel aaneenreeg, alsof de justitiële raderen snel draaiden en we ons moesten haasten om ze bij te houden. Hij was bijna buiten adem toen hij zei: 'We hebben tegenstrijdige verklaringen ontvangen aangaande de omstandigheden rondom het overlijden van mevrouw Cook, en wat Rebecca Frost betreft: het is niet zonder gevaar om te veronderstellen dat meneer Hardie met opzet wachtte tot hij haar uit het water haalde. Bij elk verhaal dat wordt verteld is het mogelijk om één aspect te benadrukken ten koste van een ander, zodat dat ene aspect helemaal buiten de context komt te staan.'

Na misschien een uur van dergelijke dialogen, zei rechter Potter: 'In deze discussie dwalen we telkens, en misschien ook uit nood geboren, af van het algemene naar het specifieke, en ik moet concluderen dat er geen algemeen principe uit afgeleid kan worden om ons te helpen bij de keuze of het in zijn algemeenheid wel of niet is toegestaan sommige passagiers overboord te gooien met het doel andere te redden. We moeten onszelf tevredenstellen met een poging te besluiten of het in dit specifieke geval toegestaan was, want de vreemde, abnormale omstandigheden van deze situatie zullen zich waarschijnlijk nooit meer voordoen. Elke zaak moet op zijn eigen, unieke merites en feiten worden beoordeeld, en niet door een algemeen geldende regel toe te passen.' Op die manier gaf de rechter uiting aan zijn rechtsbevoegdheid over ons. Zo proclameerde hij de grootsheid van de wet en op die uitgestrektheid werden wij overboord gezet.

Onschuld

Misschien kwam het door die theoretische discussie over de plank en de andere reddingsboot dat het gerucht ontstond dat meneer Hardie nog in leven was. Er stond een stuk over in een krant die meneer Glover voor me meebracht, in strijd met de regel dat je niets aan een gevangene mag geven wat niet vooraf is goedgekeurd.

'Als het waar is,' zei hij, 'kunnen ze u geen moord ten laste leggen.'

'Waarom niet?' vroeg ik, ontzet bij de gedachte dat meneer Hardie zich weer naar de oppervlakte had gegraven en de weg naar vaste wal had gevonden.

'Omdat u dan niemand zou hebben vermoord!' zei hij enigszins verrast en pas toen ik erover nadacht, besefte ik dat hij gelijk had, dat het alleen de dood van meneer Hardie was waarvoor we terechtstonden, niet voor de dood van anderen in de boot, hoewel ik moet toegeven dat het soms voelde alsof het hele incident onze schuld was, inclusief de schipbreuk. Toen ik begreep wat hij bedoelde, maakte zich een irrationele hoop van mij meester, tot ik me herinnerde hoe Hardie herhaaldelijk boven was gekomen, voordat hij uiteindelijk uit ons zicht verdween. Ik zag het zwarte water dat van zijn uitgemergelde gezicht droop nog voor me. Ik voelde hoe de wind aan mijn ziel trok en ik dacht niet dat ik een wederopstanding zou kunnen verdragen, niet een waarin het om meneer Hardie ging.

'Het ís een mogelijkheid,' zei meneer Glover. 'Er zijn juwelen opgedoken in New York, die mogelijkerwijs aan boord van de *Empress Alexandra* waren. Er is nog niets zeker, maar meneer Reichmann heeft me opgedragen dit bericht verder uit te zoeken.'

'Als hij nog leeft,' zei ik, 'dan vraag ik me af of hij nog veel goeds met ons voorheeft. Ik denk niet dat hij opeens tijdens de rechtszaak opduikt en zegt: "Ik ben toch niet dood, dus is er geen probleem. U kunt deze vrouwen weer vrijlaten."'

'Nee, ik denk niet dat hij dat zal doen,' zei meneer Glover, 'maar dat hoeft hij ook niet. Het simpele feit dat hij nog in leven is, zou voldoende zijn.'

'Ik neem aan dat we dan alleen voor poging tot doodslag veroordeeld kunnen worden,' zei ik. 'Welk straf staat dáárop? En zou meneer Hardie niet zelf vervolgd kunnen worden? De rechter heeft duidelijk gezegd dat hij als lid van de bemanning niet mocht vragen of passagiers vrijwillig overboord wilden springen, zoals hij heeft gedaan.' Ik zei niet dat Hardie een wildeman was, heel nuttig in levensbedreigende situaties, maar ongeschikt voor de beschaving. Ik zei niet dat hij diegenen die aan zijn zorg waren toevertrouwd zou beschermen, maar er geen been in zou zien anderen te vermoorden, en dat wij allang niet meer tot de beschermenswaardige groep gerekend konden worden. Ik suggereerde echter wel dat Hardie andere verhalen te vertellen zou hebben, misschien zelfs leugens, over wat er met enkelen van de anderen was gebeurd. 'Ik zou maar niet te ijverig naar hem zoeken,' zei ik, onwillekeurig huiverend. 'We hebben hem immers overboord gegooid.'

'Daar hebt u een punt,' zei meneer Glover, die me een beetje bezorgd aankeek. Ik besefte dat ik onbeheersbaar trilde en dat meneer Glover niet zeker leek te weten hoe hij mij moest kalmeren, dus zei ik: 'Zelfs al hoef ik meneer Hardie nooit meer te zien, toch hoop ik dat hij nog in leven is.' Dat zei ik omdat ik dacht dat meneer Glover dit graag wilde horen. Hij wilde dat ik dat zou zeggen omdat het, als Hardie nog leefde, zou betekenen dat ik niemand vermoord had en ik kreeg sterk de indruk dat meneer Glover mij het liefst wilde zien als iemand zonder bloed aan haar handen. Eerder die ochtend had ik overwogen hem te vragen Felicity Close op te zoeken en haar de brief te geven die ik had geschreven, maar ik bedacht me ogenblikkelijk. Ik wilde aan haar uitleggen dat ik van Henry had gehouden en dat ik, hoewel in de eerste plaats aangetrokken door zijn fortuin, met heel mijn hart van hem had gehouden. Ik wilde dat zij dit zou weten omwille van Henry, niet omwille van mijzelf. Mijn instincten omtrent wat te zeggen en wat achter te houden waren altijd al scherp geweest, dus zei ik niets over Felicity tegen meneer Glover. Later verscheurde ik de brief en gooide die weg. Ik zei daarentegen nog eens: 'Ik hoop echt dat meneer Hardie nog in leven is!' zo krachtig als ik kon, wat meneer Glover de gelegenheid bood een troostende hand op mijn arm te leggen.

De volgende dag kwam meneer Reichmann naar de gevangenis om me twee vragen te stellen. Om te beginnen wilde hij weten of ik had geholpen meneer Hardie uit de boot te duwen; en als het antwoord op die vraag bevestigend was, wilde hij weten op welk moment ik had besloten het te doen. 'Ik denk wel dat ik heb geholpen hem uit de boot te duwen,' antwoordde ik aarzelend. Ik vroeg hem of hij mijn dagboek had gelezen, dat ik hem meer dan een week geleden had gegeven en hij zei dat hij het had gelezen; maar nu wilde hij dat ik de gebeurtenissen die tot meneer Hardies dood hadden geleid nog een keer met hem doorliep, want hij twijfelde of ik naar de achterplecht van de boot was gegaan met de intentie om Hannah te helpen, of om meneer Hardie te hulp te komen. 'Misschien ging u op weg met het idee om de man te helpen die u bewonderde en wie u de eer gaf dat hij uw leven had gered. Misschien vatte meneer Hardie uw bedoelingen verkeerd op en verweerde hij zich tegen u, en verschoof pas toen uw loyaliteit en besloot u Hannah te helpen.'

'U hebt gelijk als u denkt dat het me helemaal niet duidelijk was wat ik hoopte te bereiken, toen ik me naar achteren begaf.'

'Dus u ging er bijna automatisch heen, alsof u instructies opvolgde?'

'Ik denk niet dat het automatisch ging. Ik weet wel dat ik diep nadacht op dat moment en me afvroeg wat het juiste was om te doen.'

'Dus u wilde het juiste doen.'

'Ja! Ik wilde diegene helpen die ...' Ik stopte, omdat ik besefte dat ik erg berekenend zou klinken als ik zei dat ik degene wilde helpen die de meeste macht had. Maar ik merkte ook dat meneer Reichmann me vreemd aankeek, met een mengeling van geamuseerdheid en fascinatie, en toen drong het tot me door dat hij me het antwoord op zijn vraag al had gegeven, en zich afvroeg waarom het zo lang duurde voordat ik me dat realiseerde. Toen ik abrupt zweeg, trok er een vleugje irritatie over zijn gezicht. Maar ik kon niet besluiten of het nu irritatie was omdat ik zo traag van begrip was, als het ging om het herkennen van de kern van mijn verdediging, of omdat ik opeens had gezwegen om te voorkomen dat een of andere waarheid aan mijn lippen ontsnapte. Of misschien was het alleen maar irritatie omdat ons uur er bijna weer op zat, want het volgende moment pakte hij zijn zakhorloge, maakte een opmerking over de tijd en zei dat hij een andere cliënt liet wachten. 'We moeten onze tijd samen beter zien te besteden,' zei hij, waardoor hij net als dr. Cole klonk, wat mij weer irriteerde, want ik mocht dr. Cole niet, terwijl ik meneer Reichmann erg begon te bewonderen.

'Slaap er een nachtje over,' zei hij. 'Ik denk dat er een heel reële mogelijkheid bestaat dat u geen intentie had deel te nemen aan de moord op meneer Hardie en dat u alleen, en pas op het laatste moment, besloot Hannah te helpen. Als dat het geval is, zou het goed zijn om dat te weten vóór de hoorzitting van morgen. Morgen moeten we ons pleidooi indienen. Uw medeaangeklaagden zijn van plan het op zelfverdediging te gooien, wat betekent dat ze de moord toegeven, maar beweren dat ze de moord alleen maar hebben gepleegd omdat ze meneer Hardie als levensbedreigend ervoeren, voor henzelf en de anderen. U moet kiezen tussen onschuldig op grond van zelfverdediging of volkomen onschuldig. We bespreken het morgenochtend wel, voor de rechtszaak begint.'

Ik bracht een rusteloze nacht door, waarin ik het incident keer op keer overdacht, op zoek naar iets wat ik misschien vergeten was of naar nieuwe interpretaties van de gebeurtenissen van die dag. Het leed geen twijfel dat Hannah en mevrouw Grant van plan waren geweest meneer Hardie om te brengen. Wat hun bewering betreft dat hij ons allemaal in gevaar had gebracht, daarop kan ik alleen maar zeggen dat dit hun enige argument was. Was het waar? We verkeerden in levensgevaar, maar waren de daden van meneer Hardie daar deel van gaan uitmaken? Ik denk dat, toen de twee vrouwen zich eenmaal tegen hem hadden uitgesproken, er een gevaarlijke situatie ontstond in de boot, maar kon je dat alleen Hardie verwijten of was het een fout geweest van de twee vrouwen om een tegenovergesteld gezichtspunt te uiten? En als het de fout was van de twee vrouwen, betekende dit dan dat de enige te rechtvaardigen handelwijze voor hen was om passief in de boot te blijven zitten en te doen wat hun gezegd werd, zonder zelfs iets te zeggen te hebben over de beste manier om gered te worden? Maar uiteindelijk was dat niet aan mij om te beslissen. Ik moest alleen beslissen wat meneer Reichmann de rechter namens mij moest vertellen.

De volgende ochtend in het gerechtsgebouw was ik degene die zich zorgen maakte over de tijd. De hoorzitting zou om tien uur beginnen, maar om kwart voor tien was er nog geen spoor van meneer Reichmann te bekennen. Hannah en mevrouw Grant hadden zich met hun advocaten in spreekkamers teruggetrokken, maar ik bleef met de cipierster achter in de lange gang, afwisselend zeker wetend dat meneer Reichmann niets zou doen om mijn zaak in gevaar te brengen en vol twijfel en bange voorgevoelens. 'Waar is mijn advocaat?' vroeg ik de bewaarster telkens opnieuw en keer op keer zei ze met haar vriendelijke, Ierse tongval: 'Hij komt echt wel. Ik ken meneer Reichmann en hij is door en door betrouwbaar.' Toen hij eindelijk verscheen, slikte ik mijn groeiende woede snel in en zei: 'Gaat het wel goed met u? Ik maakte me al zorgen dat u iets was overkomen!'

Hij glimlachte breed, zonder de gemengde signalen van de vorige dag. 'Maakt u zich geen zorgen, de hoorzitting is uitgesteld tot twaalf uur,' zei hij, terwijl hij zijn koffertje bij zijn voeten op de grond zette. Het leek mij dat iemand me wel op de hoogte had kunnen stellen van die verandering, maar ik was zo opgelucht dat ik al snel de zorgen vergat die zijn late verschijning had veroorzaakt. De bewaarster liet ons alleen en hij ging naast mij op de bank zitten en zei: 'Hebt u nagedacht over wat ik u vroeg?' Hij vroeg het op zo'n manier dat ik alweer voelde dat er een juist antwoord was op die vraag, en eventjes was ik in verwarring over wat ik verwacht werd te zeggen. Uiteindelijk besloot ik hem de waarheid te vertellen en ik hoopte vurig dat het zou zijn wat hij wilde horen. Ik keek in zijn ogen, die niet langer geamuseerd stonden, maar diepe, donkere poelen vol bezorgdheid leken en zei: 'Toen ik op meneer Hardie en Hannah af ging, wist ik helemaal niet zeker wat ik zou doen. Ik denk dat ik wilde dat er iets gebeurde waardoor de sfeer op de boot weer zo zou worden als eerder, voordat mevrouw Grant had geprobeerd te bewijzen dat meneer Hardie ergens schuldig aan was. Dat was een dwaasheid van mij, want ik was geen partij voor hen, en wat kon ik nu helemaal doen om het meningsverschil te beslechten dat ons allemaal bedreigde?'

'Dus pleiten we onschuld!' riep meneer Reichmann en hij sloeg zich op zijn dij. Het maakte me op een rare manier gelukkig om hem zo tevreden over mij te zien, maar mijn geluk werd verduisterd door het vreemde gevoel dat ik weer aan boord van de reddingsboot was, dat ik alweer een keuze maakte zonder de consequenties daarvan werkelijk te overzien; maar dat gevoel verdween al snel weer en rustig liep ik de rechtszaal binnen, blij dat ik niets meer hoefde te doen, blij dat ik nu achterover kon leunen en meneer Reichmann zijn werk kon laten doen.

Gedurende die hele herfst en winter bleef meneer Glover artikelen over de schipbreuk van de *Empress Alexandra* binnensmokkelen. Op een keer bracht hij iets mee wat op de volledige lijst van overlevenden leek, en hoewel Hardies naam daarop niet voorkwam, waren we het erover eens dat je geen rekening kon houden met iemand die niet gevonden wil worden. Een andere keer nam hij een artikel mee dat over de bemanning van het gezonken schip ging. Het artikel ging grotendeels over kapitein Sutter, die een groot deel van zijn 42-jarige leven op zee had gesleten en die een vrouw en twee dochters achterliet. Net toen mijn hart samentrok uit medelijden met de twee dochters, viel mijn oog op de naam Brian Blake, die een paar regels verder op de loer lag. Ik vroeg meneer Glover of ik het artikel mocht houden en beloofde hem niet te verraden als mijn cipierster het zou vinden. Toen hij weer weg was, staarde ik lang, tot aan etenstijd, naar de alinea die ik hier overneem.

> *Kapitein Sutter was eveneens een vaderfiguur voor zijn bemanningsleden. 'Als je de kapitein goed behandelde, behandelde hij jou ook goed,' zei William Smith, officier aan boord van de* Empress Alexandra *en een van de weinige bemanningsleden die de schipbreuk overleefden. 'Maar je moest hem natuurlijk niet tegen je hebben.'*
> *Smith herinnerde zich hoe een andere officier, Brian Blake genaamd, een paar jaar eerder in Londen was gearresteerd voor heling. 'De kapitein zorgde er zelf voor dat Blakes naam werd gezuiverd en bewees dat een heel andere man schuldig was. Toen die andere man uit de gevangenis werd vrijgelaten, bood kapitein Sutter hem een baan aan. Dat zegt wel iets over het soort man dat de kapitein was.'*

Het drong niet echt tot me door dat die naamloze man niemand anders dan John Hardie was, en die nacht lag ik wakker, piekerend over het verhaal van William Smith en over wat ik al wist over Hardie en Blake. Had een eerdere gebeurtenis, waarbij Hardie de schuld had gekregen voor Blakes misdrijven, kwaad bloed gezet bij de mannen, of hadden ze samen iets crimineels uitgespookt, waarvoor Blake was vrijgesproken, maar Hardie niet? En als ze in het verleden hadden samengewerkt, kon het dan ook niet zo zijn dat ze samen een kist vol goud hadden weggehaald uit de kluishut van de *Empress Alexandra*? Ik wist uit de eerste hand dat Blake een sleutel voor die ruimte had, maar hij zou de zware kist nooit alleen hebben kunnen dragen. Als de twee mannen daarmee druk waren geweest, waren ze niet in de buurt van de radiohut geweest en hadden ze dus niet geweten dat er geen noodsignalen waren verzonden omdat het marconiapparaat kapot was. Dat zou verklaren waarom ze zo weigerachtig waren om de omgeving van het wrak te verlaten. Uiteindelijk vroeg ik me af of het hun initiatief was geweest om het goud te redden, of dat het in opdracht van iemand anders was, en ik vond dat ik het hun niet kwalijk kon nemen als ze het goud hadden gestolen, als ze dat al hadden gedaan.

Net na zonsopgang vouwde ik het krantenartikel tot een klein vierkantje en stopte het onder de rand van mijn matras. Ik besefte te laat dat Florence al wakker was en me in het schemerlicht aanstaarde. 'Wat is dat?' siste ze. 'Als je 't me niet vertelt, roep ik de cipier.'

'Waar héb je het over, Florence?' antwoordde ik zo rustig mogelijk. Ik wilde niet dat ze het artikel zouden afpakken. Misschien zag ik het als de sleutel tot iets, of misschien hechtte ik er waarde aan omdat alle gevangenen waarde hechten aan hun schamele bezittingen. Hoe dan ook, proberen het artikel te begrijpen gaf me iets te doen.

'Je stopte iets onder je matras,' zei Florence en ze duwde haar smalle gezicht tussen haar tralies. 'Ik zag je iets verstoppen. Ik zag het met mijn eigen ogen.'

'Dan verbeeld je je weer dat je dingen ziet,' zei ik, met een vleugje bezorgdheid in mijn stem. Ik wist dat Florence wanhopig graag geloofd wilde worden, dus ging ik verder: 'De cipierster zal gaan zoeken en niets vinden, want er is niets. En dan heeft ze alweer een reden om te denken dat je gek bent.' Florence keek me gekwetst aan, maar ze hield haar mond verder en net op tijd, want nog geen twee minuten later kwam de cipierster langs, klingelend met haar bel.

Af en toe haal ik het artikel tevoorschijn en probeer ik het te ontcijferen, op de manier waarop je probeert een raadsel op te lossen. Het doodt de tijd, maar ik heb nog geen duidelijke conclusie kunnen trekken of Hardie en Blake nu samenzwoeren of elkaars vijanden waren. Ik denk dat ze het allebei een beetje waren.

Getuigen

De weken verstreken, terwijl onze advocaten bewijs verzamelden en onze zaak voorbereidden. Gedurende die periode zag ik Hannah en mevrouw Grant alleen als we werden opgeroepen voor een hoorzitting, want ze zaten in een ander deel van de gevangenis; maar nu het proces begonnen is, zie ik hen dagelijks tijdens de ritten in het gevangenisbusje, van en naar het gerechtsgebouw. We zeggen maar weinig tegen elkaar, maar verschillende keren tijdens de rit en later in de rechtszaal, viel het me op dat mevrouw Grant naar me keek. Op andere momenten lijkt ze over mij te fluisteren met Hannah, maar er zijn ook lange periodes waarin ze terneergeslagen kijkt of in de verte staart, en ik vraag me af of ze nog steeds de grootse en krachtige gedachten koestert die ik in de boot aan haar toeschreef.

De route is elke ochtend hetzelfde: over de kinderkopjes van een brug, langs een kerk met een hoge torenspits, dan door een smalle straat met bakstenen gebouwen die baden in het bloedrode licht van de opkomende zon. 's Middags leggen we dezelfde route omgekeerd af, maar dan is de kleur van de huizen verbleekt en lijken ze eerder onderuitgezakt op hun funderingen te staan dan daarop te steunen. De mensen hangen lusteloos rond bij hun deuren, in afwachting van het lot. Waar denken ze aan? Was het liefde of iets anders dat een drieste jongeman noopte het meisje met wie hij samen liep in een deuropening te trekken en haar op haar mond te zoenen?

Afgezien van een paar uitzonderlijke gevallen, praat ik niet met Hannah of mevrouw Grant. Mijn advocaten hebben me aangeraden mijn gedachten voor mezelf te houden en meestal doe ik dat ook. Een uitzondering was die keer toen we terugreden naar de gevangenis op de eerste dag van het proces. De twee bewaaksters die ons gezelschap hielden praatten onderling en Hannah greep die gelegenheid aan om, misschien sarcastisch bedoeld, te zeggen: 'Wat vond je van de jury, Grace? Zijn de juryleden een beetje naar wens?'

Natuurlijk was ik nieuwsgierig geweest naar de mensen die een oordeel over ons zouden vellen, maar afgezien van het feit dat ze er doodgewoon uitzagen, was me niets speciaals aan hen opgevallen. Ik antwoordde dat ze me prima leken en dat ik hoopte dat ze onbevooroordeeld en met medeleven in hun hart naar de feiten zouden luisteren.

'En waarom vind jij ze zo prima? Vind je misschien dat ze er goed uitzien? Is dat het?'

'Met "prima" bedoel ik alert en intelligent, denk ik. Precies het soort mensen dat je kunt verwachten.' Toen vertelde ik Hannah wat meneer Reichmann me had verteld, dat ik geluk had dat twee van de juryleden familieleden hadden verloren aan boord van de *Titanic*.

'Ach, ja! Dat is nog eens mazzel hebben!' zei Hannah. Ik wist niet helemaal zeker wat ze bedoelde, maar ik wist inmiddels wel dat ik niet de oorsprong van haar woede was; ik was alleen een gemakkelijk doelwit. Telkens als ik naar Hannah keek, kostte het me moeite in haar de vrouw uit de reddingsboot te herkennen: die had een onafhankelijke en vurige geest gehad, terwijl ze nu nors en twistziek leek. Misschien werd datgene wat ik had bewonderd onderdrukt door de omstandigheden, of misschien had het alleen in mijn verbeelding bestaan. Mijn mening daarover veranderde met de dag, maar ik had dringender zaken aan mijn hoofd en Hannah leek niet meer zo belangrijk als voorheen.

'Let maar niet op Hannah,' zei mevrouw Grant. 'Ze is alleen maar boos omdat er geen vrouwen in de jury zitten.'

Stompzinnig genoeg riep ik uit: 'Maar hoe kan dat ook? Alleen stemgerechtigden mogen deel uitmaken van een jury en vrouwen hebben geen stemrecht!' Het duurde even voordat ik besefte dat ik Hannahs bezwaar precies had verwoord. Ik zweeg geschrokken en een tijdje hobbelden we verder zonder iets te zeggen. We waren bijna op de plek waar ik het paartje had zien zoenen, toen Hannah fluisterde: 'Ik weet zeker dat jij het prima vindt dat de jury uit mannen bestaat, of niet soms?' Ik liet haar echter het laatste woord hebben en keek uit het raampje. Ze was niet boos op mij persoonlijk, en als de hele wereld moest veranderen voordat zij zich daarin kon vinden, dan wenste ik haar alle geluk.

Het was tijdens een van de tochtjes terug dat Hannah voorover leunde om boven het geratel van de wagen uit te komen en in mijn oor fluisterde: 'Je bent niet zo zwak als je je voordoet.'

Vóór de reddingsboot had ik nooit na hoeven denken over fysieke kracht, tenminste niet over mijn eigen fysieke kracht; niettemin had mijn doorzettingsvermogen me verrast en dat zag ik als een zegening. Uiteraard werden degenen die waren ingestort, mentaal of fysiek, niet vervolgd. Hannah en mevrouw Grant wezen erop dat we in zekere zin werden gestraft omdat we sterk waren geweest, maar daar was ik het niet mee eens. Toen ik tijdens een hoorzitting de kans kreeg iets te zeggen tegen de rechtbank, bedankte ik de Here dat hij me tot dusver had gespaard en zei ik dat ik vol vertrouwen in Hem en de jury was, dat zij de bewijzen zouden afwegen en het juiste oordeel zouden vellen. De advocaten betoogden dat wij drieën amper een gevaar voor de samenleving betekenden – we hoefden niet gevreesd te worden of te worden gerehabiliteerd, want de kans was uiterst klein dat we nogmaals in een soortgelijke situatie terecht zouden komen.

Gedurende eenentwintig dagen was ik omringd geweest door mensen die hun verstand waren verloren, of die 's nachts de geest hadden gegeven, maar mij was dat bespaard gebleven. Ik weet niet waarom. In zijn openingstoespraak zei de aanklager: 'En waarom overleefde u wel? Waarom bent u alle drie niet bezweken aan de elementen? Waarom werd u niet ziek en zwak, zoals zoveel anderen? En waarom zou iemand die werkelijk sterk was, niet zo edelmoedig zijn geweest om overboord te springen om zo anderen te redden?'

'En wie is waarlijk zo edelmoedig?' vroeg mevrouw Grant op haar beurt. 'Zou u dat zijn?' Kennelijk was het niet de bedoeling dat ze antwoord gaf, want de rechter sloeg met zijn hamer en zei tegen de jury dat die haar antwoord moest negeren. Toen we aan het einde van de dag het gerechtsgebouw verlieten, werden we opgewacht door een groep verslaggevers. 'Waarom hebt u het overleefd?' riepen ze. 'Kunt u ons vertellen waar u de kracht vandaan haalde?'

Later stampte Hannah met haar voet op de vloer van het gevangenisbusje en riep: 'Wat is dit? Een heksenproef? Is verzuipen de enige manier waarop we onze onschuld kunnen bewijzen?' Ik antwoordde dat er misschien een fundamenteler punt gemaakt kon worden over onschuld, dat iemand misschien niet zowel onschuldig als nog in leven kon zijn, maar Hannah keek me kil aan en wendde zich weer tot mevrouw Grant. Misschien was ze boos dat ik degene was geweest die de journalisten van repliek had gediend, toen ze vroegen waarom we het hadden overleefd. Ik kon alleen maar antwoorden, hoewel ik allang niets meer aanhing wat op een traditioneel geloof leek: 'De genade Gods.' De volgende dag kopten de kranten in vette letters: SAVING GRACE, en onder de kop volgde een kort stukje waarin aan mijn naam een mystieke betekenis werd toegekend.

Van meet af aan stonden de pers en de anderen sympathieker tegenover mij dan tegenover mevrouw Grant en Hannah, die me hier al vroeg op wezen en zeiden: 'Zeg nu zelf, Grace. Je bent net onschuldig genoeg om ermee weg te komen.' Als iemand zoiets tegen je zegt, heb je de neiging jezelf te verdedigen en ik antwoordde dat zij en mevrouw Grant het over zichzelf hadden afgeroepen door zo tegen de verwachtingen van het publiek in te gaan. Maar uiteindelijk besefte ik dat we allemaal moesten besluiten wanneer we tegen de conventies in het geweer kwamen en wanneer we die aanvaardden, en dat we daarin geen van drieën veel verschilden.

De belangrijkste getuigen tegen ons waren meneer Preston en kolonel Marsh. Het uniform van de kolonel was versierd met kleurige lintjes en onderscheidingen. Hij zwoer op de bijbel dat hij de waarheid zou spreken en stak toen van wal met een opsomming van aperte leugens. Hij verklaarde dat hij had geprobeerd meneer Hardie tegen ons te beschermen, maar dat hij veruit in de minderheid was geweest en doodsbenauwd was geweest dat de vrouwen zich tegen hem zouden keren als hij volhardde in zijn tegenstand. Ik sprong op, omdat ik vond dat de rechter moest horen hoe kolonel Marsh meer dan eens ruzie had gemaakt met meneer Hardie over het benaderen van de andere reddingsboten en hoe hij zich tegen hem had gekeerd tijdens het proces van mevrouw Grant. Maar meneer Glover trok me terug op mijn zitplaats en daar bleef ik verbijsterd zitten terwijl de kolonel vertelde dat we, nadat we meneer Hardie uit de boot hadden gegooid, ook meneer Hoffman overboord hadden gewerkt. De kolonel zei: 'Meneer Hardie vormde een gevaar, dat klopt, echter niet voor de veiligheid van de vrouwen, maar voor hun status. Het was van meet af aan duidelijk dat Ursula Grant de touwtjes in handen wilde hebben en dat meneer Hardie en zijn steun en toeverlaat, meneer Hoffman, haar daarbij in de weg stonden.'

Ik verwachtte dat meneer Preston hem op dit punt zou tegenspreken, als het ging om de precieze beweegredenen voor ons handelen en de rol die de kolonel had gespeeld, maar toen hij uiteindelijk in het getuigenbankje stapte, zette hij met trillende handen zijn bril op en leek hij niet zo zeker van zichzelf. Hoe dan ook, hij zweeg over het onderwerp en ik vermoed dat de aanklager hem had gewaarschuwd alles weg te laten wat de kolonel niet zou bevestigen. Na een tijdje leek hij zijn zelfvertrouwen terug te vinden en hij was alweer bijna de oude toen hij de aanklager hielp de gebeurtenissen in een tijdlijn te plaatsen. Hij ratelde vol zelfvertrouwen data en hoeveelheden op, maar zonder een verbindend verhaal snapte ik niet veel van zijn getuigenverklaring en ik zag de voorzitter van de jury in verwarring zijn hoofd schudden, terwijl hij probeerde greep te krijgen op alle feiten en cijfers.

Het duurde een paar dagen voordat de aanklager zijn requisitoir tegen ons had afgerond, waarna de verdediging aan zet was. De overgebleven Italiaanse vrouw was teruggekeerd naar Italië. Niemand wist of zij degene was die meneer Hardie met een vogelvleugel in de ogen had gestoken of dat dit een van de twee overleden vrouwen was geweest, maar noch de aanklager noch de advocaten lieten enige interesse hiervoor blijken. Daarmee bleven er, afgezien van ons drieën, veertien vrouwelijke overlevenden over, van wie er twaalf persoonlijk voor ons kwamen getuigen of verklaringen onder ede hadden ingestuurd. Alle twaalf zeiden ze dat ze allang dood waren geweest als Hannah of mevrouw Grant er niet was geweest, zelfs degenen die toegaven dat ze als gevolg van geestelijke of lichamelijke uitputting geen betrouwbare weergave meer konden geven van de gebeurtenissen op die dag in augustus. Hun verklaringen waren duidelijk gerepeteerd, want ze gebruikten allemaal dezelfde woorden en zinsneden, zoals 'Meneer Hardie was ontegenzeggelijk gek geworden en vormde een gevaar voor ons allen', en 'mevrouw Grant was onze rots in de branding' of 'een veilige haven', en Hannah was 'het licht dat ons naar die haven leidde'. Ze waren unaniem van mening dat 'niemand ook maar een vinger naar meneer Hoffman had uitgestoken, die helemaal uit zichzelf overboord was gesprongen'.

Als je naar hen luisterde, was het alsof je de leden van een religieuze sekte hun geliefde leider hoorde prijzen, en de kranten noemden hen de Twaalf Apostelen, vanwege hun niet-aflatende ondersteuning. Gedurende al hun zich herhalende getuigenverklaringen staarde mevrouw Grant hen aan met haar karakteristieke bezorgdheid, terwijl Hannah hun haar serene hogepriesteressenglimlach toezond. Zelfs de rechter was hiervan onder de indruk, want ik zag hem naar die twee staren, verwonderd en misschien zelfs een beetje betoverd. Ik kon niet anders dan concluderen dat de hele vertoning een voorbeeld was van de macht die mevrouw Grant over mensen had en daarmee de bewering van mijn advocaat onderstreepte, dat het ook de soort macht was die ze over mij had gehad.

In het begin vuurde de aanklager de ene na de andere vraag op de vrouwen af, in de hoop de litanie van 'dat weet ik niet meer' en 'een veilige haven, het licht' te doorbreken, maar nadat de derde vrouw in tranen was uitgebarsten hield hij daarmee op, ik neem aan omdat hij doorkreeg dat hij daardoor hardvochtig leek, van zins om mensen die al genoeg geleden hadden pijn te doen. Inmiddels moet iedereen hebben begrepen dat de twaalf vrouwen één front vormden en hun verklaringen op elkaar hadden afgestemd, omdat ze vonden dat we hun bescherming nodig hadden, en waarom hadden we hun steun nodig als we niets verkeerds hadden gedaan? Dit lag nogal voor de hand en meer dan eens keken de juryleden alsof zij zichzelf precies dezelfde vraag stelden. Al even schadelijk waren de overtuigende leugens van kolonel Marsh. Gekleed in vol militair ornaat was de kolonel een indrukwekkende getuige en als ik niet beter had geweten, had ik hem zelf ook geloofd.

De enige keer dat de twaalf vrouwen afweken van hun script, was toen meneer Reichmann Greta opnieuw naar het getuigenbankje riep en haar vroeg over mijn relatie tot Hannah en mevrouw Grant. Hij zei: 'Jullie hebben steeds over Hannah West en Ursula Grant gesproken alsof ze een en dezelfde persoon waren.'

'Ze waren het over veel zaken eens en werkten nauw samen om te zorgen dat het goed ging met de andere vrouwen,' zei Greta.

'En de mannen dan? Zorgden ze ook zo goed voor de mannen?'

'Ik denk dat ze ervan uitgingen dat de mannen zichzelf wel konden redden.'

'Maar er staan hier drie mensen terecht. Zou u Grace Winter omschrijven als iemand die nauw samenwerkte met de andere twee?'

'Nee, integendeel. Grace was erg terughoudend. Ze leek meer naar meneer Hardie te luisteren dan naar mevrouw Grant. We namen aan dat dit kwam omdat ze zich niet op haar gemak voelde bij het idee van een vrouwelijke leider. Ze was met een machtige bankier getrouwd, weet u, dus misschien verklaart dat iets. Ik dacht ook dat ze zich misschien schuldig voelde over onze penibele situatie, aangezien zij nog aan boord kwam nadat de boot al vol was. Als ze al veel met iemand optrok, was dat Mary Ann.'

Toen liet hij Greta de brief zien die ze me had gestuurd en waarin ze had geschreven: 'De advocaten zeggen dat ik je helemaal niet moet schrijven, omdat het anders misschien lijkt alsof we samenzweren. Zeg maar tegen mevrouw Grant dat ze zich geen zorgen hoeft te maken. We weten allemaal precies wat we moeten doen!' en hij vroeg: 'Hebben u en de andere vrouwen hun getuigenverklaringen op elkaar afgestemd?'

'Natuurlijk niet,' zei Greta. Meneer Reichmann was zo briljant dat het niet uitmaakte wat Greta antwoordde, en haar ontkenning noopte hem tegen de jury te zeggen: 'Ziet u nu hoeveel macht Ursula Grant en Hannah West over deze vrouwen hadden? Waarom zou ook Grace niet vatbaar zijn geweest voor dezelfde beïnvloeding?'

Wie had kunnen denken dat op de laatste dag waarop de aanklager tegenbewijs mocht leveren, Anya Robeson zou verschijnen en de meest schadelijke getuigenverklaring van allemaal zou afleggen? Ze had nergens aan meegedaan. Ze had geen vinger uitgestoken om water uit de boot te hozen of zich om de zieken te bekommeren, maar toen ze dit tegenover de jury toegaf, klonk het allerminst laakbaar, want ze had immers de kleine Charles als excuus.

De aanklager kwam met een model van de reddingsboot op de proppen, compleet met veertig gaten om de zitplaatsen voor negenendertig pionachtige figuurtjes aan te duiden. De pionnen waren voorzien van de namen van de overlevenden, en hij gaf er verschillende aan Anya en vroeg haar ze op de plekken te zetten waarop we hadden gezeten ten tijde van het proces tegen meneer Hardie. Meneer Reichmann maakte bezwaar tegen de hele vertoning en zei dat de veertig geboorde gaatjes impliceerden dat de boot voor veertig personen was gebouwd, terwijl we al in een eerdere getuigenverklaring hadden gehoord dat de reddingsboten op een kleinere schaal waren gebouwd dan conform de plannen was vereist. Nadat zijn bezwaar was afgewezen, plaatste Anya het figuurtje dat voor Mary Ann stond naast dat van mij. Ze vond ook de plekken voor Hannah, mevrouw Grant en meneer Hardie, en zette toen haar eigen figuurtje in het gat precies achter Mary Ann. 'Ze dachten dat ik niet in de gaten had wat er speelde, omdat ik me volledig op mijn zoon richtte,' zei ze, 'maar ik heb alles gezien.' En toen ging ze door met haar beschuldigingen tegen ons drieën. Ze beschreef hoe Hannah en ik, op bevel van mevrouw Grant, met meneer Hardie hadden gevochten en hem tegen zijn benen en knieën hadden geschopt, tot hij in elkaar was gezakt. Ze vertelde hoe Mary Ann was flauwgevallen, maar dat wij tweeën meneer Hardie, die ernstig gewond was aan zijn arm, gemakkelijk hadden aangekund. Op één punt had ze gelijk: we hadden haar amper opgemerkt in de boot, maar als je erover nadenkt, was het haar wel gelukt haar zoon te redden en dat was het enige wat haar voor ogen had gestaan.

Meneer Reichmann kreeg haar vervolgens zover dat ze verklaarde dat ik, in tegenstelling tot de meeste andere vrouwen, niet tegen Hardie had gestemd. Bij verder verhoor zei ze dat ik na de dood van meneer Hardie was teruggegaan naar mijn zitplaats naast Mary Ann en daarna ook weinig contact meer had gehad met Hannah en mevrouw Grant. Ze zei dat ze ons beiden duidelijk had kunnen zien en ook kon horen wat we tegen elkaar hadden gezegd.

'En wat zeiden ze tegen elkaar?'

'Ze maakten ruzie, denk ik, want Mary Ann leek erg van streek. Maar ze moeten hun meningsverschil hebben bijgelegd, want ze zaten gezellig tegen elkaar aan gedurende de laatste paar dagen, behalve als Grace meneer Nilsson hielp bij het sturen. Sterker, Mary Ann legde haar hoofd op de schoot van Grace toen ze stierf. Mary Ann moet tegen Grace hebben gezegd dat zij haar verlovingsring moest bewaren, als een herinnering voor Robert – Robert was de verloofde van Mary Ann – want Grace schoof de ring aan haar eigen vinger voordat we Mary Anns lichaam overboord gooiden.'

Ik luisterde met veel belangstelling naar dit deel van de getuigenverklaring, want ik wist me maar erg weinig te herinneren over de dagen vanaf meneer Hardies dood en onze redding een week later, en soms vroeg ik me af wat er precies met Mary Ann was gebeurd. Ik herinnerde me vaag dat ik gedacht had dat Robert Mary Anns ring graag terug zou willen hebben, maar als ik die van haar vinger heb gehaald, moet ik hem zijn kwijtgeraakt, want nu heb ik hem zeker niet meer. Nadat de rechtszitting was afgelopen, werd me de volle omvang van de ontwikkelingen van die dag duidelijk en zei ik tegen meneer Reichmann: 'We kunnen wel inpakken. Hiermee is elke kans op vrijspraak verkeken!' In zijn ogen schitterde een onverklaarbare vreugde, terwijl hij me op de gang in een nisje trok en zei: 'Hoe bedoelt u? Die getuigenis over de stemming was een ongelooflijk mazzeltje! En zowel mevrouw Robeson als Greta heeft goed werk geleverd door u van de twee andere verdachten te onderscheiden. Maar waarom hebt u mij niets over Mary Ann verteld?'

'Wat wilt u weten?' vroeg ik.

'Dat ze met haar hoofd in uw schoot lag toen ze overleed!'

'Misschien was dat zo, maar ik ben die dag helemaal kwijt. U hebt mijn dagboek. Daarin staat alles wat ik me kon herinneren. Als ik me meer had herinnerd, had ik het opgeschreven, maar ik weet bijna niets meer van die laatste paar dagen.'

‘Het wordt tijd dat u zich wat minder passief opstelt,’ zei meneer Reichmann, terwijl hij zijn jas dichtknoopte om op weg te gaan naar waar hij ook heen mocht gaan aan het einde van de dag.

Ik rechtte mijn rug, op een manier zoals ik lang niet had gedaan en toen hij klaar was met zijn knopen, keek ik hem recht aan, zoals een gelijke doet. ‘Denkt u dat ik acteer, meneer Reichmann?’ Hij keek me even doordringend aan, maar toen knipoogde hij en zei hij: ‘Nee, nee, het had vandaag niet beter kunnen verlopen.’ Hij had mijn vraag niet beantwoord, maar zijn woorden vervulden me met een irrationele hoop, dus wenste ik hem hartelijk een goede avond, voordat ik me herinnerde dat ik, ook al had ik reden optimistisch te zijn, nog niet vrij was. ‘Ik neem aan dat u naar huis gaat, waar een lieve vrouw en een goede maaltijd op u wachten,’ zei ik, terwijl ik het vleugje verbittering probeerde te onderdrukken dat ik voelde, toen ik dacht aan alles wat Henry en ik nooit zouden hebben.

‘Och hemel, nee!’ riep hij uit. ‘Een vrouw zal me alleen maar voor de voeten lopen.’

‘Dan hebt u de juiste nog niet ontmoet. Iedereen weet dat achter iedere succesvolle man een vrouw staat. Dat is een van de redenen dat Henry met me trouwde.’

‘Maakt u zich geen zorgen om mij. Let vooral op uzelf. Het wordt tijd dat u een paar serieuze besluiten neemt over uw toekomst.’

Ik moest lachen, ondanks de ernstige aanklachten tegen mij. Meneer Reichmann was briljant en erg goed in wat hij deed, maar hij bleef een man en mannen wisten maar zelden welke besluiten een vrouw al dan niet had genomen.

Besluiten

Het kon me niet veel schelen dat ik tijdens het hele proces werd neergezet als besluiteloos. Het is waar dat ik me niet duidelijk voor of tegen het plan om Hardie te vermoorden heb uitgesproken. Daarvoor ben ik door beide kampen bekritiseerd; maar of het nu kwam omdat die dagen in de reddingsboot een zware wissel op me hadden getrokken, of omdat het niet in mijn aard ligt om hevige emoties te voelen, dat kan ik niet zeggen. Zelfs door mijn huwelijk met Henry, dat me om uiteenlopende redenen erg blij maakte, raakte ik niet in het soort vervoering dat Mary Ann beschreef, telkens als ze het over haar Robert had. Af en toe voelde ik iets dergelijks, maar het was geen plezierig gevoel – ik vergeleek het met hysterie en dacht dat het maar beter was om het onder controle te krijgen, of te onderdrukken. Trouwens, kijk maar eens wat er is gebeurd met diegenen die hevige emoties hadden en die uitten: de diaken is overboord gesprongen; Hardie en Mary Ann zijn dood; en mevrouw Grant en Hannah zitten in de gevangenis. Ik ook, natuurlijk, maar ik reken me niet tot hen en heb dat ook nooit gedaan.

Bovendien, toen het leek dat mevrouw Grant haar zin zou krijgen, besloot ik meteen om mijn hoop op haar en de rest van hen te vestigen, en uiteindelijk bleef alleen meneer Hoffman onverzettelijk in zijn steun voor Hardie. Toen ik eenmaal mijn besluit had genomen, bleef ik daar niet over doorzeuren en ook betreurde ik mijn beslissing niet. Ik werd hiertoe niet gedwongen en ondanks aandringen van mijn advocaat, wilde ik niet getuigen dat ik door een expliciete of impliciete dreiging met fysiek geweld werd overgehaald om het kamp van de vrouwen te kiezen. Hij moest er genoegen mee nemen om te kunnen zeggen: 'Stelt u zichzelf eens voor in Grace' situatie, opgescheept met deze machtige vrouwen in een boot van slechts zeven meter lengte, omringd door niets anders dan open zee. U hebt zojuist gezien hoe een man door deze vrouwen ter dood was veroordeeld. Zou ook u niet, uit angst voor uw leven, precies doen wat van u werd gevraagd?'

Ik wilde niet verklaren dat dit door mijn hoofd was gegaan op het moment dat ik meneer Hardie uit de boot gooide. Ik sprak meneer Reichmann zelfs tegen, toen het uiteindelijk mijn beurt was om in het getuigenbankje plaats te nemen, maar hij wendde zich tot de jury en zei: 'Is het niet zonneklaar dat ze nog steeds bang is voor hen?'

Deze ondervragingsmethode herhaalde zich verschillende keren tijdens het proces. Op een bepaald moment vroeg de aanklager me of de vrouwen ooit direct door meneer Hardie waren bedreigd, en dat moest ik ontkennend beantwoorden. Mijn eigen advocaat draaide die vraag toen om en vroeg me of ik ooit was bedreigd door Hannah of mevrouw Grant, waarmee hij duidelijk impliceerde dat als ik me niet meegaand had opgesteld, mij misschien hetzelfde lot als meneer Hardie beschoren zou zijn. 'Niet direct bedreigd, dat niet,' antwoordde ik. 'Vreesde u, op enig moment, voor uw leven?' vroeg hij me vervolgens. 'Ja,' antwoordde ik, want uiteraard vreesde ik voor mijn leven, al sinds de explosie aan boord van de *Empress Alexandra*. Zelfs nadat ik antwoord had gegeven, bleef meneer Reichmann soortgelijke vragen afvuren, op een steeds vijandiger toon. 'Mevrouw Winter, ik denk dat u liegt. Voelde u zich bedreigd?' vroeg hij steeds opnieuw en zijn felheid verbaasde me.

'Ja!' riep ik uiteindelijk. 'Ik voelde me elke dag bedreigd!' en pas later besefte ik hoe geniaal de techniek van meneer Reichmann was geweest, want door de antwoorden meteen op de vraag te laten volgen, had hij het voor elkaar gekregen dat de jury de verkeerde conclusie had getrokken en dacht dat ik bang was geweest voor Hannah en mevrouw Grant.

Tijdens de volgende onderbreking nam meneer Reichmann me apart en zei: 'U hebt die boot overleefd, nu moet u ook hier zien te overleven. En maak niet de fout om te denken dat de situatie hier zoveel anders is.'

'Wat bedoelt u?' vroeg ik. Hij schonk me een veelbetekenende blik, zo'n blik die de advocaten elkaar toewierpen tijdens een twijfelachtige getuigenverklaring en het soort blik dat Hannah en mevrouw Grant voortdurend uitwisselden, zowel op de boot als in de rechtszaal. Hij zei: 'Als u iemand moet opofferen om uzelf te kunnen redden, dan garandeer ik dat u daar deze keer niet voor vervolgd zult worden.'

Als voorbereiding op mijn getuigenis repeteerden meneer Reichmann en ik een reeks vragen, die meneer Ligget en meneer Glover hadden voorbereid. De twee assistenten bleven daarbij op de achtergrond, tot het moment dat een van beiden de rol van de aanklager op zich nam en andere, agressievere vragen begon te stellen. Tijdens zo'n vragenvuur veranderde zelfs de bleke meneer Ligget: zijn bleke gelaat vertrok en zijn rode lippen krulden zich tot een angstaanjagend hatelijke grijns. Ik wierp meneer Glover, die altijd vriendelijk was geweest en zijn uiterste best had gedaan om me op mijn gemak te stellen, een gekwetste blik toe, maar hij ontweek mijn blik, alsof hij me helemaal niet zag. Toen het zijn beurt was om de rol van de aanklager te spelen en mij te ondervragen, merkte ik dat hij er een nauwelijks verholen genoegen in schepte dat hij nu op een bepaalde manier de baas was, alsof onze rollen waren omgedraaid en hij me kon straffen voor wat hij kennelijk als een blijk van geringschatting opvatte, iets waarvan ik me absoluut niet bewust was geweest. Ik kon me niet aan de indruk onttrekken dat hij niet zo aardig was als ik me had voorgesteld, en het was een opluchting toen meneer Reichmann het van hem overnam, want hij was tijdens alle oefensessies zonder uitzondering vriendelijk en vol respect geweest. Hij speelde altijd zichzelf, wierp zich altijd op als mijn standvastige pleitbezorger tegenover de aanklager, die zo goed door zijn confrères werd neergezet. Verschillende keren gaf hij me een compliment voor mijn 'dagboek' en zei dat het nuttig was geweest bij het voorbereiden van de zaak, maar dat iedereen het erover eens was dat het niet als bewijsmateriaal moest worden ingediend.

Door deze oefensessies wist ik dat de aanklagers mij moeilijke vragen zouden stellen, dat ze zouden proberen me zover te krijgen dat ik iets eruit zou flappen wat ik nog niet had opgebiecht en waarmee ik de verdenking op mezelf zou laden. Maar er was natuurlijk niets nieuws om te bekennen en hoewel het proces een onplezierige ervaring was, kwam ik er redelijk goed van af. Waar ik niet op was voorbereid, was dat meneer Reichmann, die zo emotieloos en kalm was geweest tijdens de oefensessies, zich tegen mij keerde met een felheid die me tot in mijn binnenste raakte. De lampen rammelden onder zijn bulderende stem en op een bepaald moment smeet hij een boek zo hard neer op de tafel dat de rechter met zijn hamer sloeg en hem eraan herinnerde dat ik geen weigerachtige getuige was en dat hij rustig aan moest doen.

Aan het einde van de dag was ik slap van vermoeidheid en toen meneer Reichmann triomfantelijk naar me glimlachte en 'Het spijt me' mimede, wist ik niet wat ik daarvan moest denken.

Ik was de eerste van de aangeklaagden die moest getuigen

en ik voelde een enorme opluchting toen het afgelopen was. Ik keek naar de juryleden, die alles wat gezegd werd in zich opnamen en erover nadachten, maar wier gezichten niets prijsgaven. Uitgeput en op het punt in tranen uit te barsten, sloeg ik mijn ogen neer. Mijn handen beefden en ik besefte dat mijn kracht, zo afgenomen door de weken in de reddingsboot, nog niet helemaal op de oude sterkte was en dat ik er, vergeleken bij de andere aangeklaagden, ellendig en zwak uitzag.

Als ik erop terugkijk, begrijp ik dat meneer Reichmann vanaf het begin van plan was een onderscheid duidelijk te maken tussen mij en de andere twee vrouwen, en het is waar dat mevrouw Grant er angstwekkend uitziet. Ze kleedt zich uitsluitend in het zwart. Haar haar, dat ze in de boot in een strakke knot had getrokken, is nu bijna helemaal afgeschoren en ondanks de negen kilo die ze tijdens de beproeving in de boot is kwijtgeraakt, is ze nog steeds stevig, en het is niet moeilijk te begrijpen waarom de anderen zich aan haar vastklampten alsof ze de aarde zelf was. Een meneer Grant of kleine Grantjes kwamen niet ter sprake – ze stond alleen in het leven. Zij was de enige die niet huilde om wat we verloren hadden. Ook huilde ze niet tijdens het proces en dat pleitte natuurlijk tegen haar. Hannah is lang en uitgemergeld en ziet er boos en gevaarlijk uit. Ze heeft me toevertrouwd dat haar advocaten hebben geprobeerd haar uiterlijk voor het proces wat zachter te maken door haar jurken te laten dragen zoals ik die draag, maar ze wilde er niets van weten en blijft zich in broeken hullen. Ik luisterde maar wat graag naar de adviezen op dit punt: ik wissel af tussen een duifgrijs pakje en een donkerblauwe jurk met een hoge kraag en kant aan de manchetten, die mijn advocaten voor mij hebben gekocht, al weet ik niet van wiens geld. Hannah vertelde me dat ze verschillende jurken heeft, in grijs en groen, die haar echtgenoot voor haar had meegebracht uit Chicago, maar ze wilde die niet dragen. Ik schrok toen ik erachter kwam dat ze getrouwd is, want daarover heeft ze geen enkele keer gesproken. Er ging een gerucht dat ze niet bezocht wilde worden door haar echtgenoot en dat ze van plan was geweest van hem te scheiden, maar hierover zei ze nooit iets tegen mij. Ook probeerde ze het litteken, dat als een rode streep over haar wang loopt, niet te verbergen. In plaats van sympathie op te wekken, lijkt ze daardoor op een piraat, maar toen ik dit tegen haar zei, antwoordde ze: 'Een piraat, zie ik er zo uit? Dan past mijn uiterlijk wel bij de gevoelens in mijn hart.'

Voordat ik in de reddingsboot terechtkwam, had ik nooit over de zee nagedacht, zelfs niet aan boord van de *Empress Alexandra.* Het was niet meer dan een pittoreske achtergrond voor mijn leven met Henry, hooguit een plas, veranderend van blauwtinten, of een roerige bron van ongemak, die misschien misselijkheid veroorzaakte, maar geen echte ziekte; en soms geloof ik dat ik werd gedwongen – of ben uitverkozen – om die eenentwintig dagen in de reddingsboot te verdragen, zodat ik de natuur nooit meer zou zien als een tuintje voor de mensheid en zodat ik het begrip 'macht' nooit meer zou zien als Henry, als hij de sleutel van de kluis in zijn zak stak, of als rechter Potter, die de leiding heeft over onze rechtszaak.

Naarmate er meer tijd verstrijkt en de gebeurtenis meer theorieën, verhalen, geruchten en getuigenverklaringen genereert, wordt deze minder duidelijk, minder een kwestie van een objectiveerbare realiteit – de oceaan of de lucht of de honger of de kou – en meer een brouwsel van leunstoelcommentaar van journalisten en moralisten. Er is niemand te vinden die niet zijn zegje erover heeft gedaan, en Hannah vraagt zich daardoor af welk belang je zou moeten hechten aan de achteloze opmerkingen van anderen. Ik weet het niet. Ik vraag me wel af wat Henry ervan zou hebben gevonden. Henry was zo besluitvaardig als maar kon. We hadden hem goed kunnen gebruiken in de boot, en vaak vraag ik me af hoe alles gelopen zou zijn als hij daar bij me was geweest. Met mijn man aan mijn zijde was ik natuurlijk ook nergens van beschuldigd, zeker niet van het feit dat ik, zoals de kranten schreven, 'anti-man' zou zijn.

Ik mis Henry. Met hem in de buurt voelde het minder als een vereiste om zelf karakter te hebben, omdat zijn karakter zo duidelijk omlijnd en onbuigzaam was. Maar boven alles: bij Henry voelde ik me veilig, wat ironisch is, want als we elkaar niet hadden ontmoet, had ik nooit de kans gekregen aan boord van de *Empress Alexandra* te gaan. Zonder hem voel ik me kwetsbaar, compleet overgeleverd aan het oordeel van anderen. Er is waarschijnlijk veel hierover geschreven – ik weet dat niet, want het is niet het soort boeken dat ik lees – maar ik denk dat mensen een paar horen te vormen, dat ze samen moeten optrekken, dat ze moeten trouwen. De voordelen daarvan zie je zelfs in het voorbeeld van Hannah en mevrouw Grant, in de kracht die ze in elkaar hebben gevonden, hoewel ze natuurlijk niet getrouwd zijn en dat ook nooit zullen zijn. Hoe dan ook, zij hadden de sterkste band van ons allemaal, en zij zijn degenen die het minst te lijden hebben gehad van de hele ervaring. Goed, ze zitten in de gevangenis, en dat zal zeker het lijden goedmaken dat ze op zee zijn misgelopen, maar ik bedoel: zij leken degenen die het minst te lijden hadden gehad onder de beproeving in de reddingsboot. Soms vraag ik me af of ze ook waren opgesloten als mevrouw Grant een man was geweest.

Op een nacht, terwijl ik uitkeek over het zwarte water dat

zich uitstrekte onder de eindeloze hemel van sterren en de kleine luminescenties van de zeedieren bewonderde, die alleen te beschrijven waren door het cumulatieve effect dat een grote massa ervan veroorzaakte, was ik opeens niet meer bang. Ik had me God altijd voorgesteld als iemand die boven ons zweefde, glimlachend of fronsend boven de wolken, afhankelijk van zijn stemming en of hij al dan niet blij met ons was. Misschien woonde hij op de zon en blies hij hevige stormen uit zijn wangen om ons te wekken uit onze apathie of ons het liegen en bedriegen te ontmoedigen. Nu weet ik echter dat hij zich in de oceaan bevond, zich daar schuilhield, hand in hand met Hardie, en zich verhief in die grote golven en willekeurige deeltjes van zichzelf over de rand van de boot liet slaan.

Ik was niet van plan hier iets over te zeggen tijdens de rechtszaak, want ik heb genoeg meegemaakt om te weten dat persoonlijke openbaringen ofwel worden gezien als ketterij of als gekte, maar ik vertelde het tijdens een van de gesprekken met meneer Reichmann, die zei dat het een goede strategie was om in God te geloven en dat ik het maar moest gebruiken voor zover ik dat wilde, want de jury begreep wat geloof was, zolang ik maar niet al te specifiek werd. 'Ze begrijpen helemaal niets,' wilde ik zeggen, maar ik beet op mijn tong.

Zonder de diaken om me spiritueel de weg te wijzen – al was die naar mijn smaak wat somber – was ik genoodzaakt zelf de weg te vinden. Ik probeerde me flarden uit de Bijbel te herinneren, stukjes van preken die indruk op me hadden gemaakt, maar dat waren er niet zoveel want ik was niet zo'n aandachtige luisteraar. Ik was meer visueel ingesteld of, in feite, meer iemand die liever dingen doet dan ze eindeloos te overdenken. Ik herinnerde me het licht dat door de gebrandschilderde ramen scheen, het glanzende, zojuist gewassen haar van de meisjes in het koor, de kinderen die in de banken schuifelden totdat ze eindelijk werden vrijgelaten en naar de Bijbelles mochten, de plotselinge stilte die inviel nadat ze waren weggegaan en hoe ik had verlangd met hen mee te mogen, zelfs toen ik volwassen was. Ik herinnerde me het paars-met-witte gewaad dat de dominee had gedragen en de elegante hoedjes die de vrouwen van de parochie droegen, meer nog dan wat er was gezegd.

Na drie weken in de reddingsboot en twee weken in de rechtszaal luister ik nu wel aandachtiger. Ik hoorde bijvoorbeeld hoe mevrouw Grant tegen Hannah zei dat ze in een watervaatje naar een houten kistje moest zoeken, hoewel ik deed alsof ik het niet hoorde. Ik hoorde hoe de rechter Hannahs getuigenis over wat Mary Ann haar had verteld over de juwelen die Hardie in zijn bezit zou hebben afwees en zei dat het informatie uit de derde hand was en niet op feiten was gestoeld. Ik hoorde hoe dr. Cole me gebrek aan wilskracht verweet en zei dat ik gemakkelijk beïnvloedbaar was, en ik hoorde meneer Reichmann zeggen dat hij niet dacht dat alle getrouwde vrouwen hetzelfde waren. En toen de jury verklaarde dat ik niet schuldig was, hoorde ik dat net zo duidelijk als ik de misthoorn had gehoord, op de zevende dag.

Hannah en mevrouw Grant werden schuldig bevonden aan moord met voorbedachten rade, en pas toen ze door de cipierster werden weggevoerd, leek het alsof er een laatste ketting werd opgerekt totdat die niet langer tegen de kracht was opgewassen en knapte. Ik keek ze na, maar alleen Hannah keek achterom. Er gloeide iets van het oude vuur in haar ogen en ik vond het jammer dat ik haar waarschijnlijk voor het laatst zag. De rechter zei: 'Mevrouw Winter, u bent vrij om te gaan,' maar ik bleef als bevroren staan bij de tafel van de verdediging en keek hoe de stenograaf zijn spullen opruimde, terwijl de banken van de rechtszaal leegliepen. Dit duurde even, want de rechtszaal zat helemaal vol mensen die de uitspraak wilden horen. Uiteindelijk bleven alleen mijn advocaten en ik achter in de hoge, hol klinkende ruimte. Meneer Glover wilde graag met me lunchen om het te vieren. Ik wilde me tot meneer Reichmann wenden om te vragen of hij ons wilde vergezellen, maar zijn solide aanwezigheid was verdwenen van mijn zijde en ik had een vreemd, verontrustend gevoel over wat mijn nieuw verworven vrijheid werkelijk zou betekenen.

Sommige van die emoties moeten op mijn gezicht te lezen zijn geweest, want net toen meneer Glover zijn arm als steun uitstak – en ik op het punt stond die vast te pakken – ontwaarde ik meneer Reichmann in een duister hoekje van de rechtszaal, waar hij met een elegante vrouw praatte, die net opstond. Hoe ik ook had geprobeerd me haar gezicht voor te stellen, ik had nooit gedacht dat ze zou glimlachen, en dat deed ze nu. 'Dank u wel, meneer Glover,' zei ik, 'maar het gaat alweer.' Ik liep op haar af en probeerde het bonken van mijn hart zo goed mogelijk te negeren. Hoewel ik me mijn entree in de society altijd heel anders had voorgesteld, herinnerde ik mezelf eraan dat ik mevrouw Henry Winter was en dat dit de tijd noch de plaats was om mijn echtgenoot teleur te stellen.

De dag na Hardies dood begon zonnig en helder. Mevrouw Grant haalde een kam uit haar tas en liet Hannah onze haren in vlechten of knotjes kammen, zodat ze niet over onze gezichten hingen. De zon scheen twee dagen op rij, wat ons de kans gaf de dekens te drogen, maar waardoor we ook snel veel vocht verloren.

Er waren nu achtentwintig passagiers aan boord. Mevrouw Grant wees ons nieuwe plaatsen toe, zodat het gewicht gelijkelijk werd verdeeld, en vroeg toen de mannen het zeil te hijsen, waarna we koers zetten naar Engeland of misschien Frankrijk. De wind blies stevig vanuit het westen en al snel schoten we over het water. Ik werd naar de achterplecht geroepen om meneer Nilsson af te lossen aan het roer, een taak waarvoor ik nogal incompetent bleek te zijn. Dit was de eerste keer dat ik de kans kreeg meneer Nilsson van dichtbij te bekijken en ik zag dat hij een jonge man was, die alleen maar ouder was overgekomen door zijn air van kennis en autoriteit, dat nu volledig was verdwenen. Toen ik hem vroeg me te laten zien hoe ik de helmstok moest bedienen, keek hij me aan als een angstig konijntje en zei slechts: 'Je moet hem in de tegenovergestelde richting duwen van waar je heen wilt,' en hij liet het zien door tegen de helmstok te duwen, waarop het roer een schuimend kielzog trok. Toen ik tegen hem zei dat hij bloedde en aanstalten maakte het bloed weg te vegen, deinsde hij geschrokken terug, alweer met die blik van een angstig konijn.

Ik kan niet zeggen dat ik echt stuurde; het kostte al genoeg energie om de helmstok vast te blijven houden, en één keer, misschien door mijn toedoen, schoot het roer los van de pennen en waren we het bijna aan de zee kwijtgeraakt. Verschillende keren kreeg ik een duizeling, waardoor ik overboord had kunnen vallen als meneer Nilsson me niet bij mijn schouder had gegrepen en weer binnenboord had getrokken. Het sturen vereiste al mijn fysieke en mentale wilskracht, dus kreeg ik maar weinig mee van wat de anderen in de boot deden. Na een tijdje ruilde Greta van plaats met mij en weer een tijd later ruilden we opnieuw van plaats.

Verbijsterend genoeg stroomde er maar weinig water de

boot in. We hielden het gat in de romp zo goed mogelijk dicht en natuurlijk was de boot een stuk lichter beladen met minder mensen aan boord. Degenen die nog wel aan boord zaten, waren gereduceerd tot niet veel meer dan een schim van zichzelf. Toen de wind afnam en we stil kwamen te liggen, hingen we in de boot, zonder de kracht of wilskracht om ook maar iets te doen. Alleen mevrouw Grant bleef rechtop zitten en tuurde naar de horizon, op zoek naar schepen, of keek over de rand in de hoop een vis te ontdekken in het kalme, doorzichtige water.

Een keer zagen we in de verte een walvis. 'O,' zei Hannah met een lachje op haar uitgemergelde gezicht, 'met een walvis zingen we het wel even uit.' Ze sloot haar ogen, hield haar handen bezwerend boven de zee en mompelde een walvislokkende toverspreuk, maar natuurlijk zou een walvis ons allemaal in zee hebben geworpen. Kolonel Marsh noemde het een leviathan en stak van wal met een onsamenhangend verhaal over een boek met die titel en iemand die Thomas Hobbes heette, die geloofde dat mensen primair worden gedreven door de zucht naar macht en de angst voor anderen. Hij zei: 'Hobbes geloofde dat alles wat gebeurt voorspeld kan worden op grond van exacte, wetenschappelijke wetten en dat die wetten de menselijke natuur bepalen en mensen dwingen zich uit lijfsbehoud zelfzuchtig te gedragen.'

'Ik zie niet hoe we daarmee geholpen zijn,' antwoordde mevrouw McCain, waarna ze zich evenals alle anderen terugtrok in de afgescheiden, stille kamers waar we de meeste tijd doorbrachten. Ik denk niet dat er iemand was die verder dacht dan de reddingsboot. We hadden ons er eindelijk bij neergelegd. Dit was waar we woonden.

Ik zat beurtelings naast meneer Nilsson en klampte me vast aan de helmstok, of op mijn gebruikelijke plek naast Mary

Ann. Er zijn nog altijd leemtes in mijn herinneringen, maar terwijl ik wachtte tot de jury zou terugkeren met de uitspraak, probeerde ik die in te vullen. Ik denk dat Mary Ann twee of drie dagen na Hardies dood ziek werd. Ook ik moet ziek zijn geworden, want ik herinner me dat ik samen met haar rilde, tegen haar benige schouder aan kroop, op haar leunde zoals zij op mij leunde. Om de zoveel tijd werd er geconstateerd dat iemand dood was en degenen die de kracht ervoor konden opbrengen hielpen hun lichamen over de rand te duwen. Ik kan me niet herinneren wie het opviel dat Mary Ann zich al een hele tijd niet meer had bewogen en later die morgen voegde ze zich bij de anderen die we aan de zee hadden toevertrouwd.

Op een bepaald moment suggereerde meneer Nilsson dat de lichamen van de overledenen als voedsel konden dienen, maar mevrouw Grant kapte die discussie meteen af en niemand begon er daarna nog over. Ik herinnerde me wat meneer Preston had gezegd over overleven en de wil tot leven en ik vroeg me af of iemand van ons nog daarover beschikte. We spraken maar weinig en als ik eraan terugdenk, vermoed ik dat de woorden die ik dacht te spreken, niet veel meer dan hallucinaties waren. Mijn tong was opgezwollen en door het gebrek aan vocht was mijn spuug niet langer dik en smerig, maar volledig afwezig, zodat mijn tong als een dood dier in mijn mond lag, niet meer soepel en snel, maar verdord en gebarsten als een uitgedroogde, haarloze muis. Ook mijn ogen voelden plakkerig en droog aan en als ik ging staan om op weg te gaan naar de dekens in de voorsteven of naar het roer, leek ik niet langer in staat om boven van beneden te onderscheiden. Mijn blikveld werd bevolkt door uitbarstingen van licht en inktzwarte vlekken, alsof ik rondzweefde in de donkere sterrenhemel. Ik kreeg vaak last van flauwtes en eenmaal kwam ik in de armen van mevrouw McCain terecht, die ik omverduwde. We lagen samen in een gênante omhelzing, te uitgeput om overeind te krabbelen, en we waren misschien zo blijven liggen als mevrouw Grant niet tegen ons had geschreeuwd, waarna we weer bij zinnen kwamen.

De grens tussen slaap en bewustzijn was erg vaag geworden en ik wist nooit helemaal zeker of iets nu een droom of de realiteit was. Het meest angstaanjagende voorbeeld hiervan was dat ik plotseling besefte dat Henry al de hele tijd bij ons was geweest in de reddingsboot, maar dat we ons allemaal in zijn identiteit hadden vergist. Hij had, zo besefte ik met toenemende ontsteltenis, een uniform van een bemanningslid aangetrokken en had zich voorgedaan als meneer Hardie om mij te kunnen vergezellen in de reddingsboot. Dit betekende dat de man die ik had helpen vermoorden Henry moest zijn! Ik sleepte me langs het gangboord tot ik naast Hannah kon gaan zitten. Ik trilde van paniek, zoals ik die nog nooit eerder had gevoeld en zei: 'Ik denk toch niet dat meneer Hardie een bemanningslid was.'

'Wie was hij dan?' vroeg ze.

'Henry!' fluisterde ik, terwijl ik probeerde de woorden aan mijn tegenspartelende tong te ontworstelen. 'Ik denk dat we Henry hebben vermoord!' Ik zou in tranen zijn uitgebarsten, als mijn lichaam daar nog het vocht voor had gehad.

'Nee, nee,' sprak ze troostend en ze legde haar ruwe hand op mijn wang. 'We hebben Henry niet vermoord. Henry zat niet bij ons in de boot.' Op dat moment werd ik wakker, als ik tenminste had geslapen, of kwam ik weer bij zinnen als ik al wakker was. Ik besefte dat ik naast Hannah zat, die met haar ogen dicht onderuitgezakt tegen mijn schouder hing, net zoals ik tegen haar aan hing. De rest van die dag dwaalde ik door het Winterpaleis, maar nu meer als een geest dan als een architect.

Later, die avond of misschien de volgende avond, openden de hemelsluizen zich en stortte het water als een glazen gordijn op ons neer. Het duurde een paar minuten voordat we beseften wat er aan de hand was en bijna een halfuur vol gestommel voordat we het zeil genoeg hadden laten zakken om het water dat erop neerkwam in de lege vaatjes te laten stromen, zoals Hardie ons had voorgedaan. Het was door onze ernstig verzwakte toestand bijna onmogelijk, maar aan het einde van de stortbui hadden we allemaal genoeg gedronken, tot op het punt van braken, en hadden we een goede voorraad water voor welke toekomst we dan ook nog hadden.

Tijdens die laatste dagen in de reddingsboot viel de strakke structuur die ons bestaan had gekenmerkt volledig in duigen. Mevrouw Grant zag er niet langer op toe dat het takenrooster van meneer Hardie werd nageleefd en als er iets moest gebeuren, dan deed ze dat zelf, of deed Hannah het, want als ze iets vroeg aan de rest van ons, waren we meestal te zwak of te moedeloos om er gehoor aan te geven. We deden geen pogingen meer om te zeilen – het was bijna alsof de vastbeslotenheid van mevrouw Grant afhankelijk was geweest van de weerstand die Hardie had geboden.

Die dag, of de volgende of de dag erna verscheen er een IJslandse vissersboot aan de horizon die ons oppikte. Dit punt werd uitvoerig behandeld tijdens de rechtszitting: hoe lang duurde het, nadat Hardie overboord was gegooid, voordat we werden gered? Hoeveel dagen zaten we zonder water? Ik weet het niet precies, maar door het schrijven van dit dagboek ben ik ervan overtuigd geraakt dat de vissersboot een week na Hardies dood verscheen. Ook Hannah beweert het precies te weten: 'Negen dagen,' verklaarde ze onder ede. In zijn slotpleidooi zei de aanklager dat het veelzeggend was dat we het daarover onderling niet eens waren, en hij beweerde dat de periode korter duurde, hooguit een dag of twee misschien, waardoor de dood van Hardie 'een onnodige, frivole en onmiskenbaar criminele daad' was geweest.

Pas toen de IJslandse vissers hen probeerden op te tillen, merkten we dat twee van de Italiaanse vrouwen dood waren. De derde klampte zich aan haar reisgenotes vast alsof die een deel van haar waren, maar mevrouw Grant zei iets tegen haar en toen liet ze uiteindelijk toe dat de vissers de stinkende lichamen over de rand gooiden. Ik herinner me sterke handen die aan me trokken, en ik herinner me dat ik niet van zins was de helmstok, waarvoor ik verantwoordelijk was, los te laten. Ik herinner me de overweldigende vislucht die uit het ruim van de vissersboot opsteeg en het respectvolle optreden van de kapitein en zijn bemanningsleden die, hoe ruw en ongeschoren ze er ook uitzagen, het toppunt van ridderlijkheid en beschaving leken te vertegenwoordigen.

De vissers waren bezorgd over onze gezondheid en gaven ons hun beste voedsel. We bleven twee dagen aan boord van de vissersboot en gedurende die tijd zochten we naar andere reddingsboten en wachtten we op een pakketboot, die ons naar Boston zou brengen. Meneer Nilsson bleef achter op de vissersboot, hij wilde met hen naar IJsland varen en vandaar terug naar Stockholm gaan. De rest bleef nog vijf dagen aan boord van de pakketboot, dus tegen de tijd dat we in Boston aankwamen, waren we alweer aardig aangesterkt. Ik denk dat dit onze zaak heeft geschaad, omdat de eerste indruk die de autoriteiten van ons kregen er niet een was waarin we er bijna verhongerd uitzagen. Tegen de tijd dat de rechtszaak begon, waren de vissers alweer in IJsland en hadden we alleen nog een geschreven verklaring van de kapitein, die zich vast niet had voorgesteld dat we gearresteerd zouden worden en in staat van beschuldiging zouden worden gesteld.

Toen dr. Cole me vroeg over de redding te vertellen, vond ik het moeilijk om de woorden te vinden voor mijn gevoelens, toen ik de vissersboot als in een droom uit de mist zag opdoemen. Ik vertelde hem dat ik die herinnering zou bewaren in een schatkistje, voor die keren dat ik het leven deprimerend zou vinden, want nooit eerder en nooit sindsdien heb ik zo'n mengeling van vreugde en verbijstering gevoeld. Toen vroeg hij: 'Hoopt u ook dat er een IJslandse vissersboot aan de horizon verschijnt nu u terecht moet staan?' en ik antwoordde dat er natuurlijk al eentje in beeld was – en of hij zichzelf niet graag als kapitein zag?

Isabelle, die serieus en vroom was, stond erop dat we geen hapje eten namen voordat we een dankgebed hadden uitgesproken, dus keken we minutenlang naar onze kouder wordende borden terwijl zij de vele dingen opsomde waarvoor we dankbaar moesten zijn. Terwijl zij de zee bedankte, die ons drijvend had gehouden en ons evenzeer had gevoed als bedreigd, en daarna de vissen en vogels die zichzelf voor ons hadden opgeofferd, en ten slotte de mensen die waren overleden, opdat wij konden overleven, bad ik stilletjes dat Henry nog steeds, door een of ander wonder, veilig en wel zou zijn. De anderen gaven uiting aan hun eigen gebeden en ik begreep dat ook zij het wanhopig op een akkoordje probeerden te gooien om hun geliefden te redden, terwijl ze niet probeerden te klinken alsof ze al niet genoeg hadden gekregen.

Ik vroeg me af hoe lang deze nieuwe vroomheid zou duren, die me deed denken aan iets wat meneer Sinclair eens had gezegd. 'Degenen die een god creëren, moeten die ook vernietigen,' zei hij tegen mij, waarna hij vertelde dat de relatie tussen de mens en God de levenscyclus nabootst. 'Als we nog een baby zijn,' zei hij, 'hebben we een gebiedende figuur nodig om ons te leiden en voor ons te zorgen. We stellen geen vragen bij die autoriteit en verbeelden ons dat het universum even groot is als de kleine kring van ons familieleven en dat wat we om ons heen zien overal bestaat en ook dat alles zo is als het moet zijn. Naarmate we volwassener worden, breidt onze horizon zich uit en beginnen we ons vragen te stellen. Dit gaat door totdat we onze scheppers – onze ouders – voorgoed omverwerpen en hun plaats als de scheppende kracht in ons leven innemen, of vervangers voor hen vinden omdat we de angst en verantwoordelijkheid te groot vinden. Mensen kiezen de ene of de andere richting, en alle grote persoonlijke en politieke schisma's in de hele geschiedenis zijn daarop terug te voeren.'

Ik bewonderde de verstrekkende aard van zijn bewering, hoe die alle mensen in elk tijdvak omvatte en geen vermoeiende nuanceringen of uitzonderingen toeliet. Na onze redding begreep ik hoe onze beproeving ons allemaal had gereduceerd tot hulpeloze kinderen, maar ten tijde van dit gesprek met meneer Sinclair, dacht ik dat het meer op de positie van Miranda en mij in ons gezin sloeg, dan op iets groters en veelomvattenders. Miranda probeerde onze ouders te vervangen door een externe autoriteit, terwijl ik blij was dat ik van hen was bevrijd. Toen ik dit tegen meneer Sinclair zei, antwoordde hij: 'U hebt een ongewone kracht,' en of dat nu waar was of niet, simpelweg het horen uitspreken daarvan gaf me het gevoel sterker te zijn dan ik was, en dat bewijst de macht van woorden maar weer eens.

Een dag later ging meneer Sinclair verder met het onderwerp, alsof er helemaal geen tijd was verstreken, hoewel er intussen veel was gebeurd, waaronder het hele drama rondom het redden van Rebecca Frost. 'Maar Grace,' zei hij, 'als u zoveel onafhankelijker bent dan uw zuster, hoe verklaart u Henry dan?' Ik had altijd veel achting gehad voor meneer

Sinclair en tot op dat moment had ik hem ook als vriend en mentor gezien, want alles wat hij tot dusver tegen me had gezegd wees erop dat hij alleen maar warme gevoelens voor mij koesterde. Maar nu leek hij zich iets af te vragen, al wist ik niet zeker wat het was.

'Ik hou van Henry,' zei ik. 'Ik weet zeker dat er aan beide kanten van uw scheidslijn tussen de verschillende persoonlijkheidstypes ruimte is voor liefde en kameraadschap.' Ik wilde dat punt benadrukken, maar ik ben niet altijd even snel met woorden, dus duurde het een minuut voordat ik zei: 'Ik denk niet dat de wereld alleen tegemoet treden de enige manier is om moed te tonen.'

'Dat denk ik evenmin. Maar u moet toegeven dat onze ware natuur alleen tijdens eenzame en uitdagende omstandigheden naar buiten komt.'

'En zijn deze omstandigheden uitdagend genoeg voor u?' vroeg ik schalks en hij beaamde dat ze dat inderdaad waren. Ik boog mijn hoofd voorover om mijn verwarring te verbergen en ik schrok toen ik weer opkeek, want Hannah staarde me recht aan. Mijn huid werd warm en koud, en ik vergat meneer Sinclair bijna helemaal, die ook naar me keek – niet onvriendelijk, denk ik – maar het was de blik van Hannah die me als het ware aan de grond nagelde, en ik stamelde iets, dat ik niet zo rad van tong was als hij, maar dat ik zijn pogingen om mijn denken accurater te maken waardeerde. 'We worden allemaal op de proef gesteld, meneer Sinclair, en ik hoop dat mijn onderliggende natuur, waarvan ik zeker weet dat die nu geheel blootligt, uw goedkeuring kan wegdragen,' maar het was niet zíjn goedkeuring die ik zocht die dag.

Hannah bleef die hele middag naar me kijken en op een bepaald moment zei ze: 'Grace.' Alleen dat ene woord – mijn naam – zonder verdere uitleg, alleen maar: 'Grace.'

Maar aan boord van de pakketboot dankte ik, samen met de anderen, God en schreef aan hem de mogelijkheid toe om Henry te redden, net zoals hij mij had gered. Geleidelijk kwamen we weer op krachten en op de laatste avond voordat we in Boston aankwamen, stond Isabelle erop dat we, in plaats van haar gebruikelijke gebed, de diaken en meneer Sinclair herdachten, die zich zo bereidwillig voor ons hadden opgeofferd. Ter nagedachtenis aan de diaken ging ze ons voor in *Het lied van Mozes*, dat hij ons had geleerd in wat een vorig leven leek, zodat we het konden opzeggen als we gered waren. Het enige stukje dat ik me nu nog herinner is dit: *en door het geblaas van uwen neus zijn de wateren opgehoopt geworden, de stroomen hebben overeind gestaan als een hoop; de afgronden zijn stijf geworden in het hart der zee.* Dat lijkt een correcte beschrijving van wat we hebben meegemaakt en ik was blij dat Isabelle eraan dacht, want de rest van ons was het vast vergeten. Er waren nog tien andere passagiers aan boord van de pakketboot en die kwamen om ons heen staan terwijl wij iets voordroegen wat voor hen een bloederig en partijdig verslag moet zijn geweest, over hoe God Mozes en de Israëlieten redt, maar alle anderen doet verdrinken. Maar ik neem aan dat het in de menselijke natuur besloten ligt om je uitverkoren te voelen en op dat punt waren we geen haar beter dan de Israëlieten.

Het land rees bijna magisch op uit het water en terwijl de anderen zich verdrongen bij de reling van de boot, hield ik me afzijdig en vroeg ik me af of er iemand zou zijn om me te verwelkomen. De kapitein van de pakketboot had voortdurend met de autoriteiten gecommuniceerd en op dat moment hadden wij al een goed idee wie de schipbreuk had overleefd en wie niet. Mary Anns moeder was al twee weken daarvoor gered, maar de namen Henry Winter en Brian Blake werden niet genoemd. Zelfs al wist ik dat Henry's naam niet op de lijst van overlevenden voorkwam, bleef een deel van mij obsessief denken dat hij me zou opwachten als ik aan land kwam.

Het land was blauwgroen en ging eerst schuil achter een dunne nevel. Toen braken er kleuren door het blauwgroen, zoals het rood van een vuurtoren en de felgekleurde rompen van afgemeerde schepen. Overal om me heen klonken uitroepen: 'God zij gezegend!' schreeuwde iemand en mevrouw McCain, die me in haar haast om bij de reling te komen opzij had geduwd, riep: 'Eindelijk! De beschaving!' Maar wat ik voor me zag, was niet de sociale structuur, waren geen culturele wapenfeiten. Ik zag iets onverklaarbaars en veel natuurlijkers, niet het tegengestelde van de zee, op de manier waarop vaste vormen en leemtes elkaars tegengestelden zijn, of de manier waarop het leven het tegenovergestelde van de dood is, maar een verlengde ervan. Misschien had ik een voorgevoel over wat me te wachten stond, of misschien werden mijn waarnemingen gekleurd door zorgen over de toekomst: zou ik geaccepteerd worden door Henry's familie of meteen worden afgewezen? En als ik werd afgewezen, waar moest ik dan wonen? Ik stelde me voor dat ik terug kon gaan naar het huis waar ik met mijn moeder had gewoond, en hoewel me dat met een diep gevoel van moedeloosheid vervulde, putte ik moed uit het feit dat ik tenminste niet dood was en dat hoop doet leven. Maar hoop had ik altijd een zwakke emotie gevonden, een soort passief smeken of diepgewortelde ontkenning; en terwijl we dichterbij kwamen en het land zich voor ons uitstrekte als het beloofde land voor Mozes, besloot ik dat ik me niet tot een slachtoffer zou laten maken. Er waren kamers voor ons gereserveerd in een hotel en dokters stonden klaar om ons te onderzoeken, zo was ons verteld, dus ik wist dat ik nog een dag of twee had om te bedenken waar ik naartoe zou gaan en wat ik zou doen, zonder me ook maar één moment voor te stellen welke wending de zaken zouden nemen.

Ik was de laatste van de overlevenden die over de loopplank naar beneden liep, naar de kade van Boston Harbor. De eerste stap die ik op de grijze, verweerde balken zette voelde alsof ik in een schommelende boot stapte, zozeer was ik het lopen op vaste bodem ontwend. Mijn medepassagiers, die eveneens probeerden hun evenwicht te bewaren, boden een komische aanblik en ons gelach was evenzeer een uitdrukking van de vreugde om weer aan land te zijn, als van het besef hoe ontwend we waren om erop te lopen. Ik stopte halverwege de lange loopplank, om terug te kijken naar de glinsterende lagune van de haven. Boven mij stond de kapitein van de pakketboot aan de reling, op het punt zich tot zijn bemanning te richten en te zorgen dat de juiste voorbereidingen werden getroffen voor de volgende bestemming. Hij stond met zijn handen in zijn zij en kneep zijn ogen tot spleetjes tegen de ochtendzon die in gouden golven door de wolken brak en keek ons na – keek mij na, hoopte ik. We keken elkaar lang aan en in hem zag ik meneer Hardie, hoewel de mannen totaal niet op elkaar leken. Hardie was donker en dun geweest, de kapitein van de pakketboot was groot en had een air van rijkdom en verfijning over zich, waaraan het Hardie had ontbroken. Onze ogen ontmoetten elkaar. Ik hief mijn hand op en ook hij stak zijn hand op en salueerde. Het was precies de groet die meneer Hardie Henry had gegeven, die dag dat de *Empress Alexandra* zonk en Henry hem aan dek had aangeklampt, waarop hij en Hardie kort iets bespraken, wat ik niet kon horen terwijl ik wel besefte dat er een transactie plaatsvond, want Henry had die strakke blik vol concentratie die ik eerder bij hem had gezien in de winkels van Londen, waar hij de juwelen en jurken voor me had gekocht die nu verloren waren gegaan. Daarna had Henry een stap terug gedaan en zijn hand opgestoken, net zoals ik nu deed, en had meneer Hardie gesalueerd met zijn ene hand, terwijl zijn andere iets wegstopte in zijn jasje. De gouden knopen van zijn uniform glinsterden in het zonlicht. Zijn zeemanspet stond stevig op zijn hoofd. Zijn wangen, toen nog gladgeschoren, waren ook toen al hol en zijn diepliggende ogen waren donker en ondoorgrondelijk geweest.

Ik knikte. De kapitein van de pakketboot bewoog zijn kin omhoog als antwoord en dat was de laatste keer dat ik hem zag. Ik draaide me om, net op het moment dat hij zich omdraaide, en toen liep ik op dezelfde onzekere manier als de anderen de rest van de loopplank af. Toen ik eenmaal van de aanlegsteiger op vaste grond stapte, wankelde ik niet meer en zelfs toen ik besefte dat niemand was gekomen om me te begroeten, stapte ik met zekere tred de toekomst en wat die ook mocht brengen tegemoet.

Epiloog

Vrijspraak heeft niet alles opgelost, hoewel ik denk dat mevrouw Grant en Hannah er slechter aan toe zijn, ondanks het feit dat hun straffen zijn omgezet naar levenslang. Dr. Cole heeft voorgesteld dat ik het dagboek dat ik voor de verdediging schreef uitbreid, omdat ik volgens hem nog een psychologische vrijspraak nodig heb. 'Hoe vaak moet ik nog zeggen dat ik me niet schuldig voel!' riep ik uit. Ik had hartgrondig genoeg van de goede dokter. Natuurlijk zijn er dingen die ik wil vergeten, maar ik vraag me af of het wel verstandig is er maar bij stil te blijven staan. Kon ik bijvoorbeeld maar het oorverdovende gebulder van de wind en golven vergeten, of het miezerige *klap-klap-klap* van de houten boot tegen de eindeloze grootsheid van de oceaan, of die roeispanen waar we niets mee bereikten, of de donkergroene onmetelijkheid die ons voortdurend dreigde te overspoelen. De aanblik vergeten van Rebecca's haar, uitgespreid in het water voor ze zonk, en de opluchting vergeten die ik voelde toen ze eindelijk niet meer bovenkwam. Maar het meest van alles nog wil ik vergeten hoe ik verleid werd me met het lot te bemoeien, en het dode gewicht van mevrouw Fleming op mijn schoot vergeten en later dat van Mary Ann. Hannah en mevrouw Grant waren tenminste in staat een plan te maken en daarin te volharden, maar ik kon geen ferme besluiten nemen. Meer dan eens wenste ik dat Anya Robeson me, samen met de kleine Charles, onder haar rokken zou verbergen.

Als ik dit schrijf, is er in het nieuws dat de *Lusitania,* een trans-Atlantisch stoomschip, tot zinken is gebracht door Duitse onderzeeërs, die door de diepe duisternis van de Ierse Zee gleden. Door dit nieuws vraag ik me af of ons schip een vroegtijdig oorlogsslachtoffer is geweest, maar de autoriteiten hebben dit meteen ontkend, want zowel de timing als de locatie klopte niet; maar zelfs als dat wel het geval was geweest, zou het dan iets hebben veranderd? Ik moet glimlachen als ik bedenk hoe meneer Sinclair met een welluidend 'Nee!' op deze vraag zou hebben geantwoord, maar ik weet niet zeker of ik het met hem eens ben. De autoriteiten hebben het niet altijd bij het rechte eind en het geeft me een belangrijk gevoel als ik bedenk dat mijn leven in duigen is gevallen door de schermutselingen van twee machtige landen. Liever daarom dan door zorgeloosheid of hebzucht.

Nadat ik Hardie uit de boot had geworsteld, was het mijn beurt om uitgeput met mijn hoofd in de schoot van Mary Ann te liggen. Ik sliep onrustig en schrok wakker, omdat ik dacht dat Mary Ann tegen me praatte. 'Ik deed maar alsof ik flauwviel,' hoorde ik haar zeggen. 'Ik zou nooit iemand kunnen vermoorden, maar mevrouw Grant twijfelde natuurlijk nooit aan jou.' Later, die nacht, zei ze: 'Als we ooit gered worden, vertel ik wie 't heeft gedaan. Ik zal ze vertellen dat jij het was en ik zal ze vertellen over de juwelen en hoe jij je plekje aan boord hebt gekocht.'

'Er waren geen juwelen, Mary Ann,' zei ik, of niet, want mijn gedachten waren zo grillig dat het evengoed een nachtmerrie had kunnen zijn.

Al bijna een jaar lang zeurt dr. Cole maar door over de gebeurtenissen in de reddingsboot. Hij begint precies als de aanklager te klinken. Ik heb gezegd dat ik niet meer over de reddingsboot wil praten. Natuurlijk heeft het invloed op me gehad, maar niet op de manier die hij denkt! Dit weigert hij te accepteren. Ik begrijp niet hoe het herleven van elke dag, tot in de details, de oorsprong van mijn angsten zal onthullen, die veel meer met de rechtszaak en de zorgen over mijn toekomst te maken hebben dan met iets van wat er in de boot is voorgevallen. Het was niet de zee die wreed was, het waren de mensen. Waarom moeten we daar nog verbaasd over doen? Waarom luisterde de jury met opengevallen monden en uitpuilende ogen? Waarom achtervolgden de verslaggevers ons als hongerige wolven? Kinderen zijn het, dat is wat ik dacht. Ik zou nooit meer kind zijn.

Ik geloof niet meer in het idee dat een onbeduidend menselijk wezen zich boven de rest van ons mag verheffen – of hij nu dominee of dokter of rechter wordt genoemd – en tegen ons mag schreeuwen over dit of dat. Zodra iemand zo misplaatst gaat orakelen, ben ik geneigd hem af te kappen of weg te lopen, of, als het niet mogelijk is dit beleefd te doen, dan trek ik die minzame, zielloze glimlach die me zo heeft geholpen tijdens de rechtszaak en die dr. Cole ziedend maakt. Ik heb immers allang mijn eigen onbeduidendheid de maat genomen en ik heb het overleefd.

Toen ik iets in die geest zei, begon dr. Cole me de les te lezen over schuld en dat mensen niet verantwoordelijk zijn voor het goede of kwade dat op hun weg komt. Telkens vertel ik hem weer dat ik me evenmin afvraag 'waarom ik?' als dat ik me afvraag waarom ik geboren ben. Ik voel me er eerder zowel gelukkig als ongelukkig bij, doordrongen van een soort blijheid, omdat er een volledig nieuwe wereld voor me is opengegaan, waarin zelfs de angst voor de dood en het geloof in God ontbreken. Misschien is dat juist wat hem verbijstert en dan bekruipt me het gevoel dat dr. Cole even graag zichzelf als mij wil genezen.

Vandaag heb ik tegen dr. Cole gezegd dat ik wegga, hoewel ik nog niet zeker weet waarheen. 'Maar ons werk is nog niet gedaan!' riep hij. Ik zei dat ik aan een groots, nieuw avontuur wilde beginnen, nu dit avontuur was afgelopen. 'U gaat trouwen!' riep hij uit.

'Wat hebt u toch weinig fantasie! De mogelijkheden zijn eindeloos. Niemand kan weten waartoe ik in staat ben,' zei ik en ik voelde me erg vrij en opgelucht terwijl ik de woorden uitsprak, maar ik ben bang dat de wereld even fantasieloos is als hij en dat ik wel zal moeten instemmen met meneer Reichmanns huwelijksaanzoek, bij gebrek aan een beter plan. Henry's moeder heeft me gevraagd naar New York te komen en op een bepaald moment zal ik haar ook opzoeken, maar dat blijf ik maar uitstellen. Is het raar dat wat eens zo'n cruciaal onderdeel van mijn toekomst leek, daar nu helemaal geen rol meer in speelt?

'U zult pas innerlijke rust vinden als u een oplossing vindt voor uw ambivalentie tegenover de reddingsboot ... tegenover mij,' begon dr. Cole, maar ik antwoordde dat ik al innerlijke rust had gevonden. Het leven leek op dat moment op een spel, een spel dat ik misschien zelfs zou kunnen winnen, met name omdat ik was vrijgesproken en verder nog geen onomkeerbare beslissingen had genomen. Maar dat zou zeker niet lang meer duren. Je kon nu eenmaal niet te lang op het touw van mogelijkheden balanceren, zonder naar de ene of de andere kant te vallen, zoals mijn ervaringen in de reddingsboot onmiskenbaar hadden aangetoond. Voelde ik vlinders van geluk als William bij me was? Nee, maar hij beweerde ze wel te voelen als hij bij mij was en dat maakte me gelukkig.

Ik had ook weer iets van Greta gehoord, die me schreef dat de vrouwen van de reddingsboot geld inzamelden voor het hoger beroep van Hannah en mevrouw Grant. Of ik ook een bijdrage wilde leveren? Bovendien wilden ze dat ik mijn invloed aanwendde om meneer Reichmann niet alleen over te halen de beroepszaak op zich te nemen, maar dit ook tegen een gereduceerd tarief te doen. De vorige dag had ik lang over mijn schrijfblok gebogen gezeten om een opzetje voor een antwoord te schrijven; verschillende opzetjes, eigenlijk. In één versie bood ik alle mogelijke hulp aan, terwijl ik in een andere vroeg hoe mensen die me niet alleen hadden betrokken bij hun misdrijf, maar zich later ook nog eens tegen mij hadden gekeerd, mij om hulp durfden te vragen. En in een derde opzetje wenste ik hun beleefd en koeltjes het beste, zonder ook maar iets te beloven. Ik vertelde dr. Cole over de drie brieven en vroeg welke ik volgens hem moest versturen. 'Welke zou je zelf willen versturen?' vroeg hij, zoals ik had verwacht.

'Ik heb natuurlijk geen geld om hun te geven,' zei ik. Ik wenste ze oprecht het beste toe, maar ik wilde niet dat William het eerste jaar van ons huwelijk in beslag werd genomen door iets wat inmiddels achter me lag.

Heel anders dan de bedompte kamer in de gevangenis waar we elkaar vroeger ontmoetten, is het kantoor van dr. Cole groot en luchtig, met ramen die uitzicht geven op de haven. De laatste minuten van onze tijd bracht ik door, starend naar de schuimende, witte kopjes op het water. In de verte scheerde een vloot kleine zeilboten als gracieuze vogels voor de wind. 'U glimlacht,' zei dr. Cole. 'Ja,' antwoordde ik, 'dat klopt.'

Ik droeg een nieuwe zijden jurk, die overvloedig ritselde toen ik opstond, nog voor het afgesproken uur voorbij was. Ik zei: 'U zult uw antwoorden moeten vinden zonder mijn hulp,' waarop hij uit frustratie zijn vulpen zo hard tegen zijn schrijfblokje tikte, dat er een grote inktvlek verscheen tussen zijn dwangmatige gekrabbel. Als ik geen medelijden met hem had gehad, zou ik hem hardop hebben uitgelachen om zijn wens alles precies te willen weten, om zijn naïviteit, om zijn kinderlijke verlangen om te weten.

Woord van dank

Mijn liefde en dank gaan uit naar mijn familie: naar mijn ouders, die me leerden boten en oceanen te appreciëren; naar mijn broer en zussen, die het reizen leuk maakten; en naar mijn echtgenoot en kinderen, die me aanmoedigden terwijl ik pagina's aan mijn verzameling afgesloten archiefdozen bleef toevoegen, zelfs al wisten ze niet altijd precies waarmee ik bezig was.

Zonder Sara Mosle zouden die dozen voor altijd dicht zijn gebleven. Sara was zo vriendelijk mijn werk te lezen en me voor te stellen aan haar geweldige agent, David McCormick. David, je bent een held, want je hebt me niet alleen gesteund en met raad terzijde gestaan, maar inmiddels ook een publiek gegeven.

Little, Brown, dat was liefde op het eerste gezicht. Mijn redacteuren, Andrea Walker, Ursula Doyle en Reagan Arthur waren niet alleen intelligent en begripvol, maar ook grappig en een genot om mee te werken. En tot de vele anderen wier enthousiasme en expertise hielpen *De reddingsboot* te water te laten, zeg ik bedankt: Marlena Bittner, Heather Fain en Amanda Tobier, die me bij de les hielden; Mario Pulice, die zo gul was zijn expertise te delen over alles wat met oceaanstomers te maken heeft; Emma Graves voor de spectaculaire omslag; Victoria Pepe en Deborah Jacobs voor hun bovenmenselijke redactiewerk, en Susan Hobson, Sarah Murphy, Bridget McCarthy en Pilar Queen voor hun veelzijdige behulpzaamheid met het in handen nemen van de spreekwoordelijke touwen.

Ik ben mijn vroege schrijfmentoren, Andrew Kaufman, Leonard Kriegel, Harold Brodkey en Marshall Terry eindeloos dankbaar. Hun wijze woorden weerklinken tot op de dag van vandaag. Voor mijn vriendin Angela Himsel: bedankt voor de vierentwintig jaren vol aanmoedigingen. We wisten dat we zouden blijven schrijven, en dat deden we dus ook. En voor de schrijvers die me door de jaren heen, bijvoorbeeld, leerden hoe je moet schrijven: ik wens jullie dezelfde inspiratie die jullie mij hebben gegeven.

En als laatste, mijn oprechte dank aan Reagan Arthur en Michael Pietsch, omdat ze me de kans hebben gegeven.